Olivier Germain-Thomas

La tentation
des Indes

ÉDITION REVUE PAR L'AUTEUR

Gallimard

Cet ouvrage a précédemment paru aux Éditions Plon
en 1981 et aux Éditions Albin Michel en 1993.

*Pour Tadao Takémoto
en souvenir de notre maître Jean Grenier*

et pour la Femme de l'Inde

NOTE SUR LA TRANSCRIPTION
DES MOTS SANSKRITS

Nous avons respecté en partie la transcription savante internationale (avec l'indication des voyelles longues : $\bar{a}$, $\bar{i}$, $\bar{u}$) pour les termes philosophiques qui sont composés en italique. Leur signification est donnée dans un glossaire placé en fin de volume.

Nous avons par contre gardé la transcription francisée pour des termes plus usuels comme gourou, brahmane ou Bouddha.

*

Quelques notes en bas de page ont été rajoutées pour cette nouvelle édition.

Avant-propos

Ce texte est le récit d'un voyage effectué en automne 1978 et au début de 1979. Il commence avec l'itinéraire par voie terrestre depuis Paris jusqu'en Inde en passant par Venise, l'ex-Yougoslavie, la Grèce, la Turquie, l'Iran en révolution, l'Afghanistan sous la botte soviétique, la passe de Khyber, le Pakistan. À l'arrivée à Delhi, ouverture d'une parenthèse. Une occasion appelle le voyageur au Japon. Il y rencontre l'amitié, des statues de pierre et de chair, et s'interroge sur la manière de recevoir une culture où les signes parlent, où les mots se taisent.

Le retour en Inde est difficile. Il a perdu l'enthousiasme qui le poussait sur les routes antiques vers l'Indus et le Gange. A-t-il laissé tomber un fragment de l'esprit d'enfance ? Il voit des lambeaux là où il espérait des expériences vivifiantes. Il cherche un maître ; il bute sur lui-même, un écran. Ensuite, le désert, le chant du train de l'Inde, la mousson, une liaison avec une ombre, une fuite, une maladie, une marche, une montagne sainte, l'esprit des pierres, enfin maître G., puis un chat, une ouverture...

Depuis ces trente-trois années, le monde a plus changé que le voyageur. L'Inde est entrée dans la modernité, l'islam s'est affirmé par le sang de la nostalgie, l'empire soviétique a implosé, laissant la place libre à l'arrogance destructrice de l'argent, tandis que le mirage d'une Toile relie les hommes et que la terre implore grâce.

Nombre de situations décrites ici ne pourraient plus être. Si celui qui les a vécues était mort, le livre aurait une autre saveur. En attendant, les pages sont restées telles qu'elles ont été écrites. D'époque les intuitions et les images, d'époque les naïvetés et les colères. Plus tard, s'il y a encore des lecteurs, un voyage de cet ordre pourra avoir le charme d'un monde disparu relevé dans ses couleurs.

Le narrateur est ensuite retourné de nombreuses fois en Inde. Il y a vécu à deux reprises, notamment à Auroville où il avait emporté les tragiques grecs. Il savait que son attrait pour l'Inde venait de son désir de rencontrer l'Antiquité grecque et de pratiquer une étreinte avec des mythes restés matière vivante.

Il a découvert de nouveaux pays d'Asie qui ont modifié son regard sur l'avenir des traditions. Il a poursuivi son dessein d'explorer notre planète par voie terrestre et maritime en partant cette fois de l'Inde pour arriver au Japon (cf. *Le Bénarès-Kyôto*, Folio Gallimard, 2009). Il manque au triptyque le trajet de retour par les Amériques. L'élan est prêt, reste à trouver la gare de départ et l'heure du train...

Réenchanter le monde, dit-on. J'accours ! Mais le programme ne saurait de toute évidence être le fruit d'une volonté. En l'absence d'épiphanie, le voyage en Inde accompli sans hâte reste un dévoilement. Le merveilleux ? Mais il est dans l'eau, l'arbre, la fleur de lotus, son double. Là-bas le temps n'est pas une ligne droite, il est un cercle habitué au chant. Là-bas la beauté est dans les gestes les plus simples, une femme qui marche, un enfant qui rit.

Le voyage en Inde est une aventure qui nourrit les sens autant que l'intelligence et l'Esprit, une aventure philosophique par les bûchers où brûlent les corps, les temples où brillent les faces du sacré, les roues qui disent nos vies successives.

Chacun peut trouver en Inde matière à élargir sa conscience. De quel inconnu le filament ? Dans cet itinéraire, c'est...

Chut ! Commençons par écouter un train dans la nuit.

Tapovan, printemps 2011

I

LES GENOUX
DE LA PRIÈRE

Je est multiple.

Le côté feuille…

Tata-tatatac, tata-tatacac, c'est le train qui déchire la nuit. Je suis immobile dans ce mouvement à la poursuite du silence. Dans le couloir, des lumières s'effilochent entre les peupliers déjà jaunes.

Je ferme les yeux : je perçois l'éclair des flammèches sur l'acier de la voie ; le bruit du train s'éloigne ; j'entends la respiration d'un enfant près d'une rivière ; il est couché dans l'herbe avec son chien, il aime le train qui réveille la nuit. Cet enfant, c'est moi. Il guette la mort sur une goutte d'eau qui glisse le long d'un brin d'herbe, il guette la vie la tête couchée sur la terre. Les étoiles sourient de nos existences limitées, trop sérieuses, de nos attachements de condamnés au néant. L'enfant va regarder s'il n'y a pas d'écrevisses dans ses balances, il façonne un visage avec la glaise de la rivière, il le cache dans un trou.

J'avais cru à l'immobilité du temps, et ce train n'en finit pas de creuser, de forer, de désunir… La tristesse a gagné l'enfant, il a peur d'être seul sans le train qui n'est même plus un murmure au loin. Il croyait qu'il avait un chien comme compagnon, il n'a que des rêves. Le bonheur ne reviendra que si une libellule se pose sur l'eau. La rivière chante à cause d'un caillou dans son lit. Les mains de l'enfant sont vides. Heureusement le temps est minéral.

Je couvre de buée les arbres, les mirages, j'en couvre les fibres de la nuit, les étoiles, le fracas des roues d'acier, j'en couvre le présent qui se précipite vers ces pays lointains où le soleil se lève, dit-on. On dit tellement de sottises que l'enfant préférait écouter les arbres et les pierres.

Dans ce train qui crie sa rage d'avancer, je suis le fils d'un temps de décadence où l'on veut mettre la vie dans des bocaux. Sur une étagère sont disposés des morceaux arrachés à la vie, elle qui n'aime que les mariages, les fusions, les contacts, les tresses, les rencontres incongrues, les alliages, les entrelacs, les intégrations, les tissages de la mer, les culbutes dans les champs, les corps humides de sève, les arbres qui caressent le ciel, les oiseaux qui parlent à la lune, le ciel illuminé d'éclairs, les hommes qui chantent la mort, les vieillards qui écoutent l'enfant, les paroles des fleurs, les dessins d'oiseaux qui s'envolent, la neige sur le soleil, les roses au cœur de l'hiver, le vent dans la maison fermée, les longs silences des cataractes — et ceux qui *savent*, toujours très humbles.

Dans les bocaux, nous avons isolé la femme, les vacances, l'homme, l'enfant seul avec son cri, le travail, la mort, les vieux, la pensée, la nature, le passé, l'action, l'église, les coléoptères. Aucune porte sur ces bocaux. Nous avons oublié la lune, la nuit sans lumière, la solitude voulue, l'imprévisible, le hasard, le silence, la violence du divin et tant d'autres épices trop corsées pour nos palais anémiés. Une nuit, grâce à la lune, je me suis trouvé seul par hasard dans la salle des bocaux. J'ai mêlé la femme, l'homme, l'enfant, la mort, les dieux, les arbres ; j'ai ajouté un morceau de lune, trois ans de solitude et une pincée de hasard. Quel festival ! Ô étonnement de voir les formes inertes se relever pour chanter, danser, mourir, renaître, s'aimer avec violence et avec douceur ; il y avait des pleurs et des rires, des enfants dans les bras de vieillards, des vierges qui allaitaient, des danses très lentes sous la lune. Je suis entré dans la danse, j'ai fait l'amour avec la fille du logos et du néant.

Je voudrais que chaque mot s'incarnât. J'aime les ventres gonflés de naissance, la chair épicée d'amour, les Noces de Cana : *Et le vin venant à manquer, la mère de Jésus lui dit : « Ils n'ont pas de vin. »* Sur les lèvres de la première femme aimée, j'ai caressé le sourire édenté d'une tête de mort, sur sa poitrine, j'ai senti le froid du tombeau, et dans le ventre où je voulais laisser ma sève pour d'autres vies, j'ai rencontré l'énigme.

Depuis l'enfance je tends ma lanterne.

J'ai vu Jean Grenier, le visage apaisé, s'éteindre. Il est mort au milieu d'une phrase où il racontait l'escalier, ultime tentative pour gagner encore une ou deux marches ; peut-être est-il passé de l'autre côté au moment où il atteignait la marche à partir de laquelle les mots deviennent vains, et peut-être vaine la vie. *Il faut renoncer au monde pour le comprendre.* Il m'avait dit : « La mort n'est rien, mais avant de mourir, je voudrais retourner en Bretagne, y retrouver des sensations d'enfance que je suis seul à connaître... personne d'autre que moi... cela m'inquiète de les laisser... » Jean Grenier a oscillé entre la musique intime et le vide, seul absolu.

J'ai vu André Malraux, pour la première fois le visage immobile, étendu dans le salon bleu de Verrières, veillé par les oiseaux métalliques qui écoutaient en rond le premier sermon du Bouddha. Malraux s'était accroché royalement à l'Histoire ; il gisait comme un capitaine parmi le peuple de ses chimères : la sculpture qu'il avait coupée pour en voir simultanément les deux faces, les masques intemporels, le sourire de Reims qu'il avait plaqué sur un visage japonais, et la barque de Braque, échouée sur une grève, de l'autre côté. Malraux n'entrait pas dans la mort, il entrait pour la première fois dans le silence.

Il m'avait dit : « Préparez-vous à l'imprévisible. »

Selon le même rythme que les roues du train sur les séparations des rails, voici les pelletées de la terre trempée des Charentes qui tombent sur le corps de Dominique de Roux, avec elle toutes les pépites qu'il allait chercher dans les champs de mines. Il pleuvait à verse dans le trou gluant. Au fond de l'Angola, les maquisards de Savimbi jouaient du tam-tam en souvenir de Dominique et de ses ruptures créatrices ; le même rythme que les pelletées. Seule l'Afrique était assez simple pour aimer sans calcul et sans recul un aristocrate de nos vieilles terres. « Le plaisir aristocratique de déplaire. Se mettre à l'abri des réputations. Personne ne sait qu'on est éventuellement agenouillé et saint à l'intérieur de soi-même, comme d'autres le sont au ciel. »

Fils d'un monde assombri, je guette chaque lumière, je lui demande de ranimer les braises, et voici que ces lumières retournent à la terre. Je n'ai pas peur de tenir le chandelier mais je voudrais qu'il éclaire un recommencement. Les lumières sont parties sur les barques mortuaires. Que saurai-je faire le jour où je devrai à mon tour monter sur la barque ? Les Traditions préparent au dernier voyage ; dans notre monde séparé, nous avons oublié les étapes de l'itinéraire, le mot à dire au passeur, les vents dont il ne faut pas avoir peur, les embûches, les lumières aveuglantes… Nous n'apprenons plus que les ombres de surface. Je brandis ma lanterne : dites-moi d'où vient l'ombre ! Le désert ricane.

J'ouvre la porte donnant sur la voie. Malgré la vitesse à laquelle ils défilent, les cailloux du ballast ne peuvent cacher leur uniformité. Il serait vraiment dérisoire de recevoir d'eux la dernière sensation corporelle. Justement ! dit l'esthète cynique, la liberté est dans le dérisoire. Ce sont là pensées mondaines. La seule chose sérieuse est ceci : il suffirait d'un coup de pied pour atteindre l'éternité. Déjà l'enfant était fasciné par cette réponse possible à chaque instant. L'éternité de la mort ! L'intuition dit aussi : la fin du cercle est là, dans ces noces de la vie avec son origine. « Je suis impatient d'arriver au gîte de mes grands songes », écrivait Bachelard. Quelles retrouvailles offrirait le ballast ? La question se détruit d'elle-même. La fascination diabolique vient de l'absence de réponse. La conscience est étanche à l'autre côté. Je ne puis que ramasser des images de ce royaume-ci. Ce ne sont pas celles que je retrouverais sur le ballast, ce sont celles qui montent du *tata-tatatac* des roues. En voici une.

Aux vacances de Pâques, il y avait le retour en Corrèze dans la maison familiale sur la colline, les arbres aux secrets fidèles, le sapin aux bras râpeux, et cette très ancienne terre du Massif Central cuite par les siècles, la lenteur des gestes paysans, le sourire d'un vieux, l'écho grave du puits, jusqu'aux ronces des chemins qui étaient des amies. La grand-messe pascale à Brive, le marché aux bestiaux dans des cris bibliques, les gâteaux à la crème nommés puits d'amour, le fourmillement des rues le jour de la Résurrection, puis le retour dans la maison isolée, la complicité avec les bourgeons des bois, les bêtes, les oiseaux, le blé en herbe. Une fois, après l'arrivée des cloches porteuses de sucreries, l'enfant avait offert à la terre ses œufs en chocolat.

Et si ce train allait vers les pays de l'enfance ? J'en avais eu l'intuition un jour où, entraîné par une jeune Thaïlandaise, j'étais entré à la Sorbonne à un cours de traduction et de commentaire des *Upanishad*.

La découverte d'un écrit qui chantait la séparation-fusion avec tous les éléments fut pour moi comme une seconde naissance ; j'y trouvai la formulation d'une relation que je vivais depuis mes origines ; ces psalmodies me permirent ensuite de rencontrer Jean Grenier dont je devins le disciple.

« *En d'aveugles ténèbres entrent ceux qui se vouent au non-savoir, en des ténèbres encore plus noires ceux qui du savoir se contentent*[*]. »

Nouvelle naissance également, offerte par le corps des femmes. Dans mes cellules, après ma mort, il y aura le souvenir d'une robe qui glisse,

---

[*] *Brhihādaranyaka Upanishad.*

d'un secret qui s'ouvre, de l'usure des chairs unies qui se gonflent de vie.

Le seul rival de cette alchimie, je l'ai trouvé derrière les murs d'une abbaye au rythme des prières, du travail manuel, de la méditation et du Sacrifice. Autre miracle préservé — mais combien plus fragile car lié à l'histoire — ces hommes ou ces femmes qui offrent leur vie. Mémoire et promesse, ils sont comme des pierres — pierres sanguines — dans l'église noire et glaciale de la nuit ; ils attendent la gloire du lever du jour : *Loué sois-tu Mon Seigneur avec toutes les tiennes créatures.*

Dans le réfectoire, ils sont assemblés pour le repas pris en silence. Sur la voûte, glisse la voix psalmodiante du lecteur.

Ils sont aux champs, ou penchés sur un grimoire, ou sur un texte trop vert d'un théologien démagogue.

La nuit est tombée, il n'y a plus qu'une lumière vacillante devant la statue de la Vierge, c'est l'heure où monte lentement le chant du peuple immobile, *Salve, Regina !* Et les voyelles s'étirent du demi-cercle dans le chœur. *Ô ô ô clemens, Ô ô ô ô pia, Ô ô ô ô ô dulcis Virgo Maria.* Voyelles créatrices de monde dont nul sentimentalisme ne vient tacher la vigueur du sentiment, sa vérité retenue. Mais quand Dieu se tait, le corps suit la pente des cellules, même s'il sait que l'amour le plus fort est dans le don invisible...

Le silence de Dieu est le poids le plus lourd à porter. Bénie l'époque de l'enfance où l'on faisait soi-même questions et réponses. La solitude n'existe que pour celui qui a été uni. Que font les anges à l'heure de la séparation ? Je les ai entendus partir d'un coup d'aile rapide. S'ils reviennent, et seulement quand je ne les guette ni les appelle, je crois entendre qu'ils pleurent de mon abandon. Quelle issue ? Il est plus facile de donner vie à mille fantômes que faire revivre une foi en disgrâce. Je peux sans difficulté reprendre le refrain : c'est aussi pour cela que je vais vers l'Inde.

Je pense à la remarque d'une Indienne qui vivait à Paris : « Le côté feuille qui est en moi aspire à retourner en Inde. »

Si j'étais sage...

Dès les marches de la gare Santa Lucia, Venise vous entre dedans. Le philosophe dirait qu'on ne reçoit jamais la même première image, moi je suis toujours étonné par l'église San Simeone Piccolo et sa coupole élongée comme un bonnet pointu de laine quand une femme le retire de la tête (mais hélas, ici pas de cheveux pour retomber en boucles sur la façade).

*

Entrer au hasard dans une église, assister à la première messe du jour, vivre le sacrifice : *ceci est mon corps livré pour vous et pour la multitude*, s'élancer avec les cloches, rester vide de Dieu, avoir froid dans l'église désertée, retrouver le soleil, les marchands de légumes, les canaux, ce n'est rien, et c'est tout.

Vers deux heures de l'après-midi, les rues sont presque vides. Il n'y a que la pierre et l'eau, leur union.

Le reflet des palais dans le Grand Canal : un double trouble des constructions humaines.

Le miracle de ce soir est l'odeur du bois qui brûle dans une maison du côté de San Agnese.

Je retrouve l'eau noire sur les quais du Zattere. Je m'assieds. J'entre dans la nuit avec l'odeur du bois qui brûle. Les vagues, doucement, s'aiment.

Je retraverse Campo San Agnese — la fumée du bois est devenue un canal dans le ciel —, le pont de l'Académie, le Campo Morosini où les pas résonnent, d'innombrables ruelles où je me perds, j'évite la place Saint-Marc trop lumineuse, l'odeur de fumée a goût de pomme.

*

Un chemin naturel : le Musée oriental de l'orientale Venise. Le musée est situé dans le Palazzo Pesaro, en face du Palais d'Or.

Une lourde porte en bois, comme pour une audience, et je suis reçu par le silence d'un escalier gardé par deux haies de samouraïs armés jusqu'aux dents. Le gardien me fait signe de monter seul ; il a raison ; de ces guerriers brinquebalants émane une force qui empêcherait les plus braves de voler quoi que ce soit. En haut, j'arrive pourtant à dérober la joie que me procure une pleine lune peinte sur un kangra tibétain représentant le Bouddha entrant dans le *nirvāna* définitif. Je m'arrête devant des habitacles chinois en bois noir, pas plus hauts qu'une main, qui s'ouvrent pour laisser apparaître un Bouddha assis en méditation sur fond doré. Des dizaines de ces maisonnettes, ou sortes de châsses, sont alignées sur des étagères poussiéreuses, oubliées de tous, sauf de l'âme des bonzes qui en avaient la charge dans un temps déjà ancien. Les portes sont toutes ouvertes, hélas. J'imagine la puissance qui émane de ces formes noires, fermées, formes identiques qui contiennent ces Bouddha, chargés de nous protéger de nous-mêmes. Visibles, les statuettes deviennent des œuvres d'art ; invisibles, elles sont un pouvoir.

Avant de quitter le musée, je regarde le dessin de deux singes qui se battent et celui d'un chat indifférent à cet espace et à tous ces siècles qui le séparent de la main de l'artiste : *courez toujours, je reste.*

Moi, hâtif, je descends, retrouve les guerriers, la cour du palais et le soleil qui a grandi.

Je vais courir comme un enfant jusqu'au Grand Canal. Là, je rencontre les va-et-vient de la vie, le Palazzo Pesaro qui se reflète dans les vagues, un bateau qui le pénètre, une onde qui s'amuse à monter sur les marches. Un chat miaulant se souvient d'une caresse. Il s'approche, nous regardons ensemble le soleil sur l'eau. Il n'éprouve pas le même intérêt que moi pour cette jeune fille qui appelle son amie, « *Angelica, dove sei ? Dove sei... ?* »

*

C'est la nuit. Je ne reconnais rien. Il me semblait que cette église était San Giorgio degli Schiavoni mais rien n'est sûr. Dans Venise, la nuit, tout est clos. Puisque ce canal ne mène nulle part, essayons de longer celui-ci. Toujours personne pour m'indiquer le chemin. Si, là-bas, une femme fume sur un pont. « *Per favora, signora, dove siamo ?* » C'est une grande femme brune habillée de noir. Elle me répond sans se retourner avec une voix douce. Je me penche vers son visage. Des larmes dans ses yeux. Elle ne cherche pas à se cacher. Je tends la main, la pose sur son épaule. Elle prend peur, me repousse, se recroqueville. Je suis désarmé et ridicule avec ma main en l'air. « *Lei e bella !* » Elle n'entend pas, elle reste prisonnière de ses larmes.

*

« Venise : l'oiseau de songe que l'Italie avait lâché sur l'Europe », disait Malraux qui n'y allait pas de main morte. Pour Jean Grenier : « *Venise*. J'ai cru que je pourrais enfin y vivre pour moi-même, inconnu de tous, enfoui sous le passé, serré entre une place et une église, mangeant dans une pauvre trattoria fréquentée par des joueurs d'orgue de Barbarie — la seule ouverture de ma vie donnant sur le rêve. »

Et Dominique de Roux, accompagnant le

cercueil d'Ezra Pound : « Venise s'ouvre aux usages oubliés de la mort. »

Je voudrais immoler les femmes aimées dans un bûcher d'eau. Que la chair où l'on s'abolit s'étire en vagues jusqu'à la mer sans rivage.

*

Lorsque nous serons recouverts de terre, il nous faudra prendre la mer. On dit qu'il y aura un passeur. Des tablettes orphiques parlent de deux sources ; l'une au bord d'un cyprès blanc effacerait le souvenir de l'origine divine, l'autre venant du lac de Mnémosyne serait un *frais ruissellement de sève*. Il ne faut en aucun cas s'approcher de la première mais boire l'eau de la seconde qui réveillera notre essence. Sans initiation préalable, il nous sera difficile de ne pas nous perdre. Par exemple, si l'on se retrouve sur la lune où, selon la *Kaushītaki Upanishad*, s'en vont ceux qui quittent ce monde, et si la lune demande : « Qui es-tu ? », la seule réponse est : « Je suis toi. » Ceux qui n'agissent que par habitude seront les plus troublés.

Pour nous qui vivons dans une époque coupée de toute tradition, il nous reste la poésie comme guide de voyage.

Le vaporetto dodeline devant la Chiesa dei Gesuiti, puis s'immobilise en crachant de l'eau sous son ventre ; je monte, nous prenons la mer. Je vais retrouver Ezra Pound au fond du cimetière marin de San Michele.

L'île des morts. Des hommes en noir hissent le cercueil du poète indifférent aux secousses. L'histoire l'avait habitué aux métamorphoses. Un arbre orange rappelle le feu des cycles.

Voici les premières tombes, celles des enfants. Leur petite sœur la mort corporelle les a rassemblés côte à côte. De quelle jouissance frémit-elle quand elle interrompt un jeu ? Sur une photo en médaillon bombé, Giovanni, cinq ans, souffle les bougies de son dernier anniversaire ; Francesco sourit sur son lit de malade, sa mère est là qui lui tient la main ; Laura n'a pas encore de dents ; Agostino, sept ans, a le regard déjà parti. *Laudato si, Misignore, per sora nostra morte corporale.*

Une porte étroite grince, les pas lents sur le gravier, les tombes des soldats morts pour une *Patria* qui a de gros seins nus, des ailes et des bras maternels grands ouverts. Des ailes pour aller où ? Ce soldat est mort quelque part en mer, nul n'a retrouvé ses os rongés par le sel. Qui peut nous dire si le dégoût de l'écume ne l'a pas précipité vers la source du cyprès blanc, celle de l'oubli ? Une autre porte, des tombes trop propres, pleines de fatuité, qui veulent opposer la dureté du marbre aux malices de la mort. Erreur. Notre *sœur* n'aime pas l'orgueil, elle accepte seulement les offrandes. Une porte, des tombes sans importance. Un étroit passage, des croix plus délabrées. Une allée obscure, une porte rouillée, une forêt de cyprès où se mêlent des palmiers, voici le bout de l'île, dans une avancée vers la mer, le cimetière des étrangers, échouage de l'Europe faustienne.

Julia Dawson.

Ci-gît Charles Burki de Jenner de Berne, né le 22 novembre 1805.

Hier Ruth in Gott Dorothea Adalfi.

Ici repose la dame Louise Wilhelmine Piote, née à Pforzheim le VI mai MDCCLXXXV.

Le Conseiller d'État actuel et chevalier Guillaume de Freygang, né à Saint-Pétersbourg le 6/18 janvier 1783, mort à Venise le 19/31 mars 1849, servit l'Empereur et l'État 50 années.

De la tombe effondrée de Johana sort un palmier, Johana, eldest daughter of Henry Bradshaw Fearon, formerly of frogual hamstead, London.

Celle d'Arturo di Heinzelmann est couverte de lianes.

Ici ce nom imprononçable d'un pays de légende : Nyugszik Ràcz Szabolajos. Et là, au bout de l'enclos sombre, malgré les murs, la rumeur étouffée de la mer dont on aperçoit un éclat à travers un grillage.

Pas de pierre pour la demeure du vieux poète du Nouveau Monde, mais un trou circulaire dans la terre à côté d'un cyprès heureux d'avoir à son pied un compagnon d'ascension.

Au bout de l'île de San Michele, Pound regarde encore vers l'Orient. Il a défriché les chemins du voyage, il a appelé les idéogrammes de Confucius, cherché à recoller les morceaux épars de la culture. Pénélope savait que le tissage est une œuvre de patience. Pound avait une liberté sans racines, celle du saltimbanque, celle de l'Amérique. Trop conscient de l'échec de ses compatriotes, il est venu dans les vieilles terres de culture avec une naïveté de nouveau riche : « Je vais vous arranger ça. » Il faut des générations d'artisans chinois pour que le vase trouve sa forme et sa couleur justes. Enfant gavé, enfant casseur de jouets, l'Amérique a donné Pound à la poésie sans pour autant lui fournir l'humus nécessaire aux œuvres qui dépassent le temps. L'Amérique est trop avide et trop impatiente pour ensemencer.

Chez nous aussi Picasso a trop joué avec le temps pour être, dans l'avenir, beaucoup plus que le témoin génial d'un temps. Oui, seulement d'un temps, et pas de l'*aultre* temps.

*

De retour dans la ville des vivants, du côté de San Rocco, je suis attiré par une musique qui provient d'une maison précédée d'un jardinet. Soudain éclate le fracas d'un *Christe Eleison !* La femme le chante comme un cri d'amour. Elle roule le *r* comme si elle en mangeait la chair, comme si sa passion pour le Crucifié était toute sensuelle. Quand le Seigneur s'incarne, les sons deviennent anthropophages.

La nuit tombée, je suis revenu sur la Fonda-mente Nuove pour contempler l'île du cime-tière. Au loin, derrière les grilles qui enferment les cadavres, il y a seulement une lumière qui clignote. « En vérité ce monde n'est pas une demeure perdurable. Tu sais bien que c'est la maison de la mort, une maison qui glisse vers le néant. » Abou'l Atahiya.

La grande femme brune est absente de la nuit vénitienne. Peut-être ne pleure-t-elle plus.

*

À l'entrée de cette église, un ange tend une coquille pleine d'eau bénite, il offre à la caresse une jambe et une épaule nues. Plus loin, une tête de mort rappelle l'après-sourire. Sur l'autel, la lumière rouge du Saint-Sacrement respire avec les taches de soleil. Une peinture représente le Christ en tenue de jardinier : *Noli me tangere*. Une autre, la Vierge partie vers le ciel. Cette tapisserie, les trois mages venus des trois hori-zons de la terre. À la sortie, la tenture rouge joue avec le vent, elle est la robe d'un corps céleste.

Sur les bords d'un canal, une marchande des quatre-saisons tend des citrons, du thym et des tomates. Un vieux chat regarde une barque accoster. Une femme chante dans une chambre sombre. Un gondolier ridé caresse une petite fille rose.

De la gare, j'entends la rumeur des trains pour les villes d'Europe. *Milano, Londra, Roma, Beograd, Vienna, Parigi, Monaco...* Vieilles villes épuisées par les fruits trop lourds de leur passé.

À toute volée, les cloches sonnent le retour de la liturgie. La femme brune est partie avec les cloches.

Le bateau voguant vers le Lido reçoit de plein fouet les vagues du large. Sur la plage de sable nu une crevette agonise.

Dans ce jardin, un oiseau éparpille sa joie.

Si j'étais sage, j'arrêterais ici mon itinéraire vers l'Orient.

*

Les mots que O. V. de L. Milosz a déposés sur Venise : « Escabeau velouté pour les genoux de la prière. »

II

ES-TU FEMME
OU DÉESSE ?

Hélène — *Je ne suis pas allée à Troie, c'était mon ombre.*

Le Messager — *Comment ? Nous aurions en vain peiné pour un mirage.*

EURIPIDE.

La Pythie

Entre ciel et mer, sur la dernière tentative des Alpes, j'ai mangé du pain et du fromage blanc, j'ai bu du vin piquant.

Au-dessus de Duino, écouter Rainer Maria Rilke : « L'avenir est fixe, cher Monsieur Kappus, c'est nous qui sommes toujours en mouvement dans l'espace infini. » Puis le train est descendu sur Trieste avec son parfum ranci de l'Europe début de siècle.

J'ai aimé la campagne slovène avec ses paysannes à fichus. J'ai senti s'éloigner l'Istrie, clitoris de l'Adriatique où Rome et Venise avaient déposé la caresse de leurs temples. J'ai dormi. Je me suis réveillé à Belgrade où j'ai parlé avec une Australienne qui lisait *la Nausée* du pauvre Sartre sur le quai. Elle n'a pas voulu rire, elle était fatiguée. J'ai attendu longtemps le train de Thessalonique. J'ai mangé des pommes et du fromage, bu de la slivovich. J'ai vu l'automne par la fenêtre. À la frontière grecque, j'ai ramassé un morceau de terre que j'ai mis dans mon sac. Je me suis fait voler par un vendeur d'œufs pourris. Souvent je voyais Venise.

J'ai pensé à Ulysse qui était endormi lorsqu'il atteignit enfin sa terre d'origine où il fut déposé par les Phéaciens.

Puis le *tata-tatatac* au-dessus de la terre grecque, les plaines aux oliviers, la nuit, la mer, Thessalonique, la gare, le résiné, les gestes dans le brouillard, un nouveau train au petit matin que j'abandonne à Lamnia pour prendre un car de montagne qui me dépose à Amphissa d'où je finis par en trouver un autre pour Delphes où j'arrive fourbu et ensommeillé mais conscient d'y être. Est-ce un bien ? Je suis chassé de l'abord des ruines par sept cars de touristes alignés sur la route pour manger le sanctuaire, je marche jusqu'à Arakhova puis je grimpe sur les flancs du Parnasse, à travers une forêt humide, pour atteindre à la tombée du jour l'antre corycien dédié à Pan et aux nymphes.

Cette grotte est un œil sombre dans le visage du Parnasse, l'œil d'un cyclope qui s'ouvre, unique, sur un faciès inquiétant. Si vous n'êtes jamais entré dans un œil, faites-en l'expérience là-haut. Vous aurez peur du sifflement du vent à ses abords, peur de l'abrupt de la roche, peur quand on descend derrière la paupière inférieure, et peur d'être saisi, dans le noir, par un murmure qui provient des innombrables gouttes d'eau qui suintent. À l'intérieur, l'œil noir pleure.

Une goutte (en fait, toujours différente, les Grecs nous ont bien prévenus…) tombe du plafond sur un réservoir où elle joue de la musique : *Ploc ! plouk ! plock !* Le son change selon qu'elle tombe au centre du réservoir ou à sa périphérie. Il y a là le rythme d'un poème.

Dormir dans la grotte.

Le lendemain, réveil transi, imbibé comme une éponge. Quelques rapaces curieux (gourmands, plutôt) tournoient dans le cristal glacé du matin.

Je m'étais promis jadis que je ne visiterais le sanctuaire d'Apollon qu'en compagnie d'une femme aimée. Puisque aucune nymphe, ni même une bergère qui m'eût dit : « Je suis venue vierge en ces bois, je rentre femme à la maison », n'a daigné rompre ma solitude, je descends vers la plaine sacrée sans me retourner.

Me voici noyé dans les oliviers au-delà du cou et voilà que j'entends au loin les cloches d'un troupeau. Pas facile de le repérer dans l'enchevêtrement des branches. L'irrégularité des plantations alliée à celle du terrain rend toute décision aléatoire. Je contourne un rocher par la gauche, une rivière coupe alors ma route ; je dois la contourner à son tour pour me retrouver encore plus loin des clochettes. En fait, le but n'est qu'un prétexte, la joie est contenue dans les fleurs orange, le rocher au pied de la montagne, les oiseaux déchaînés ou le léger bruissement des oliviers.

Enfin, après vingt détours, j'aperçois les moutons musiciens sur un des flancs de la montagne de Delphes. Une femme les garde.

La montagne n'avait pas dit son dernier mot. Elle a disposé entre les moutons et moi une arête rocheuse qui me force à redescendre dans la plaine où des ruisseaux grossis par les récentes pluies d'automne barrent ma route. Je passe la rivière sur une branche, j'arrive à bon port et plouf ! je croyais sauter sur de la terre sèche, je plonge dans la tourbe.

Je trouve maintenant le bon chemin. Bergère, me voici, garde ton chien. Hé, par Zeus, calme-le ! Écoute, bergère, j'ai trouvé le mot qui calmera les ardeurs de ton mâle aboyeur : *Imè xenos*, je suis étranger. Qui plus est, je ne suis guère méchant, animé par le désir de partager avec toi un morceau de pain et un morceau de temps. Je suis un voyageur étranger venu de ce pays lointain que tu nommes encore Gaule (*Gallia*). Et toi, qui es-tu ? Tu es belle et point farouche quoique tes yeux soient durs. Je t'explique en langue charabia que j'aime le son des cloches de tes moutons, ce qui t'étonne. Tu me dis quelques mots sur les rivières en voyant mes jambes tachées de boue. J'apprends que tu as deux enfants, tu apprends que je n'en ai pas, non plus de femme. Je vois une inquiétude passer dans tes yeux. Je te dis mon envie d'aller passer la nuit au monastère d'Ossios Loukas. Tu me donnes une indication sur l'horaire du car d'Itea à Distimon. J'ajoute que je me rends aux Indes, tu me réponds qu'il y a à Delphes des hôtels pour étrangers. J'insiste : *Indiki !* Mystère pour toi. Je te parle d'Alexandre le Grand, cela te fait rire. Tes dents sont abîmées mais quelle force, quelle vérité dans ce rire. Grâce à lui nous pouvons ensuite nous taire sans gêne. La lumière rouge du soir sur les roches, les cloches, les nuées d'oiseaux en contrebas dans la marée sombre des oliviers, le chien aux aguets, et ton regard sans concession sur les bêtes. La sphère nous enveloppe.

Tu m'as montré le soleil qui allait disparaître vers le golfe de Corinthe. J'ai compris. Tu avais tes moutons à rassembler, tu avais à rentrer, à préparer la soupe à l'huile pour l'homme et les enfants, peut-être quelques châtaignes, des olives, de ce fromage blanc de brebis dur et piquant. Tu avais ton rythme réglé par le glissement du soleil, tu n'avais pas de temps à perdre avec les mots, ces sortes d'insectes. Quant à moi, j'avais le cœur serré, l'as-tu senti ?

Il est stupide d'avoir soif quand on patauge mais *c'est ainsi*, comme dirait un vieux sage chinois. Par chance, je trouve une source qui dispense une eau claire. Pindare disait que l'eau est, avec l'or, la meilleure chose au monde. J'ai l'eau d'une source et l'or de la lumière. Je les mélange dans mes mains. Au fond de ma besace, je retrouve la poignée de terre ramassée à la frontière et un morceau de glaise de la grotte de Pan. Je les assemble, j'y mêle de l'eau de la plaine, je forme un omphalos, œuf cosmique, à l'image de celui de Delphes, sein ou phallus, intercesseur du ciel et de la terre. Comme le *lingam* des hindous, il est une ascension sphérique. Je le consacre à ma déesse intérieure, je l'enterre. Chacun peut aller le chercher, il est là où l'or et l'eau ne font qu'un.

Je trouve la route pour Itea. Je devine au loin, très haut, le sanctuaire d'Apollon Pythien dominé par les roches Phaédriades dont les coulées d'orgues tombent du ciel.

La Pythie a disparu après son dernier oracle adressé à Julien l'Apostat :

« Annoncez-le au roi : il a croulé au sol le superbe édifice.

« Phoïbos ne possède même plus une cabane, plus de laurier prophétique.

« Et la source est muette ; l'onde éloquente elle-même n'est plus. »

Tychée

De ma cellule du monastère d'Ossios Loukas, je vois le sommet d'un cyprès qui se dresse
dans un ciel très bleu. Le poète japonais Tadao
Takémoto raconte que lorsque le peintre coréen
Ung No Lee était prisonnier dans son pays, il
avait passé plusieurs mois avec la seule compagnie d'un arbre qu'il apercevait à travers une
lucarne. Après un moment d'accoutumance, cet
arbre prit l'habitude de lui dire : « Je suis là ! »

Dans la cour du monastère, un vieux moine
du genre bourru donne des coups de balai
désordonnés. Il s'arrête, tend son instrument
vers le ciel, profère des paroles, fait de grands
gestes, reprend son travail, poursuit son mono-
logue. « Mais à qui donc parlez-vous ? » Il se
plante devant moi, me regarde avec étonnement
et me répond avec colère : « *Theos !* » avant de
reprendre son manège.

Les offices de nuit sont interminables. Des
moines chantent d'un air distrait. L'important

n'est pas de se pénétrer du sens, c'est de faire passer la Parole dans son corps. Faut-il être conscient que l'eau est bonne pour qu'elle vous désaltère ?

Bon. Mais hier, celui-ci, je l'ai vu peloter une touriste allemande à qui il montrait l'iconostase.

Après les offices, promenade dans les champs qui s'étendent sous la terrasse, parmi les chaumes, les cyprès et les vignes rouges. J'ai effectivement été *nourri*, mes cellules en sortent changées.

*

Chronos dévore ses propres enfants. Il a dévoré le voyageur schismatique arrivé au monastère. À la troisième aube, le sac, mes préjugés, mes jambes, mes interrogations et cette part de moi qui échappe à ce qui précède, nous nous mettons en route.

Nous retrouvons Distimon, triste sous un ciel gris, nous continuons à marcher en direction du nord, vers le Parnasse dont le sommet caché, parfois dévoilé par un coup de vent, héberge à coup sûr une Muse, qui fait chanter et siffler les souffles.

Dans le fracas du vent, nous arrivons à un croisement désertique. Quatre routes : la nôtre, celle de Thèbes, celle de Delphes et, droit devant, vers le Parnasse, celle de Davila (Dolis). Un lieu âpre où le vent s'engouffre ; des roches nues aux teintes sombres et, cernés par la lande, quelques oliviers dans un champ cultivé qui semble incongru. « Vallée obscure, chênaie… », disait Œdipe lorsqu'il se remémorait le lieu où il tua son père Laërte. Les chênes ont été abattus, et leur armure avec, appelant le vent et sa ritournelle. « … Défilé à la fourche des deux routes, vous qui avez bu le sang de mon père, — mon sang, de mes propres mains versé ! — dites-moi, témoins de mon crime, vous en souvenez-vous ? » C'était donc ici, la croix du destin.

Les Grecs rendaient un culte à une divinité, Tychée, que les Latins ont appelée Fortuna, la bonne et mauvaise fortune, la chance, qui échappe au destin, à la Moïra. Pausanias rappelle que les dés, inventés par Palamède et offerts à Tychée, avaient été déposés à Argos dans son sanctuaire. Le sage doit savoir que Tychée, souvent associée à Aphrodite et à Éros, prête mais ne donne jamais. Déesse de la naissance, elle était fondatrice de villes et liait les parties du monde qu'étreint le ciel, pénétrant l'univers de son âme divine. L'importance de son culte grandit assez naturellement avec la décadence d'Athènes, surtout à partir d'Alexandre et de ses successeurs.

Lorsqu'il pérorait avant le drame, Œdipe disait : « Moi, je me proclame l'enfant de Tychée. » Puis son couteau ira droit au cœur de son père, lui ouvrant ainsi, devenu rouge, le lit de sa mère.

Avec le *karma*, la pensée indienne a instauré une causalité plus évidente. Chaque acte porte des fruits, il est lui-même le résultat d'actes antérieurs. Mais c'était peut-être cela, dans le fond, la pensée des Grecs. J'écrase une motte de terre dans ma main. Il y aura un jour un écho.

Entre deux nuages, l'œil blanc du Parnasse regarde la plaine avec indifférence. *La vérité est au-dedans de vous*, disait Jésus.

Athéna

En arrivant à Athènes, j'aurais dû aller rendre hommage à Athéna, ou bien à Aphrodite en quelque lieu lumineux, ou aux muses sur les collines, mais le goût de cendres qui monte quand je songe au destin actuel de l'Europe m'a poussé à aller d'abord saluer les morts du Céramique qui au moins, eux, sont immortels[*].

Grande paix. La voie sacrée conduisait de l'Agora d'Athènes au sanctuaire d'Éleusis. Là, passaient les processions éleusiniennes, ceux qui allaient savoir.

Les morts sont inscrits, vivants, sur les bas-reliefs creusés par le soleil matinal, ils ont les gestes de la vie quotidienne. Eucoline avec son oiseau, Aristion, Koroïbos, Agathon, Hégéso, fille de Proxénos, le visage penché, la main offerte, Sosikratès, Korallion l'amoureuse qui s'accroche au bras de son époux : « Viens avec moi », Lysanias mort à vingt ans à la guerre de Corinthe.

---

[*] Je me suis rapproché de la mort. J'en parle moins.

Nulle angoisse, nul tragique dans les inscriptions et les visages, seulement la constatation que le mort est de l'*autre côté* mais qu'il est possible de rester en amitié avec lui.

Nous devrions construire dans nos maisons le foyer des ancêtres, l'icône des absents *présents*. Double moyen de rompre l'angoisse de la mort, la rompre grâce à son commerce familier, et grâce à la certitude qu'une fois de l'autre côté nous serons également dans cette pièce au-dessus de la flamme dorée. La présence des morts est un moyen de nous relier au cosmos. Nous sommes un passage dans le recommencement du monde.

*

Athènes a réussi à devenir l'une des plus laides capitales de l'Europe. Et ce n'est pas fini : la Plaka empeste le chewing-gum. La différence entre l'aliénation par les chars, modèle soviétique, et l'aliénation par l'argent, modèle amerloque, est que cette dernière ne se contente pas des corps, elle s'infiltre dans les âmes. D'où, provisoirement, son succès.

Arrivé sur l'Acropole, je me dis que j'aurais mieux fait de rester tout le soir sur les pentes de l'Hymette près du monastère de poche de Kaisariani, qu'Ovide avait tant aimé, et où je suis allé après le déjeuner avec le désir d'écouter les abeilles. Parties, les vilaines ! J'ai écouté le murmure de la source.

Ici c'est la foire, la foire américaine, s'entend. Il est évident que nous ne méritons plus l'église de la Vierge antique, le Parthénon ; qu'elle nous le prouve en s'enfonçant dans la roche. Un gardien a pour tâche d'empêcher les trop nombreux barbares d'entrer dans le temple d'Athéna usé par les millions de savates qui ont traîné sur ses flancs. Son unique chanson est : « *Don't go there !* » qu'il accompagne d'un coup de sifflet. Seul un vieux Japonais, qui doit être sourd ou sage, ou les deux, a pu pénétrer dans les lieux sacrés. Le gardien s'égosille dans l'hilarité générale ; rien n'y fait. Impassible, le Japonais traverse lentement le sanctuaire interdit puis redescend de l'autre côté, vers le petit musée. Il y a des hasards qui se méritent.

Après ce moment de grâce, la triste danse des visiteurs réemplit le site. Las de mes contemporains, je m'assieds à l'écart, près du mur qui surplombe le théâtre de Dionysos ; par bougonnerie j'enfonce les mains dans mes poches. J'y retrouve un papier plié en trente-six où j'avais jeté des phrases, sortes de prières, lors d'un précédent voyage :

« Ô présence ! ô beauté pleine et sûre ! déesse dont le culte signifie don et communion, toi dont le temple est une leçon temporelle de création, je m'incline devant[*]… »

Et voici, quel malheur ! qu'un souffle de vent emporte le papier sale. Me voilà frais. Le Japo-

[*] Cf. *La prière sur l'Acropole* de Renan qui est ici retournée.

nais solitaire s'approche de moi en riant et mime avec ses mains l'envol de ma prière. « *Kaputt !* », fait-il, les yeux fermés tant il rit.

Je ne ris pas. Comme le gardien n'est d'aucun secours, je quitte ces lieux profanés et voleurs. Patience, j'ai une idée.

Je vais attendre la nuit dans une de ces minuscules églises perdues au milieu des horribles pièces montées aux angles cassants et froids qui bordent les avenues d'Athènes. Véritable écrin byzantin, l'église toute en rondeurs n'est éclairée que par une bougie qui fume.

Quand la ville est devenue sombre je regagne l'Acropole. Mon projet m'était venu à la vue d'une brèche repérée dans le grillage entourant l'Acropole, du côté des anciennes grottes de Pan. Sauter les grillages qui clôturent les ruines fait partie du savoir-vivre du voyageur amoureux.

Cette nuit, je suis aidé par un mince filet de lune. Première barrière : rien à signaler. Maintenant, il s'agit de gagner les Propylées.

Sans hâte, j'arrive à l'entrée de la ville haute. Je me garantis des regards en marchant à quatre pattes. Voici le Téménos d'Athéna Hygieia, à gauche les Propylées et, enfin, devant moi se dressent, vivantes et blanches, les colonnes du Parthénon.

Malgré l'impatience, je reste cloué au sol par une présence. Puis la crainte la chasse, je repense à la situation : si un gardien surgissait, je serais ramené dans la ville basse comme un voleur et un violeur. J'ai l'oreille fine, pas un bruit. La présence revient. Elle m'attire. Je me relève, oubliant toute prudence et je m'approche de l'entrée du Parthénon (ô Vierge !), je m'arrête à nouveau. Athéna est là, fière, habillée d'argent, le regard très haut, Athéna qui parle sans un mot. Je comprends. Chassée le jour par la vulgarité du temps, elle revient la nuit au milieu des colonnes blanches. Des siècles de ferveur ont été plus forts que les négations ultérieures. Ils ont laissé, suspendus dans l'air et la pierre, des fils de prière qui se rassemblent en secret à l'heure où la Présence à nouveau enveloppe le temple. Je lui réponds :

« Je suis né, déesse aux yeux lucides, de parents qui furent jadis tes fils. Mes pères ont grandi, protégés par ta lance, nourris par tes mystères. »

Je me relève.

Je ne sais plus si Athéna est toujours présente ou si elle est partie, enfouie en moi, enfouie dans la pierre, ou dans le clin d'œil blanc de la lune. J'avance grâce au désir de retrouver les traces de mon passé inscrit sur une feuille volante. J'ai repéré l'endroit où est tombé le papier.

À gauche de ce cyprès, avant ce buisson, juste au-dessus de cette roche. J'enjambe le mur, je…

Alors, comme par un éclair, l'Acropole s'enflamme. Je reçois les feux violents d'une lumière qui me plaque au sol. Un grondement perce mes oreilles. Des cohortes d'ombres défilent sur les murs aveuglants de blancheur. Des roulements de tambour montent à l'assaut de l'Acropole. De partout surgissent des lueurs rouges, puis vertes, bleues, puis des voix, des musiques en un sabbat effréné.

Comme un animal pris dans le hallali, je gagne en crapahutant un coin d'ombre où je me ressaisis.

C'est un « son et lumière » organisé, je suppose, à titre exceptionnel car la saison en est passée. Adieu papier, adieu passé, adieu prière inachevée.

Profiter d'un moment de trouble, le pillage des Perses par exemple, gagner au plus vite le chemin circulaire et, de là, courir (suis-je pour les spectateurs un prêtre d'Athéna pourchassé par un Spartiate ?), atteindre les ruelles sombres de la haute Plaka, me cacher des éventuels poursuivants et, enfin, arriver d'un pas de sénateur, quoique penaud, dans la ville inchangée.

*

Adieu à la lumière grecque dans le théâtre d'Amphiareion, grande coquille usée, déposée parmi les pins craquant du chant des cigales.

Le jaune du soir colle aux branches vertes.

Chaos de pierres et d'images masquées.

À côté sur un gradin, un lézard attend en vain l'entrée des acteurs.

Un léger coup de vent fait tomber des branches une coulée de lumière.

Dans le ciel un nuage rose attend.

Au loin vers le golfe, un caboteur enveloppe le silence puis se laisse aspirer par lui.

Entre les pierres descellées, des fleurs rouges lâchent des parfums tièdes.

Ah ! des oiseaux se poursuivent. Est-ce l'annonce de l'arrivée du chœur ?

Non, les oiseaux se fondent dans l'ocre sombre. Le ciel devient vide.

Le lézard s'en va, je resterai seul avec une pomme de pin.

*

Le voyageur doit avoir présent à l'esprit cette histoire chinoise racontée par Jean Grenier : « Un vieillard qui vivait avec son fils perdit un jour son cheval ! Les voisins vinrent lui exprimer leur sympathie pour ce malheur et le vieillard demanda : "Comment savez-vous que c'est un malheur ?" Quelques jours plus tard, le cheval revint, suivi de plusieurs chevaux sauvages, et les voisins retournèrent féliciter de cette chance le vieillard, qui répliqua : "Comment savez-vous que c'est une chance ?" Entouré de tant de chevaux, le fils se mit à les monter et, un jour, il se cassa la jambe. De nouveau les voisins exprimèrent leur sympathie et le vieillard répondit : "Comment savez-vous que c'est de la malchance ?" L'année suivante, il y eut une guerre et, parce que le fils était boiteux, il n'alla pas au front. » Lie-Tzeu.

III

LE NOUVEL ITINÉRAIRE

> Apollonius de Tyane — *Vous n'êtes donc pas capable de commander chez vous ?*
>
> Damis — *Autant que vous, Apollonius, et la preuve, c'est que j'ai abandonné ma maison, et que me voici par voies et par chemins, comme vous, cherchant à m'instruire et à voir ce qui se passe dans les pays étrangers.*
>
> PHILOSTRATE.

Le pont de Galata

Après la nuit, les gares grises, les attentes, les montagnes pelées de la Macédoine et de la Thrace, les plaines somnolentes, la mer à Alexandropolis, la remontée vers Andrinople, l'interminable frontière à Pithion, je retrouve l'éclat de l'automne en Turquie d'Europe. Flamme des peupliers. Migration d'oiseaux lourds. Maïs séchés. Là-bas, des pruniers se déshabillent.

C'est la terre familière, l'ancienne saison de la rentrée des classes, des champignons, des châtaignes, des feuilles jaunes suspendues dans l'air qu'il est bon d'attraper au vol, mais il suffit d'un minaret pour aussitôt se sentir en terre *étrangère*. D'aucuns diraient en terre infidèle. Il en est de même parfois avec une femme, il suffit d'un mot, d'une moue, pour la sentir s'éloigner. C'est alors que l'union devient une démarche créatrice.

Le train trottine dans la campagne, s'arrête dans de petites gares, prend des paysans d'un autre temps puis un Turc d'Europe bien chapeauté ; il siffle sur le quai et nous voici repartis dans la campagne européenne revêtue d'Islam. Je me demande si la terre a la même odeur. Ce paysan coupe son pain comme ceux de mon enfance en Corrèze. Le nourrisson naît nu, sanglant plutôt. Est-elle solide l'argile cuite dont on le revêt par la suite ? Dans mon village, à la sortie de la messe, les paysans avaient le visage buriné de ce Turc au chapelet.

Un souvenir récent : la nuit est tombée sur le monastère d'Ossios Loukas. Les cloches me réveillent. Je m'habille à tâtons dans une cellule sans lumière et descends dans l'église pour assister à l'office de nuit. Comme il doit s'agir d'une commémoration importante, l'higoumène a revêtu des habits sacerdotaux tissés de fils d'or et une étole croisée sur l'aube. Lents, répétitifs, pénétrants, les chants s'élèvent dans l'immobilité du temps. Quelques flammes somnolent devant des icônes entourées d'argent. Rien n'a bougé depuis cinq siècles. La prise de Constantinople par l'Infidèle a eu cette conséquence de fermer l'orthodoxie grecque au monde extérieur, tel un mausolée sans porte. Privé de tête, le corps ne pouvait que se figer en attendant le retour de la vie. Une tradition encore vivante en Grèce raconte que lorsque les Turcs pénétrèrent dans Sainte-Sophie, une messe était en cours. Le prêtre qui célébrait prit le calice et arriva à s'échapper par un souterrain secret. Lorsque les Grecs reprendront la Ville, le prêtre réapparaîtra pour achever sa messe. Pour l'heure, il est dans l'entre-deux.

Je crois que la fin de cette messe se célébrera un jour à Moscou où l'Européen Charles de Gaulle, fils de l'Empire d'Occident, est allé communier[*].

(S'il y a, en l'an 2043 par exemple, des lecteurs pour lire ces lignes, ils les trouveront d'une nostalgie bien naïve si le matérialisme a achevé de balayer nos vieilles cultures, ou bien banales si, après avoir reforgé l'Empire d'Orient par le communisme, les Russes l'ont solidement attaché au ciel avec la religion. J'écris cela mais, la vérité ne sera sûrement pas dans cette dualité simpliste. Un troisième larron toujours tire les marrons du feu. S'il y a un renouveau de l'Esprit, ce qui se pressent par mille signes, il ne sera pas la copie d'une figure passée. Préparons-nous donc à l'imprévisible et favorisons les images aux dépens des concepts[**].)

Je sors de mes pensées. Ma main sur la vitre tremblante, une veine gonflée, des chèvres dans un champ, le *tacatac* du train... la *présence* même de la vie est si incompréhensible.

À l'heure du déjeuner les passagers du compartiment sortent leurs provisions. Nous n'avons aucune langue commune pour nous comprendre ; nous échangeons des fruits secs et du fro-

[*] Je rappelle que ce texte date de 1981.
[**] Nécessité de retrouver la voie des symboles.

mage blanc. Un paysan turc mange avec son couteau. Je fais de même, retrouvant le geste d'une civilisation agraire qui vit en Europe ses ultimes heures.

Des chants naissent dans le train.

*

Foule dense dans la gare d'Istanbul. Des soldats armés jusqu'aux dents surveillent la sortie des voyageurs.

Dans la première ruelle, je ne trouve pas l'Orient mais une ville grise où des hommes marchent sans un mot.

Je dépose mon sac dans un office crasseux. J'erre. J'entre dans un café sombre. Tables de bois, fumée lente.

*

Les Turcs manifestèrent de la grandeur lorsqu'ils décidèrent que l'ancienne cathédrale de l'Empire, Sainte-Sophie, ne serait plus une mosquée, qu'elle deviendrait un musée. J'admire ce geste quoique je le regrette. J'aurais préféré entendre dans le temple de la Sainte-Sagesse la récitation des sourates du Coran plutôt que le stérile ânonnement des guides touristiques. La vie vaut toujours mieux que les musées.

Cette vie reliée au ciel, je la trouve dans la mosquée bleue. Enveloppé par le sacré dans l'immense sphère, je reste des heures assis sur les tapis multicolores. Une telle architecture est une drogue, effectivement. Une drogue venue de l'intérieur, et qui nous situe dans cet autre temps où le cœur a des ailes.

Jean Grenier : « Marx fait le plus grand éloge de la religion en disant que c'est l'opium du peuple. »

*

Enserrée dans les murailles de Topkapi, une église est un joyau byzantin : Saint-Irénée. Elle est pleine d'une lumière vieux rose. Des pigeons se pourchassent sous la coupole ; l'un d'eux traverse un rayon de soleil.

On entend la sirène d'un navire, au loin.

Le cloître embaume l'odeur de figues trop mûres qui émaillent le sol. Des guêpes se régalent. Il y a dans ce cloître sauvage des canons, plutôt amicaux, et un vaste sarcophage grec en porphyre rouge, comme neuf. On pourrait s'y installer à plusieurs.

*

Je passe et repasse sur le pont de Galata, respirant la mer grecque, respirant l'Asie. D'un côté la tour de Galata, de l'autre Sainte-Sophie ; par ici les minarets de la mosquée de Soliman le Magnifique, plus haut dans la Corne d'Or le Patriarcat orthodoxe, miette d'empire ; après les murailles, vers le nord, le café campagnard où Pierre Loti retrouvait l'Orient costumé de ses chimères ; et là, derrière le Bosphore et les coupoles, la rive brumeuse de l'Asie, les steppes où serpente la cicatrice de fer qui relie le feu des Vestales à celui de Zoroastre.

Assis sur le pont, un vieux Turc en costume traditionnel s'étonne de mes multiples passages. Comment lui dire que mon mouvement exprime l'incertitude du lieu ? Cet homme-là devrait saisir d'un seul regard que je suis traversé par des images qui ne trouvent pas d'assises. La Grèce est encore présente, et déjà apparaissent les plateaux venteux des conqué-rants. Comme moyen de survivre, le vieil homme possède une balance. Je lui donne volontiers une pièce pour apprendre un chiffre dont je me moque. Le poids n'a d'importance que pour les porteurs de cercueils. Après la pesée, comme le Turc comprend que je n'ai pas envie de partir, il me tend un verre de thé. Je m'assieds à côté de lui. Je commence rituel-lement ma litanie : d'où je viens, où je vais. L'homme est sourd. Je bois le thé par petits coups pour essayer d'arrêter le temps. À la hau-teur de nos yeux, des jambes se hâtent d'arriver de l'autre côté du pont. Le vieux sage surprend mon regard posé une seconde de trop sur les jambes d'une jolie fille ; il y répond par un sou-rire sans dent.

Au Musée archéologique, je m'arrête devant la momie de Tabnit, roi de Sidon. Son corps bien conservé est cambré ; la tête, les épaules et les deux pieds maigres touchent le sol tandis que le bassin s'élève ; la peau des testicules est un gousset ridé ; son estomac est fait d'efflorescences noires comme des champignons chinois. Sa tête repose sur du coton qui lui donne une chevelure blanche, ajoutant encore à sa sagesse. Son bras gauche est cassé ; le droit, en bon état, s'élève comme pour attaquer quelque chose.

Changerions-nous notre vie si nous avions la certitude que notre visage serait exposé momifié au regard des siècles futurs ? Ne faudrait-il pas chercher à donner à nos traits une qualité de présence susceptible d'affronter les temps à venir ? Question stupide pour celui qui pense que le *moi* est limité à la conscience qu'on en a. Une histoire taoïste* : Deux Chinois regardent des poissons s'ébattre dans un bassin. L'un : « Comme ils sont heureux ! » L'autre : « Comment peux-tu dire qu'ils sont heureux puisque tu n'es pas poisson ? » Le premier : « Comment sais-tu que je ne suis pas poisson puisque tu n'es pas moi ? »

Le *qui suis-je ?* comprend le *où suis-je ?* Certains se mettent dans une œuvre, d'autres dans un plaisir. Il n'est pas si stupide de se préparer à devenir une momie convenable. Mais la mort qui nous guette n'est sûrement pas moins exigeante que les visiteurs d'un musée. Il n'y a pas une seconde à perdre !

---

* Cette histoire est devenue une tarte à la crème. Elle avait sa place, je la maintiens.

Asie mineure

Alors commence, d'une traite, un long, lent, élargissant voyage en train de la rive asiatique d'Istanbul jusqu'à Téhéran à travers les plateaux souvent désertiques de l'Asie mineure. Que de visages, de phrases, de haltes !

Peu à peu la fatigue m'abrutit, et me procure une réceptivité passive. Là, au loin, dans une maison éclairée, l'ombre d'une femme coud. Ici, dans un paysage dénudé, ce peuplier jaune éclaire les nuages. Un coup de vent, les feuilles s'envolent. L'une d'elles est toujours en suspens, elle ne tombera qu'au réveil, dans un autre cycle de temps.

Encore la nuit, le matin, le jour, et des noms de conquêtes sur des écriteaux vermoulus : Gemerek, Hamli, Sivas, Ulas, Kangae, Hasancelebi...

*

Le train monte sur un plateau désertique. Le vent siffle. Une petite fille chante. Je n'ai plus peur de l'Orient qui s'ouvre.

On oublie trop souvent que la religion est d'abord une culture.

Arrêt dans une gare abandonnée sur un paysage ensoleillé. Je regarde des taches de soleil et vais mettre une main sur la terre sombre.

Ensuite, le *tata-tatatac* qui reprend semble rempli de ce site inconnu où j'ai découpé des images et laissé un morceau de moi.

*

Le train, convenable au départ, est devenu sordide de saleté. Le plus difficile a été le passage du propre au sale. De même pour la naissance, ou la mort, ou la pauvreté, ou la maladie, c'est le passage qui occasionne la souffrance. Une situation stabilisée, quelle qu'elle soit, finit par s'accepter*.

*

Nous venons de nous arrêter une heure dans une steppe pelée où un vent glacial érode les terres et les pensées.

* Phrase d'un homme qui n'a pas assez souffert.

La nuit, je retrouve l'angoisse de la terre étrangère. L'angoisse est encore plus incisive si je songe que je pourrais mourir dans ces lieux où je suis sans racines. Il est bon de sentir que la terre qui vous recouvrira est la terre maternelle. On s'accroche à cette illusion comme à une main amie lors du dernier départ. Dans ces montagnes nues qui se répètent jusqu'à l'horizon, il suffit d'un arbre pour que j'accepte plus facilement l'idée d'y rester définitivement. L'angoisse culmine à l'idée de disparaître au cours d'une expédition spatiale, dans le vide, sans une feuille, sans une graine, sans un visage.

*

Le jeu de la nuit et du jour. Les deux compères se poursuivent, s'unissent devant nos yeux. Pour quelle naissance ?

*

Dans l'*Itinéraire* de Chateaubriand : « On voudrait aujourd'hui que tous les monuments eussent une utilité physique, et l'on ne songe pas qu'il y a pour les peuples une utilité morale d'un ordre fort supérieur, vers laquelle tendaient les législations de l'Antiquité. La vue d'un tombeau n'apprend-elle donc rien ? Si elle enseigne quelque chose, pourquoi se plaindre qu'un roi ait voulu rendre la leçon perpétuelle ? »

Nous nous croyons issus d'une civilisation de l'utilitaire. C'est faux. Les Anciens étaient plus utilitaires que nous car ils nourrissaient *tout* l'homme. Nos sociétés n'apportent que des satisfactions immédiates. Ce progrès matériel là nous explosera au nez.

Trop de nos intellectuels barbotent avec complaisance dans l'irresponsabilité. Ils éjaculent des idées destructrices puis se rhabillent et vont fumer une cigarette. Engrossée sans le vouloir, la société a pris l'habitude de pratiquer l'avortement.

*

La terre nue engendre la terre nue, brun sur brun ; les lignes courbes sont incertaines jusqu'au ciel.

Le soir ensanglante la terre, la nuit la recouvre d'un linceul.

Les formes qui s'avancent vers nous sont indistinctes jusqu'au dernier moment, puis disparaissent dès qu'elles sont devenues réelles. On demeure dans l'instable. Je pense à Apollonius de Tyane que la curiosité avait poussé jusqu'aux Indes : « Les hommes connaissent le présent, les devins savent les choses à venir, mais les sages ont la connaissance des choses qui approchent. »

D'où vient ce décalage qui fait la sagesse ?

*

Après des heures de léthargie où j'arrive à rester dans le paysage fait maintenant de vallées bien irriguées, la cloche d'une gare me renvoie à Venise. La grande femme brune erre seule parmi les tombes, puis une nuée de pigeons sort de l'eau du Grand Canal, puis un voilier quitte le quai des Esclavons, il contient le cœur d'une sainte ; un Chinois l'emporte dans son pays tandis qu'un moine s'est agenouillé devant l'ange dénudé d'une église épaisse de silence. Soudain sur la terre turque le *tata-tatatac* écrase Venise qui s'échappe en un torrent argenté.

*

Il m'arrive encore d'ouvrir la porte donnant sur la voie et de regarder défiler au sol les instants possibles où la boucle serait bouclée. C'est un jeu, du moins je le crois. Je suis persuadé que *quelque part* la boucle est déjà bouclée, et ne vois pas pourquoi forcer les choses. Il y a un malentendu entre l'homme et la liberté.

*

Être *nécessaire*, même jusque dans la mort.

*

Paysage lunaire autour du lac de Van, vaste œil gris coincé à l'extrémité orientale de la Turquie. Des nuages de neige recouvrent le sommet des montagnes. Le lac se replie sur le murmure de ses eaux, encerclé au loin par ces pays dont les noms appellent des légendes pour le sommeil de l'enfant : Arménie, Perse, Mésopotamie, Syrie. Des Kurdes aux pantalons bouffants montent dans le train qui lui-même monte sur un bateau. Des heures de manœuvres et de palabres et nous voici tous ensemble ballottés sur l'eau, le train, les Turcs, les Kurdes, les Occidentaux et nos idées incompatibles. Derrière notre embarcation, l'écume flotte un instant avant de se dissoudre.

Le bateau est envahi par des paysans armés de caisses, de filets, de balluchons, aux odeurs de menthe, de figues, d'avoine, de tabac, de roses... Comme il n'y a pas assez de places assises, j'accueille des enfants sur mes genoux. Nulle crainte chez eux à l'égard de l'étranger.

Est-ce un rêve cette église au clocher conique sur une île ? Non, une trace morte. C'est l'église arménienne Sainte-Croix, pierres blafardes entrouvertes sur une terre grise. Je ne sais plus où je suis, si ma patrie est entre ces murs où le vent doit faire siffler l'orgue des fenêtres en hauteur, dans le ciel sombre où s'étirent des nuages, avec les enfants turcs de mon compartiment ou dans l'itinéraire lui-même. Ne pas oublier que le soleil s'éloigne aussi vite que nous nous approchons de son lieu de naissance.

Puis nous arrivons à Van, à l'autre extrémité du lac. Nous reprenons la terre, ses fausses certitudes.

*

À la frontière iranienne, dans une gorge sauvage, apparaît le lion impérial à l'intersection de deux terres chargées d'oripeaux. Et à côté, cet écriteau : « *Vous entrez en Occident.* » Je me disais bien que la terre était ronde.

Un autre lac, des coulées de lune sur les rochers. Les voitures sont propres et confortables, des soldats en armes protègent le train. Le désert serait-il en révolte ?

Nous coupons une montagne, nous arrivons dans une ville carrefour où montent de nouveaux passagers qui semblent se comprendre avec les rares Turcs restés dans le train. Il fait froid, nous descendons vers Tabriz, un contrôleur m'oblige à gagner un compartiment où il n'y a que des Occidentaux malgré le désir de l'empereur chancelant de faire partie du club. Paradoxe : les natifs d'Occident qui endurent en dodelinant les secousses de ce train sont obsédés par l'idée de devenir dignes de l'Orient de leur rêve.

Les automitrailleuses dans la cour de la gare de Tabriz nous confirment que nous venons d'entrer dans un pays en révolution*. À part cela, les visages ne disent rien.

Le jour apporte un orangé nouveau et des raisins frais à la chair jaune très sucrée.

Dans mon compartiment de « blancs » on discute ferme sur la non-séparabilité du subjectif et de l'objectif. Je devrais en être heureux ; au contraire, je m'ennuie. Je regrette les enfants sales.

*

Ocre de la terre, bleu du ciel redevenu limpide, étirement du mouvement du train qui s'est inscrit dans nos membres, une vallée bordée d'arbres fruitiers, des abricotiers je crois, une sorte de col, Qazvin, et, avec l'approche de Téhéran, retour à l'Occident, aux usines, aux immeubles de banlieue plantés sur des terrains vagues, à une misère sans couleurs, à de grosses voitures dans les rues. Pas facile de sortir de chez soi. Déjà les steppes d'Asie mineure semblent anachroniques.

* Le peuple iranien s'apprêtait à renverser le Shah avec l'espoir de retrouver ses racines et d'obtenir la liberté.

Les derniers jours
de l'avant-dernier empereur

Patrouilles de chars dans les rues désertes de Téhéran. Tout au long d'une vaste avenue, les magasins de type occidental sont saccagés, les télévisions éventrées gisent au sol, des autos se consument. On m'a mis dans une voiture militaire qui me conduit à mon hôtel. Les soldats m'y laissent sans un mot. Suis-je le symbole de ce qu'ils doivent défendre tout en le condamnant ?

*

Le lendemain, promenade dans Téhéran aux rues bloquées. Le retour à l'Occident n'est qu'une illusion car il suffit de marcher deux ou trois kilomètres pour retrouver l'Orient. L'hôtelier m'avait déconseillé d'aller dans le bazar, qui, de plus, est en grève depuis quelques jours. Je m'y rends pour essayer de comprendre le sens de cette révolution sur fond de luxe.

Dans une avenue terne qui descend vers les quartiers populaires, j'achète un journal iranien en français. Trois nouvelles s'enchevêtrent : hier les manifestations ont fait plusieurs morts et de nombreux blessés, de *source officielle* ; une nouvelle manifestation est prévue pour ce soir ; nous avons un nouveau pape qui nous vient de Pologne.

Dans un jardin public les roses tardives ne sentent ni la mort ni l'encens de la chrétienté slave, mais encore l'été pacifié.

Dans la poste centrale en partie en grève, un avocat me sert d'interprète pour l'achat de timbres que je ne pourrai utiliser car le courrier est arrêté depuis plusieurs jours. Il m'invite à prendre un thé dans une arrière-boutique. Nous traversons en silence la grande place Jaleh encerclée par les tanks et allons nous asseoir dans un coin sombre.

Il me montre des documents. « Rien que pour les derniers mois, il y a eu plus de trois cents exécutions dans les prisons de Téhéran. Des étudiants ont été enlevés à l'étranger, ramenés secrètement et pendus au petit matin dans la cour de la prison sans même que les parents le sachent. Ils l'ont appris quand ils n'ont plus reçu de nouvelles. Ils ne peuvent rien dire, de peur de représailles sur un de leurs autres enfants. La Savak[*] est prise d'une folie de destruction. J'envoie des dossiers à Amnesty International. L'Occident ne veut pas nous entendre.

[*] Service de « renseignement et de sécurité » du pouvoir en place.

Chez vous, il y a de temps en temps un entre-filet dans *le Monde* ou dans la presse commu-niste. Le Shah vous fait croire qu'il s'agit d'un complot de gauche. Je vous affirme que c'est faux. Je connais les familles des victimes. Elles ne comprennent pas. Il n'y a pas de raisons objectives à cette folie. »

Je redescends seul vers les quartiers populai-res. L'avocat m'a mis en garde : il se développe chez le peuple une certaine xénophobie. Ce n'est pas ce que je constate. Je reste un moment dans un café crasseux où personne n'est hostile. Au contraire, des hommes s'attablent à côté de moi et acceptent mes cigarettes. Un vieil homme qui connaît quelques mots d'italien (il a été marin sur un bateau gênois) me sert d'inter-prète. On refuse de parler politique mais on me dit que les étrangers sont les bienvenus, sauf les femmes qui se promènent nues (je suppose qu'il s'agit des genoux et des bras).

La nuit tombe sans transition. Je dis que je veux aller à la manifestation pour en rendre compte aux gens de mon pays. Un commerçant me répond fermement que ce n'est pas mon affaire mais le vieux marin accepte de m'y accompagner.

Nous marchons en silence. Soudain, s'élève un appel venant de toutes les maisons et des ruelles de la vieille ville, un seul cri qui se répète comme un tir de mitraillette : *Allah Akhbar !* *Allah Akhbar ! Allah Akhbar !* Les lampadaires s'éteignent ; on voit à peine les visages ; l'ivresse des mots se propage comme un feu poussé par le mistral tandis que des groupes se forment et convergent vers la place. Des femmes habillées en noir comme des nonnes rejoignent le courant montant : *Allah Akhbar !* Puis le chant du muezzin se mêle aux cris ; il saute par-dessus les toits et nous enveloppe. L'Islam est une religion de l'ivresse. Une lourde exaltation s'empare de la foule comme si elle était saoule. Elle l'est : de mots et de passion pour Dieu. Contre cette pulsion absolue, aucun rationalisme ne peut jamais avoir de prise, aucun canon ne pourra arrêter ces flots en furie qui se réveillent à la tombée du jour. Nous ne sommes plus des individus faits d'hésitation et d'équilibre, nous sommes un mouvement unanime en marche vers les sources.

Nous arrivons sur une place où de jeunes hommes abattent une statue de l'empereur. Le bruit de sa chute est couvert par une immense clameur qui enflamme la foule — et, de nouveau, le torrent des *Allah Akhbar !* se déverse de fenêtre en fenêtre, de rue en rue.

Il ne reste plus qu'à quitter les masses pour chercher la protection du silence. Je perds mon chemin dans des rues désertes et noires. Au loin, l'irrésistible réveil d'une vieille culture agraire rugit dans les avenues modernes tandis que des coups de feu annoncent qu'aucun compromis n'est plus possible. « Le temps ne respecte pas ce que l'on fait sans lui », disait le vieux chef gaulois Charles de Gaulle, qui avait rendu une mémoire à son peuple. Le temps d'une seule danse ? Je ne sais. J'espère que nous aurons un jour à notre tour la force de lancer contre les serviteurs de l'argent et de la médiocrité notre cri : *libération !*

Comme j'ai faim, j'entre dans un grand hôtel de la ville occidentale, tirée au cordeau. Nappe amidonnée, verres en cristal, nourriture fade. Un maître d'hôtel va et vient tel un automate sur un tapis épais. Une musique s'élève dans la salle où quelques touristes ont le nez plongé dans leurs assiettes. C'est une chanson américaine des années 60, les Platters je crois : *Only you...* Aussitôt remontent des images venues des soirées de mon adolescence bourgeoise dans les salons Louis XV des beaux quartiers de Paris. Une jeune fille fraîche et niaise danse avec moi. Je l'attire contre mon corps en émoi pendant l'hypocrite « slow » qui n'est qu'une caricature des rites amoureux de nos danses traditionnelles, sorte d'union molle et grossière où il n'y a ni appel, ni recul, ni retrouvailles dans un tournoiement joyeux, mais seulement deux corps fadement enlacés et un garçon qui essaie d'en profiter. La rumeur du peuple de Perse n'atteint pas l'hôtel mais elle oppresse le cœur. *Put your head on my shoulder...* L'insipide sentimentalisme de l'Amérique est une injure aux siècles de civilisation. C'est là où je me sens solidaire de ce vieux peuple qui au loin brûle les *sex shops*, même si son élan n'est que la nostalgie d'une époque morte et qu'il est sans issue sous cette forme caricaturale. L'empereur vendu à l'argent est indigne de cette société pauvre qui croit encore que cette vie est *insuffisante*. Dans nos soirées dérisoires où nous aussi nous nous vendions, celui qui avait raison était un ami, venu seulement pour accompagner sa sœur, et qui deux ans plus tard devenait moine à Saint-Wandrille, après avoir erré en Inde afin de confronter sa vocation aux autres recherches de l'absolu. Ma cavalière (si encore nous nous chevauchions dans les espaces nus où se reconstruisent les empires !) sautille maintenant sur le tapis du salon où la musique d'un *rock* écorche les oreilles.

Je quitte l'hôtel sans terminer mon repas.

Ce dont j'aurais besoin maintenant, c'est d'un chant grégorien, spirale vers la flamme qui vacille au-dedans de soi.

Ad te clamamus exsules Filii Evae !

Vingt morts, disent les journaux le lendemain. Combien de litres de sang ? Un peuple capable de ce sacrifice est un peuple en *manque*. Si l'Islam condamne cette sorte d'absolu que procurent l'alcool et les jeux de hasard, c'est qu'il entend seul pourvoir à ce besoin. Pensée hérétique, certes, mais pas si paradoxale. Un drogué en manque peut se nourrir de musique sacrée ou de fraternité vécue quotidiennement. Les religions traditionnelles sont des mères nourricières. Le seul vrai problème aujourd'hui : recevoir cette nourriture alors que nous ne croyons plus, ou si distraitement. *Mangez et buvez car ceci est mon corps.* Affamés par refus d'ouvrir la bouche, nous nous précipitons sur les caricatures de toute sorte.

Avant de retourner à l'hôtel pour prendre mon sac, je passe par la gare des cars qui est le centre stratégique pour nos orphelins de l'absolu. Des groupes aux allures conformistes, souvent amers au stade du retour, mais encore exaltés lorsqu'ils vont vers l'Est attendent, çà et là dans la poussière. C'est le forum où s'échangent les adresses, l'argent, les amis et les maladies. Les événements politiques ne concernent pas cette humanité aux tignasses blondes et aux regards fatigués, attachants et tragiques.

La gare du chemin de fer est gardée par des tanks et des soldats, les mêmes qu'avant-hier. Il est banal de constater combien une révolution peut sembler statique à ceux qui la regardent sans y participer.

Nous sommes seulement quatre adultes et une petite fille dans le compartiment luxueux d'une voiture impeccable construite en Allemagne. Je dois être le seul étranger de ce train de nuit car on m'a mis avec des Iraniens. Un soldat en arme a pris place à chaque extrémité du couloir. Des doubles vitres nous protègent des colères du désert que nous allons traverser ; sur l'une d'elles on voit la trace en étoile d'une balle qu'elle a réussi à arrêter.

Bien que riches, mes compagnons ne parlent aucune langue occidentale. Il y a là un couple, une belle-mère et la fillette, qui devient mon amie. Nous nous donnons mutuellement des leçons de langues. Elle apprend les mots français beaucoup plus vite que moi les mots persans. Comme elle a appris à compter en chantant, c'est une chanson que je finis par retenir : « Yek, Do, Se — Tchéhâr, Pandy, Chéch — Haft, Hacht, Noh — Dah ! »

Une femme marche dans le couloir avec un enfant dans les bras ; non, elle ne marche pas, elle glisse, portée par la noblesse de son tchador et le divin de sa fonction de mère.

Un homme roule à bicyclette dans le désert.

La curiosité envers le monde est-elle, comme le croient les hindous, un obstacle à la délivrance ?

Nous traversons un désert. Il n'a l'air de rien, il est grand comme la France. Formes rondes et sèches à l'infini. Les teintes roses tournent à l'acajou.

Ma (toute) petite amie me montre son livre de lecture où les mots pour désigner les choses sont des serpents.

Un arbre roux, incongru dans cette gare. La fillette me dit : « pâiz » (automne) ! Oui, cet arbre est de mon pays, il est mon pays. Seule une âme d'enfant peut l'avoir deviné.

Sa mère s'est allongée sur la couchette du bas et lui caresse les cheveux.

Puisque la mode est aux hiérarchies entre les peuples (PNB et autres diableries) j'établirai mon critère : en tête, les peuples qui chantent encore.

Le désert pousse à l'élargissement. Il est devenu chocolat.

Parfois au loin une minuscule lumière sautille.

Sous la lune, les rares villages s'ensevelissent dans la terre.

Puis vient la nuit ; le train s'y enfonce en sifflant. Si l'on se penche, il n'y a derrière nous dans le désert que la ligne de fer qui scintille sous la lune comme les traces d'un escargot.

Le compartiment dort, je veille allongé sur la couchette supérieure. Dans ma tour de guet, des mots me reviennent, mêlés au martèlement du train : « Vole, vole, oiseau vers ton séjour natal, car te voilà échappé de la cage et tes ailes sont déployées. Éloigne-toi de l'eau saumâtre, hâte-toi vers la source de la vie... » Roûmi.

*

Traversée de Meshed en taxi. La lumière du matin creuse les coupoles des mosquées. Voici, depuis Venise, le premier lieu vivant à posséder son propre style. Le style, c'est la civilisation. Il est tout entier dans ces demi-coupoles qui, du côté creux, portent des stalactites aux mosaïques de faïence d'un bleu vif émaillé, et du côté plein s'élèvent comme un sein en prière. À ce niveau de beauté, l'art devient une nécessité universelle. Les hommes et les femmes de ce pays vivent les plus forts moments de leur vie à l'heure des chants psalmodiés sous les coupoles. Celui qui nie ces lieux — où le touriste que je suis n'entrera pas — n'aura jamais assez de tanks pour maintenir son pouvoir. Passer de l'imaginaire du Temple et du Livre à celui du cinéma et de la télévision est une régression que les sociétés ne tolèrent que par une lente accoutumance. Sinon, les tanks. Justement, en voici un face à une école d'où s'élèvent les cris des enfants qui jouent dans la cour.

Après bien des drames, il me semble évident que l'Iran aura un destin historique au XXIe siècle, mais la métamorphose sera d'autant plus douloureuse que l'Islam s'y est figé et qu'il y est représenté par des exotéristes. Où sont les successeurs de Roûmi, qui écrivait : « Il existe bien des chemins de recherche, mais la recherche est toujours la même. Ne vois-tu pas que les chemins qui conduisent à La Mecque sont divers, l'un venant de Byzance, l'autre de Syrie, et d'autres encore passant par la terre ou la mer ? »

Un groupe de jeunes m'a insulté devant une mosquée parce que j'étais resté longtemps devant une phrase du Coran marquetée dans la mosaïque. Ils m'ont dit : Va-t'en, athée[*] ! »

*

Dans un enclos de poussière : la gare des cars de Meshed. Paysans, poules, moutons, mendiants, Occidentaux sont entassés pêle-mêle dans une odeur de fromage, de fiente, de kif et d'herbes sèches. Billet pour Hérat en Afghanistan. Je monte dans un car rempli d'autochtones ; on m'en fait descendre et on me force à m'agglutiner aux roulants d'Occident qui viennent tous, comme moi, d'Istanbul et de Téhéran, mais dont la plupart ont pris un car spécialement affrété pour eux, puisque tel est le conseil des guides.

* Je rappelle qu'une nouvelle dictature a remplacé l'ancienne quelques mois après et qu'elle se maintient en 2011 malgré l'hostilité de la majorité des Iraniens.

Rhapsodie afghane

À la frontière irano-afghane, à Taybad, nous passons d'un empire moribond à une toute jeune république populaire que les Soviétiques investissent peu à peu. Dans un désert de rochers et de broussailles chardonneuses, quelques casemates marquent la limite. Les hommes sont les mêmes de chaque côté.

Quatre heures de fouille, de paperasseries et de rien du tout. Pour nous occuper, un petit musée expose du côté afghan les prises de guerre des douaniers : une chaussure à double fond, un miroir, une bouteille de jus d'orange, une tubulure de sac à dos, le manche évidé d'un couteau, un tube de dentifrice éventré... Dans chacun de ces objets : de la drogue. Au-dessus, trône la photo du coupable, son nom et son adresse, galerie des ancêtres pour chacun des nouveaux venus. Les visages sont ceux d'un orphelinat.

Lorsqu'arrive la tombée du jour, nous ne voyons plus rien car les fonctionnaires afghans n'ont pas de lumière. À tour de rôle l'un d'entre nous tient une lampe électrique au-dessus du bureau du préposé. Les Afghans, qui ont l'œil vif dans leur lenteur administrative, font montre de beaucoup d'humour et de curiosité à notre endroit. Nous devons remplir une multitude de formulaires, répondre deux ou trois fois de suite aux mêmes questions dans des bureaux différents. La soviétisation est en bonne voie mais on sent que tout pourrait se passer à l'amiable selon les règles des sociétés sans écriture si la révolution n'imposait pas un système de surveillance qui bouscule encore plus les Afghans que nous-mêmes, habitués aux tracasseries des frontières. Évidemment tout cela n'est d'aucune efficacité.

De notre côté, pour passer le temps, les pèlerins continuent d'égrener leur chapelet : *how much ? dollar, money, for a good change... for a cheap room... this place is free...*

L'Amérique s'effondrera pour avoir cru que tout s'achète, un cerveau comme une voiture, un peuple comme une usine. Elle sacrifie l'empereur perse, croyant l'heure venue de passer un contrat avec l'Islam. Ô l'inculte ! En fait, rien d'essentiel ne s'achète. L'argent n'est qu'un moyen. Ériger ce moyen en fin est une illusion comparable à celle du marchand évoqué par Roûmi : « Ce monde est un sorcier et nous sommes les marchands qui lui achetons les rayons de lune... »

Sur le toit de l'autocar afghan où nous sommes entassés à deux pour une place, nos sacs forment une bosse de dromadaire. Du côté iranien, le car qui nous avait conduits jusqu'à la frontière est reparti pour Meshed avec sa cargaison de pèlerins, moins abondante car il y a une saison pour chaque sens, l'automne pour se rendre aux Indes, le printemps pour s'en revenir, plein d'images et d'amertume, vers les villes carrées.

En pleine nuit dans un paysage mort, le chauffeur s'arrête. Il entreprend une déclaration en afghan mais est vite interrompu par une blonde Américaine excitée par la conformité de l'écriture avec la réalité. Du fond du car, debout sur un siège, elle lit sa bible américaine : « À mi-chemin entre Taybad et Hérat, le chauffeur du car s'arrêtera sur le bas-côté et n'acceptera de repartir que moyennant un supplément de prix. Il ne faut pas céder. Le prix que vous avez payé est déjà *au-dessus* du prix pratiqué pour les Afghans. Tenez bon ! » Une acclamation accueille la lecture faite par notre furie grasse. Le chauffeur, qui n'avait pas prévu la révolte de son équipage, est dépité mais bien décidé à ne pas repartir.

Une demi-heure passe, une demi-heure de nuit douce sous un ciel criblé de petits yeux blancs et indifférents. Odeur de la nuit, une caresse, le silence de la steppe, les pierres encore chaudes de soleil.

La lune, les étoiles, la fatigue, l'attente, la solitude partout sont les mêmes ; la joie, la nuit, le petit matin qui viendra de l'Indus, derrière les montagnes, les pierres, le sommeil ont le même visage, mais je suis en terre *étrangère*.

L'Occident se perdra pour être trop pressé. Sa hâte stérile est l'image de ses démocraties toujours l'œil fixé sur la prochaine élection. Dans le combat de la fin du siècle, l'emporteront ceux qui n'ont pas d'échéances[*].

Notre groupe en avait une : arriver à Hérat avant le milieu de la nuit. Le chauffeur n'en avait pas, il s'était couché sur son volant et dormait. Après un vote, notre groupe décida de transiger.

Nous revoilà les uns sur les autres dans le car sans suspension et voici Hérat, quelques lumières clairsemées, des maisons en bois d'un autre temps, deux carrefours, des échoppes du Moyen Âge, des hommes maigres et silencieux vêtus du costume traditionnel avec sur la tête un magnifique turban. À l'irréalité de la nuit et des faibles lumières s'ajoute celle d'un temps replié sur lui-même.

[*] La Chine par exemple.

Tout est offert dans cette ville nocturne, tout est à portée des mains et des pas. Aucun signe extérieur ne distingue une maison particulière de l'échoppe d'un barbier, d'un restaurant ou d'un tailleur. C'est la même porte ouverte sur la rue en terre, seule l'activité est différente. Arriver à Hérat la nuit est une traversée de miroir. La vie est de plain-pied comme dans les villes des livres d'enfants : hommes, animaux et nourriture, sans la sollicitation continue des marchands. J'entre dans une pièce étroite qui est le prolongement de la rue, je m'attable à côté d'hommes silencieux, rien ne bouge comme si j'étais invisible, puis on m'apporte un thé ; d'un signe de tête je demande à manger. Un jeune garçon arrive avec une brochette qui brûlait sur un gril rudimentaire. Pourquoi parler puisque l'on est bien, que le temps est rond, la température agréable et la nuit intense ?

Je marche dans des quartiers encore plus sombres où l'on ne prête guère attention à moi. Les Afghans savent qu'il y a maintenant quelques étrangers dans leurs rues. Quelle importance, s'ils n'altèrent pas l'ordre du monde ? À la limite de la ville, des maisons avec des jardins, un silence plus épais, les étoiles très vives et une voiture à cheval qui grince sur la route poussiéreuse.

Une des belles expériences de la vie : rester longtemps debout contre un des minarets de la mosquée du Vendredi, jet de faïence émaillée, regarder les nuages qui s'étirent très haut puis laisser glisser le regard sur les signes ésotériques entre les dessins, versets du Coran et vers de poètes.

Ceux qui voudraient faire un saut dans les chaumières grecques où l'on se répétait l'histoire d'Ulysse devraient venir à Hérat assister à un spectacle de l'époque grecque : les hommes sont assis sur le sol autour d'un vieux berger (marin des pâturages) qui leur raconte une histoire pleine de fureur, de patience, de mort, de sagesse, d'orages et d'amours impossibles. Les enfants ont arrêté de jouer ; ils écoutent debout par-dessus les turbans de leurs pères.

Le trafic à Hérat : quelques camions, des cars qui arrivent la nuit de l'ouest, repartent pour l'est avant le lever du jour, deux ou trois voitures à moteur qui apprécient la station immobile, et quantité de voitures à cheval souvent réservées à des femmes debout, recouvertes par leur chadri. Au milieu du carrefour de l'entrée de la ville trône un gentil policier qui préfère dormir plutôt que d'avoir à s'occuper d'une circulation quasi inexistante qui, de toutes les façons, se passe de lui.

Le goût d'Hérat est fait de son odeur villageoise : crottin de cheval, viande grillée, volaille, troupeaux d'ovins, ballots de tissus, sans oublier la poussière des rues ; il provient de ses sons :

clochettes des chevaux, martèlement du cuivre, appels des mosquées, cri d'un enfant, bêlement d'un mouton ou chant de victoire (!) d'un coq ; le goût est aussi dans les visages, que l'on peut diviser en quatre catégories : hommes aux traits émaciés et à la riche moustache, enfants à l'œil curieux et aux cheveux ras, femmes voilées dont le regard est remplacé par un grillage en broderie qui les rend mi-fantômes, mi-insectes, et enfin les visages colorés, barbus, chevelus et nerveux des adolescents d'Occident.

Je n'ai rien dit du goût profond, celui qui me bouleverse, me retient, m'élargit et me transforme, ce goût fait d'une saveur qui échappe à tous les mots.

Précision de la main de l'artisan, sa vie calme et musicale. Que fait la tête ? Elle est dans la main, sans décalage.

Je comptais retrouver Alexandre dans cette Alexandrie d'Arie, ou encore les marchands chargés d'épices sur cette branche méridionale de la route de la Soie qui reliait Éphèse à l'Inde, mais ce passé-là n'est qu'une fine vapeur sans forme. Ce qui s'élève à chaque instant est un passé d'enfance, comme ces images aux franges du sommeil, inattendues et familières, et qui s'échappent dès qu'on voudrait les enfermer dans un souvenir.

Chaque soir avant le couchant, une poussière de sable traverse la ville. Dans cette lumière irréelle je sens à quel point ce temps est fragile.

Si l'un des cent équilibres qui le forment venait à se rompre, l'ensemble s'évaporerait comme un mirage. D'ailleurs, nous sommes entourés de terres désertes.

Assis par terre contre l'entrée d'une maison de thé à l'heure des voiles du soir, nul ne se soucie de moi hors un chien, trois mouches, des fourmis et quelques pensées volages.

Parfois j'aimerais laisser à un autre le soin d'être moi. Ainsi *je* deviendrais ce vieil Afghan droit sur son cheval ou cet enfant qui court dans la poussière, ou bien *je* ne serais personne et *je* connaîtrais la fluidité de l'air...

*

L'aventure est entrée d'un coup dans ma quiétude inquiète. Le troisième matin, j'étais allé à quelques kilomètres de la ville, dans la direction du soleil, vers le sanctuaire de Gazargah construit pour commémorer un poète mystique soufi natif d'Hérat, Abdallah al-Ansârî, qui a écrit : « La méditation est supérieure à la réflexion, car réfléchir c'est chercher, et méditer c'est trouver. »

Je n'en suis pas à ce stade bien que je sois assis à l'écart, dans le jardin carré entouré des tombes blanches de tous ceux qui ont voulu reposer à côté du Sage. Hélas, je ne sors ni de la réflexion ni des images. Celle-ci m'apparaît sur le marbre des tombes que le soleil brûle :

« Doué à l'origine d'une essence merveilleuse, tu as rapiécé de haillons ta robe de satin » (Farid ud-Dîn'Attar). C'est cette robe de satin que je recherche dans ces lieux hétéroclites, c'est pour elle que je passe d'un train à un car à travers des paysages sans vie, des nuits aux lunes trop fortes ou des attentes vaines. Vif désir de toucher la robe, d'être ébloui par son éclat et… — oui, fou, avoue ! — et de se dénuder pour s'en revêtir. Je ramasse une poignée de terre sèche, j'y sens le secret de la robe de satin. L'itinéraire consiste-t-il seulement à s'unir à la terre ? *Seulement*, écrit le fou ! Je mesure toute la distance qui me sépare de l'arrivée.

Un homme barbichu d'une cinquantaine d'années s'approche. Je le reconnais pour avoir observé à l'hôtel son air sévère. C'est un Allemand qui accomplit depuis des années des recherches archéologiques en Afghanistan. J'accepte sa proposition d'aller marcher hors du sanctuaire.

Il m'apprend qu'il s'est converti à l'Islam, qu'il y est venu par le commerce assidu des livres de Massignon, de Guénon et d'Henry Corbin.

Nous parlons ensuite du bouddhisme, pour lequel il a la même méfiance que Guénon, à cause de la condamnation du rituel affirmée par le Bouddha dans certains des textes les plus anciens. Je lui rappelle que le Mahāyāna, et particulièrement le bouddhisme tantrique, a donné toute sa force au symbole. Sans répondre, il affirme qu'il a découvert à deux heures de route d'Hérat un site bouddhique ignoré. Je croyais que le bouddhisme n'avait pas dépassé à l'ouest les royaumes indo-grecs de la Bactriane.

— J'ai imité votre Malraux pour faire cette découverte, j'ai tracé la route des oasis, sorte de voie royale avant que le changement de cours de la rivière ne l'ait fait passer plus au sud. Si le cœur vous en dit, nous partons avec ma Land Rover vers le site.

Aucune hésitation. Nous traversons une steppe caillouteuse qui peu à peu se rétrécit, s'enfonce entre d'énormes masses rocheuses. Nous suivons le lit asséché d'une rivière. Lors d'un élargissement de la vallée, l'Allemand montre une mosquée en ruine qui, de loin, avait le même aspect que les rochers. « Le temps aplanit tout », dis-je banalement. « Le temps n'existe pas », rétorque-t-il. Nous repartons en silence dans un paysage minéral de plus en plus aride.

Quand le soleil commence à décliner nous nous arrêtons au pied d'une falaise. Dans l'ombre de la montagne, je perçois des tremblements, comme un scintillement d'yeux. Le silence est total et le paysage si sec qu'il suffirait d'un coup de vent pour l'emporter. Le ciel bleu est le seul élément familier. Nul oiseau, nul insecte, pas une herbe. Je suis à la merci de mon guide. Mais la fascination domine la peur. La majesté et l'immobilité de la roche m'appellent. Une part de moi désire se fondre ici. Assoiffée, la terre boirait vite mon sang et je serais là pour toujours, *immortel* dans l'inanité de la pierre. L'Allemand s'est éloigné en prenant soin d'emporter son sac et les clés de la voiture. Je n'ai sur moi qu'un couteau dérisoire. Je l'ouvre, le referme. Je marche vers la falaise, dans son ombre, pour sentir son âpreté sur mon bras nu. À mi-hauteur, une anfractuosité dans la roche. C'est là qu'on pourrait déposer mon corps, de retour dans la fente noire. Elle se refermerait lentement sur ma chair sous le poids de la montagne.

Un souffle de vent soulève de la poussière puis de nouveau les orgues des roches se taisent.

J'ai passé les plus fortes heures de mon enfance dans un bois corrézien où je m'allongeais sur l'humus. Une vie, n'est que le trajet de l'humus à la fente sèche d'une roche.

Je n'ai plus peur, je n'attends plus, je suis immobile, je ne suis déjà plus moi, je deviens la roche.

Un bruit, des bruits, des glissements, des pierres se cognent. Mes yeux ne voient qu'un paysage noir. Puis des taches de lumière soulèvent le voile. Des dizaines d'Afghans armés descendent de la montagne face à la haute falaise où je suis adossé. L'Allemand me crie de ne pas avoir peur, sa voix se répercute de roche en roche. Je m'avance vers les arrivants ; ma main s'est crispée sur mon couteau.

Mon drôle d'archéologue s'explique :

— N'ayez aucune crainte, ce n'est pas un piège. Je veux vous faire comprendre quelque chose d'important pour que vous le disiez à vos compatriotes, je veux que vous connaissiez l'enjeu véritable de la guerre qui commence ici. L'opinion internationale croit que la présence soviétique en Afghanistan a seulement des buts stratégiques : garantie des frontières, base de départ pour les puits pétroliers du Golfe et point d'appui pour atteindre la mer à travers le Balouchistan. Il y a plus...

— Est-ce pour me faire un cours que vous m'avez fait venir ici et que vous me faites garder par des soldats armés ?

— Ne vous emportez pas et surtout ne manifestez pas de mauvaise humeur car les Afghans ne le comprendraient pas ! Je leur ai dit que vous étiez un journaliste ami.

— Pourquoi cette mise en scène ?

— J'avais un document important à apporter à Abul-Hassan (il montre le chef des guerriers). En vous prenant dans ma voiture, je voulais calmer les suspicions des autorités car j'ai appris par des indicateurs que j'étais surveillé.

Il se tait puis reprend :

— Promenade archéologique, n'est-ce pas ? Demain matin, nous irons ensemble voir la police touristique, pour dire que nous avons trouvé les ruines d'une mosquée.

— Pourquoi ne pas repartir maintenant ?

— Ces guerriers se battront jusqu'au dernier, je les connais. Ils n'ont pas besoin de raisonner pour savoir pourquoi ils se battent.

Il s'adresse à Abul-Hassan qui s'installe plus loin avec ses compagnons. Il reprend :

— Écoutez-moi bien. L'affaire n'est pas seulement militaire, elle est d'ordre spirituel. Depuis un siècle toutes les traditions s'effondrent. La transmission ne se fait plus. Il ne reste que les livres qui sont des serrures fermées sans la clé de l'initiation. Le christianisme n'est plus qu'une caricature burlesque. Vos papes sont devenus des moralistes. Grâce à des circonstances historiques particulières et à une profonde tradition ésotérique, l'Islam a préservé des îlots de transmission. Il y a en Afghanistan dans les coins reculés des montagnes des sages qui maintiennent la Parole. Pour soumettre leurs colonies musulmanes, les Russes ont étudié comment se transmettait la connaissance qui permettait aux communautés de recevoir la Parole renouvelée. Ils ont réussi en partie chez eux mais ils savent qu'un des centres les plus importants est dans ces montagnes. Ils sont venus ici détruire ce centre, vous entendez, avec la même rage que les Chinois ont tenté d'anéantir le bouddhisme thibétain.

— Les traditions n'ont pas besoin des Soviétiques pour s'effondrer. Le système américain me semble plus efficace car il pourrit de l'intérieur avec le venin de l'argent et la vulgarité. Installez un bon aérodrome et un Hilton à

Hérat et dans deux ans la tradition vivante ne sera plus que du folklore.

Il semble ébranlé, il s'échauffe :

— Tant pis pour vous !

— Ce n'est pas une réponse ! Vous voyez bien que vous voulez bâtir un barrage avec vos mains.

— Non, vous n'avez pas suffisamment regardé les visages de ces hommes. Si l'Amérique venait les acheter, ils finiraient par faire comme les Iraniens. Voyez-vous, ces montagnes gardent le secret du feu. Il faut empêcher les Soviets de le détruire. Ensuite... Ensuite nous assisterons à de grands retournements dont l'Iran n'est qu'un signe avant-coureur[*].

Il va vers les Afghans, leur parle tandis qu'ils me scrutent.

Puis un des guerriers extirpe une sorte de cythare d'un sac.

— La musique aussi soutient le monde depuis des millénaires. Les airs que vous allez entendre viennent des Grecs. Me comprendrez-vous si je vous dis que je suis musulman par fidélité aux mystères grecs ?

Les cordes vibrent au milieu des montagnes.

Les guerriers reprennent en chœur un chant puis l'un d'eux joue d'une flûte. Entre les airs, le silence fait respirer la montagne.

---

* La fureur des Talibans a remplacé les Soviétiques, remplacés à leur tour par les Américains qui ne sauraient pénétrer dans ces vallées fermées à qui n'est pas initié.

La flûte semble éraillée, il en sort plus que des sons. Les roches flottent sur l'ombre mauve.

Écoute la flûte du roseau et sa plainte, comme elle chante la séparation...

*

Je m'arrache d'Hérat le surlendemain matin par le car de cinq heures qui doit arriver d'une traite à Kaboul vers dix heures du soir. Je garde dans ma poche un morceau de la falaise à la fente obscure.

Sur la route, aux premières lueurs, je retrouve une nouvelle fois l'automne dans les pommiers et les vignes.

Les plis des montagnes expriment la lenteur des caravanes.

Un pneu du car éclate. Nous nous arrêtons près d'un village de terre où les silhouettes rouges des femmes tranchent sur le brun des murs et du sol. Des enfants intrigués s'approchent.

Tandis que le chauffeur change nonchalamment le pneu, les passagers descendent avec leur tapis et se mettent à prier dans un champ.

Nous traversons un plateau aride. Mon voisin m'écrase et dévore des pistaches.

Nous nous arrêtons pour déjeuner. Dans une maison de terre, on nous sert une platée de riz avec un morceau de gras de mouton. Je me brûle en mangeant avec mes doigts, je renverse beaucoup de riz sur le sol où nous sommes assis. Rires des enfants qui se tiennent par le cou.

De nouveau le car, les montagnes sèches, les lignes vertes des vallées, les villages sans âge, une caravane, un campement de yourtes noires, des enfants qui accourent et qui nous regardent passer, dépités que nous ne nous soyons pas arrêtés. Plusieurs barrages de militaires sur la route. Des soldats crasseux aux visages fermés montent, fouillent dans un grand silence. Quand le véhicule repart, les passagers commentent la visite d'une façon peu amène. Un col, un plateau, puis nous descendons sur la populeuse Kandahar que nous traversons sans nous arrêter ; une très longue vallée fertile et habitée, voici l'heure du coucher pour le soleil.

On se rend à peine compte que la route monte tant le paysage marron et doré jaune est toujours le même dans la poussière du soir.

Gavé de pistaches, mon voisin s'endort sur moi en m'enfonçant son turban dans le cou.

Mille huit cents mètres au-dessus des mers invisibles, voici Kaboul en pleine nuit, un lit misérable dans une sorte d'auberge de jeunesse crasseuse, des rêves emplis de montagnes flottantes.

Selon une étymologie, Kaboul serait une « perle d'eau au cœur d'une rose ». La rose est fanée. Du bruit, des voitures, des magasins modernes et ternes, des femmes dévoilées, des hippies en pagaille — et de nouveau des tanks devant les bâtiments officiels. Je n'ai rien à garder de Kaboul et j'enrage à l'idée qu'Hérat pourrait un jour lui ressembler, perdre ses chevaux, ses vieux poètes, son unique agent, sa musique voilée du soir, et toute la noblesse d'une ville qui n'a jamais fait de concession à la modernité.

Du musée de Kaboul une image : les flammes qui montent des épaules du Bouddha, marques de la sagesse.

En plein centre de la ville, je suis descendu dans le lit de la rivière Kaboul. Les sons de ses filets d'eau me donnent une compensation. Je pense à cette histoire : « MUSIQUE. Dans une oasis du désert de Gobi le pèlerin Wou-K'ong (VIIIe siècle après J.-C.) a vu une eau qui coule goutte à goutte en produisant des sons. Une fois par an on recueille ces sons pour en faire un air de musique. » Jean Grenier.

*

Dans l'aube pluvieuse, attente du car pour le Pakistan. Encore une fois, il m'a fallu ruser pour ne pas être envoyé d'office dans le car *very clean* réservé aux étrangers.

Violence de la pluie, violence d'autant plus visible dès la sortie de Kaboul que l'eau se précipite sur une terre ravinée incapable de la retenir à cause de la sécheresse de l'été. En cinq mois la terre sans humus a été cuite par le soleil. Avant de traverser certains passages de la route qui sont des mares, le car s'arrête, prend sa respiration puis s'élance dans un fracas aquatique qui nous amuse, les Afghans et le petit Corrézien.

Le vent rend les nuages et la pluie mobiles dans l'étroite vallée.

Des rochers obstruent la route. Nous descendons pour la dégager. Je pense à Alexandre dans cette passe sauvage, porte des Indes où l'ont amené ses rêves d'adolescent insatiable.

L'eau dégoulinant des montagnes gonfle le torrent qui a creusé la passe devenue très étroite. Je guette le moment où il n'y aura plus que de l'eau…

Ce n'est pas seulement Alexandre qui a vu avec inquiétude la gorge se resserrer sur son armée, c'est aussi Gengis Khan, Tamerlan, Babour… et tous ceux qui, moins bons amants de l'Histoire, n'ont laissé que des traces fugaces.

La pluie faiblit puis une masse de ciel se dégage comme une porte que le vent ouvrirait violemment, laissant entrer une claque de vie.

La route remonte. Nous passons un col d'où la vue n'est qu'un désert de pierres aux teintes d'un gris humide.

En réalité, il y a deux passes. Une première entre Kaboul et Jalalabad et, plus loin, celle de Khyber. On se croit sorti du tunnel alors que tout est à recommencer.

Vis-à-vis des sages de l'Inde, Alexandre manifestera le même attrait qu'à l'égard de Diogène. L'affirmation rapportée par Plutarque : « Et pourtant moi, si je n'étais pas Alexandre, je serais Diogène », indique-t-elle une nostalgie ou la certitude que, quel que soit le domaine, il ne peut être que le premier ? Je penche pour la nostalgie. On peut voir aussi dans sa réponse une marque d'orgueil : comme je suis Alexandre, je n'ai pas besoin d'être Diogène. Quoi qu'il en soit et bien qu'Alexandre ne se fût jamais montré *sage*, son attrait pour Diogène est une curiosité stimulante.

De tous les rapports d'Alexandre avec les philosophes, le plus admirable est le sentiment qui l'a lié à l'Indien Sphinès, que les Grecs appelaient Calanos, qui accepta, malgré l'hostilité de ses pairs, de suivre le Macédonien lors de son retour vers la Perse. Il décida un jour de s'immoler sur un bûcher. Malgré sa colère, Alexandre ne put l'en empêcher ; pendant que les flammes s'élevaient, il s'enferma dans sa tente d'où il ne ressortit que quelques jours plus tard.

Bien que fasciné par le refus du monde, Alexandre était de l'autre côté. Il savait qu'il ne pouvait s'établir dans une zone incertaine. Pour être Alexandre, il n'avait pas le choix, quelle qu'en fût la douleur. Ceux qui façonnent le cours de l'Histoire, comme par exemple Ashoka, Marc Aurèle, Charles Quint, Mao Tsé-toung ou Charles de Gaulle, ont compris la grandeur, peut-être la supériorité, de la voie des Sages, mais si certains ont choisi l'alternance entre l'action et la méditation, ils n'ont jamais cherché à en faire la synthèse ; chacun des *ordres* a ses exigences. La réconciliation, si réconciliation il y a, se fait hors de l'Histoire. Les petits politiques d'aujourd'hui, de même que nos petits intellectuels, barbotent dans l'entre-deux, voulant à la fois se donner bonne conscience et l'illusion de l'action.

La vallée s'élargit, ainsi que le ciel. Il y a même des rayons de soleil qui couvrent les montagnes d'une chevelure blonde. Sous l'effet du soleil la terre prend une couleur rouille qui donne de la chair aux schistes luisants. Derrière ce tournant, le soleil a même fait pousser un cyprès pour nous rappeler la Grèce ou, mieux encore, pour nous prouver qu'on n'est jamais là où l'on croit. Je me croyais dans une sorte de descente en enfer, voici la vallée riante et colorée de Jalalabad. Du soleil liquide coule sur les fruits du marché de la ville où nous nous arrêtons.

Parfois, hors du temps me semble-t-il, mon regard se colle à la roche de la gorge mais aussitôt la conscience me rattrape et m'enferme à nouveau dans le cachot d'où le paysage n'est qu'une image. La nostalgie de l'incursion avive ma douleur.

Une troupe d'oiseaux descend dans la vallée devenue étroite, puis d'un coup d'aile unanime regagne l'éther.

Sur la surface du ciel où les oiseaux ont disparu, il y a une déchirure.

Une voix intérieure : « Tu fais tout un plat de ce défilé rocheux mais si tu oubliais le pays, l'Histoire et la plaine espérée, tu te rendrais compte qu'après tout, ces gorges tu en as vu de semblables en Haute-Provence, en Grèce, en Turquie. »

Plutôt que merde, je réponds : « Oui, *mais...* »

Il y a des phrases qui dévalent des sommets nus, de ces fragments de pensées qui servaient d'oracles au monde hellénique :

> *Sur le dos de la déesse une nature immense est soulevée.*
> *Le feu du soleil, il le fixa à l'emplacement du cœur.*

Une idée entre dans le car puis dans ma tête. Je l'interroge :

— Comment vas-tu ?

— Je m'installe.

— Bon. D'où viens-tu ?

Là, manifestement, tout se complique.

La fureur de la matière.

Si l'idée nouvelle vient de la montagne, je suis prêt à l'accueillir joyeusement, à organiser pour elle une fête avec chants et danses ; si elle vient de l'intellect, je veux l'immoler.

Garde le silence, ô myste.

De quel droit je m'érige en juge ? Celui d'être propriétaire de moi-même ? Ce droit, jadis naturel, n'a plus cours.

… dans le séjour des anges.

Il y avait dans les religions de l'Antiquité un sentiment de l'universel qui poussait à l'accueil, non à la séparation comme le font les religions dogmatiques.

Dans les contrées qu'ils traversent, les soldats d'Alexandre retrouvent naturellement leurs dieux, adorés sous d'autres noms et d'autres formes, mais quelle importance, la terre leur était *familière*.

Les déesses se parlent, rarement les idées.

Ha ! Ha ! rugit la terre sur ceux-là jusque dans leurs enfants.

Nous ne nous arrêtons pas à l'étroit col de Khyber enserré dans les tonnes des rochers nus qui ont essayé d'obstruer les deux mondes, nous passons sans un soupir car nous sommes tous des Afghans blindés contre ces sortes d'émotions ; seulement, nous nous mettons à rouler à gauche car nous entrons dans l'ancien empire des Indes.

Ne te penche pas en bas vers le monde aux sombres reflets...

La frontière est installée dans le premier village. Nous passerons deux heures à ne rien faire. Si ! à attendre, telle est la principale activité du voyageur en Orient ; elle nécessite du savoir-faire.

Brille tel un ange, vivant en puissance[*].

---

[*] Les textes en italique sont des extraits d'oracles chaldaïques.

La femme noire et blanche

Nous arrivons dans la soirée à Peshawar, la première grande ville du Pakistan, à mi-chemin entre la passe de Khyber et le premier bras de l'Indus.

Je vais à la gare toucher la voie retrouvée du chemin de fer, et je reçois déjà dans la main les fleurs d'offrande de l'Inde du Sud jusqu'où cette ligne peut mener. Un petit garçon qui m'a regardé vient me demander ce que je fais. Je lui réponds que c'est une coutume de mon pays. Il m'imite. Nous rions de concert puis je lui demande de me conduire dans un hôtel confortable. En route nous parlons du temps comme si nous nous connaissions de longue date ; c'est peut-être le cas. À partir de maintenant, par l'intermédiaire de l'anglais, l'étranger peut trouver un interlocuteur, partout l'illusion de communiquer.

De Peshawar, à l'aube, jusqu'à Lahore en une traite par le train, dans un compartiment archi-comble que des soldats en armes viennent fouiller régulièrement.

Dehors, c'est le Pendjab, le pays des cinq rivières, l'Inde de l'histoire déjà, à défaut d'être celle des frontières actuelles, mais la terre semble échapper aux statuettes dansantes de l'Inde primitive, elle est revêtue par l'Islam. Les arbres, les rizières, les buffles, les villages sont marqués par le Coran dans leur apparence d'immuabilité. J'aimerais l'oublier, ouvrir des yeux vierges sur cette terre, me dire : l'Inde, l'Inde... Impossible !

À Attock, sur un long pont de fer, mon cœur se serre. Ici, ou un peu plus au nord dit-on, Alexandre a traversé l'Indus qui marquait l'entrée dans le nouveau monde.

On crache beaucoup autour de moi dans le compartiment où nous sommes entassés. Un voisin, fonctionnaire pakistanais qui prend des mines britanniques pour m'impressionner, fait celui qui est très choqué par ces mœurs barbares.

Nous traversons toutes sortes d'affluents de l'Indus, parfois très larges. Dehors, les paysages sont ternes. L'Inde est longue à venir, surtout quand on reste douze heures durant immobilisé sur une planche en bois de plus en plus dure.

Nous arrivons à Lahore alors que la nuit est tombée depuis longtemps.

*

Enserrée dans ses murailles et isolée du monde des voitures, du soleil et des avenues, la vieille ville est une vibration de vie avec ses artisans travaillant le cuir, le bois, la laine ou le cuivre, ses marchands d'étoffes ou de brochettes, ses enfants joueurs, ses canassons, ses femmes voilées, les échoppes basses, les passages voûtés, les maisons qui se touchent, les balcons de bois, les ruelles louches ; tout un ensemble tissé et contrasté dans l'odeur de terre, de graisse, de menthe, de fiente, de lait, sur fond de martèlements, d'appels, de chants, un lacis couleur de terre où l'étranger se cogne, se perd, bouscule, dérange, se retrouve métamorphosé dans un tourbillon où, les sens comblés, il accepte d'être un élément d'un ensemble qui l'éblouit et le dépasse.

Partout, des surprises. Derrière cette triperie malodorante surgit une mosquée dentelée de faïence bleutée avec, sur le porche, ces vers traduits d'un poète persan :

« Arrache ton cœur aux jardins de la terre.

Et sache qu'ici s'élève la vraie demeure de l'homme. »

Et là, dans l'écurie en face de la boulangerie, un vieillard barbu est assis dans la paille. Il égrène un chapelet.

Dans les jardins Shalimar qui embaument les fleurs de l'après-mousson, je retrouve — en moins concentré, plus royal, moins mystique — des lignes, des rapports, des échappées semblables à ceux des jardins de Grenade. Il n'y a peut-être sur la surface de la terre que deux civilisations capables d'une telle unité de formes : celle de l'Islam, qui semble endormie depuis deux siècles, et qui n'a pas encore prouvé sa capacité au renouveau créateur, et la nôtre, issue de la révolution industrielle du XIXe siècle, qui véhicule la mort de l'âme.

Un oiseau pépie au-dessus du mausolée du poète Iqbal, on dirait qu'il ne veut ni s'envoler ni se poser.

Le poète est enfermé, ses vers ne le sont pas : « Tu es l'amant de Leyla, je suis le désert de ton amour. Je suis comme l'esprit, au-delà de ta recherche. »

Une fleur blanche est posée sur le marbre. Tranquille printemps de la mort.

Départ rapide, dans l'impatience de la vie, vers la frontière de l'Inde.

*

J'aurais aimé — marque d'un esprit encore trop rigide, trop pressé, trop schématique ? — une vraie porte pour l'entrée en Inde, une rupture comme un éveil ou une naissance.

L'Inde s'est approchée par signes : le Bouddha en méditation du musée de Kaboul, le sari rouge feu porté à Peshawar par une femme qui était le premier visage féminin depuis Téhéran ; la plaine gorgée d'eau après les milliers de kilomètres de plateaux arides, première grande plaine depuis la Yougoslavie, les champs verts, les arbres touffus, les vaches et ces multitudes de couleurs dans la lumière encore scintillante (le chemin vers l'Inde est le chemin vers la fertilité humide et la nudité des visages, chemin vers la féminité) ; dans l'Ahta-dara du fort de Lahore : une fresque représentant Krishna accompagné des bergères et, parmi elles, la sensuelle Radha trompée et comblée par l'incarnation du dieu volage et musicien avec qui elle célèbre la fête du printemps où l'on s'asperge de couleurs vives ; et plus subtilement, ce beau geste de l'automne : s'oublier pour laisser place à la saison de l'après-mousson faite de sève et de fleurs.

Plus l'Inde s'avance, plus elle s'ouvre aux sens. Les miens sont tendus devant la femme retrouvée, sa puissance sur la terre. Mais l'Islam a caché la frontière de l'Inde en apportant ici les coutumes des nomades, leurs dieux mâles, leurs rites abstraits.

*

Il n'y a actuellement qu'un seul passage autorisé entre le Pakistan et l'Inde, il se situe à

Wagah, un poste en pleine campagne verte entre Lahore et Amritsar. Une journée de train pour une cinquantaine de kilomètres, enfin disons plutôt une journée passée en grande partie sur le ballast à attendre que veuille bien s'ouvrir la porte administrative.

Dans cette navette qui chemine vers l'Inde, je retrouve les pèlerins vannés dont j'avais perdu la trace à Kaboul. Ils sont des enfants abandonnés ayant déjà épuisé leur capacité d'émotion.

Il est facile de ne pas être agacé par les attentes et les tracasseries administratives des douaniers sikhs aux turbans trop réguliers, il suffit de tourner la tête vers les champs, derrière la clôture, où les arbres sont touchés par la lumière du soir et où une femme en sari orange ondule sur un chemin de terre avec un pot d'eau sur la tête.

Du côté indien de la frontière — l'arbre est le même, et le soleil, et les champs gorgés d'eau de la même mousson —, je m'arrange pour monter dans un compartiment occupé par des autochtones. Il y a un couple de musulmans pakistanais nés en Inde ; ils ont quitté leur terre d'origine voici trente ans au moment de la partition et n'y sont jamais revenus. La femme pleure à l'idée de retrouver les paysages de son enfance. Gêné, le mari évoque la fatigue pour l'excuser. Envie d'embrasser la vieille femme.

Dans la gare d'Amritsar, épuisé et dans un état connu où se mêlent la tendresse, l'émotion d'être arrivé en Inde et l'inquiétude face à l'inconnu, j'accepte sans discuter la proposition d'un jeune Sikh de me conduire aussitôt avec son rickshaw au Temple d'or qui est le principal sanctuaire du sikhisme.

Nous traversons la ville qui s'installe nonchalamment dans une nuit éclairée par les saris des femmes. Les hommes portent des turbans léchés comme un jardin de banlieue qui me font regretter les masses nobles et irrégulières des Afghans. Il est vrai que nous sommes dans la plaine. Quant aux pantalons et aux chemises, on constate que les Indiens, qui trouvent très chic de s'occidentaliser, rivalisent de laideur. Les quelques égarés qui portent encore des dhotis avec une beauté naturelle rendent sinistre la trahison des autres en faveur de notre mauvais goût. Il faudra un jour parler sérieusement de la beauté, de son lien avec le bonheur et la liberté.

Le Temple d'or, où nous devons entrer pieds nus et tête couverte, est trop lisse, trop ciré. Tout y brille : le marbre, l'or, les pièces d'eau et la fierté des Sikhs. Je dépose mon sac puis j'oublie mes freins esthétiques pour m'imprégner des chants et de la nuit.

Derrière les murs du temple, on découvre un

univers fait de jardins, de chapelles, d'un sanctuaire au milieu d'une pièce d'eau et de salles
pour dormir. J'écoute de vieux prêtres qui psalmodient le Livre saint au son d'une sorte de
viole, passe dix fois devant le même trône, toujours différent, et reste longtemps sous un plafond doré représentant le visage du soleil qui
ressemble aux masques d'or de Mycènes. Cette
promenade est un repas pour les sens comme
l'est la rivière enchantée pour les enfants.
L'atmosphère aquatique vient des bassins, du
lissé du marbre, de l'humidité de la nuit et de
la fluidité des pas libres de se couler dans les
recoins. Que, dans le fond, le syncrétisme sikh
soit ceci ou cela, je m'en moque, il me suffit
de marcher pour apprécier ce monde clos, plutôt hindou pour la croyance, musulman pour
l'absence de statues, et si léger dans la demi-
brume de la nuit.

Une musique bazardeuse s'élève du sanctuaire, au milieu de l'eau, où l'on se rend par
une digue. Dans le temple, sous une lumière
crue, des prêtres chantent et offrent aux visiteurs
une friandise sainte que je reçois avec componction, mais sans appétit.

Puis retour à l'eau, aux étoiles, aux chants.
Ce n'est plus moi le voyageur, je ne suis même
plus un témoin. Il y a dans le Temple d'or un
étranger éveillé.

Arrive cependant l'heure du sommeil. C'est
simple : après la prière l'enfant a besoin de dor-

mir. Il est accueilli dans une salle commune propre et trop éclairée. Pour le sommeil comme pour la prière, ce temple pasteurisé manque d'ombre.

*

Je n'ai pas oublié que je suis venu aussi pour suivre la route d'Alexandre. Départ vers le nord-est d'Amritsar pour rencontrer l'affluent de l'Indus que les Anciens appelaient Hyphase, que les cartes modernes nomment Béas, et qui marque l'ultime étape du Macédonien vers l'Orient.

On se demande pourquoi Alexandre n'a pas poursuivi sa route en Inde malgré l'hostilité de ses soldats. Déjà, par le costume, la manière de se faire adorer ou de commander, il était devenu perse. Habitués à obéir, les anciens soldats de Darius l'auraient suivi. Mais alors plus rien ne l'aurait rattaché à la Grèce. N'ayant plus avec lui que des Perses, ce barbare, disciple d'Aristote, qui disait : « Que de peines, Athéniens, pour mériter votre louange », serait irrémédiablement devenu un étranger. Toute quête est aussi la volonté de séduire quelqu'un d'aimé qui vous échappe. Rien de plus *grec* que sa curiosité, sa volonté d'aller découvrir le pays où se lève le soleil. La lassitude des soldats l'a emporté sur l'interrogation. Pour la première fois, devant les plaines de l'Inde qui lui semblaient offertes, Alexandre cède, il accepte de faire demi-tour ; désormais le ressort est cassé. Alexandre n'est pas un bâtisseur patient, il est un découvreur, un poète confronté à l'Histoire. Le retour est morose, surtout après la mort de Calanos. Pense-t-il au tonneau de Diogène ?

À Gurdaspur, personne n'est capable de comprendre où je veux me rendre. Il n'y a pas de route carrossable pour aller jusqu'au fleuve, disent certains. Un « étudiant » prétentieux et bavard affirme qu'Alexandre est allé beaucoup plus loin vers l'est. Un attroupement se fait, chacun exprime son avis sur ma recherche ; pour un peu, je deviendrais un descendant du Grec ; tel est le constat du propriétaire d'un véhicule à moteur qui me propose ses services : « *Mr Alexander, come with me !* » Je vais et me retrouve, après mille cahots, sur le bord d'un fleuve qui est l'Hyphase mais qui, par sa platitude, n'est pas digne de la légende.

Je fais trempette dans l'eau, ce sera toujours ça de pris. L'image longtemps portée est plus forte, et bien qu'il n'y ait que de médiocres arbres sur les rives du fleuve, je me remémore le pèlerinage d'Apollonius de Tyane qui déclarait avoir encore vu les douze autels dressés par Alexandre. Selon son témoignage, les rives étaient couvertes d'un bois consacré à Aphrodite. Il ajoute que les arbres de ce bois distillaient un baume avec lequel les Indiens fabriquaient l'*onguent du mariage*. Quand un mariage avait lieu sans que les époux se fussent fait frotter de ce baume, il demeurait imparfait et n'obtenait pas l'agrément d'Aphrodite, ce qui rendait périlleuse une aventure qui l'est déjà suffisamment.

Se souvenir que Philostrate, le biographe d'Apollonius, raconte que ce dernier vit dans le bois sacré une femme noire de la tête jusqu'aux seins et blanche depuis les seins jusqu'aux pieds. Ainsi étaient faites en Inde les femmes consacrées à Aphrodite. Il est facile de comprendre ce double aspect où je retrouve la grande femme noire de Venise aux larmes si tendres.

Apollonius voulait connaître l'Inde. Pourquoi donc ? Les brahmanes qu'il avait rencontrés lui posèrent cette question. Étonnés de voir un saint, dont la réputation était si grande, venir les interroger, ils lui demandèrent :

— Que croyez-vous que nous sachions de plus que vous ?

— Je crois que votre science est beaucoup plus étendue et plus divine que la mienne. Mais si je ne trouve pas chez vous à augmenter mes connaissances, j'aurai du moins appris une chose, c'est qu'il ne me reste plus rien à apprendre.

La femme brune et rouge

En suivant à pied la Béas, alias Hyphase, je finis par croiser la grand- (!) route qui descend de Pathankot ; ensuite, grâce à un camion, j'arrive à Jullundur, puis, grâce au train, à Ambala, enfin, d'un coup de car, je me retrouve vanné dans les terres ondulées de Chandigarh, cette trop neuve capitale du Pendjab indien construite linéairement par Le Corbusier pour un peuple de courbes. Amusante ou tragique, cette expérience de ville sortie d'un cerveau ? Optons pour le sourire en retenant l'image de grandes avenues vides et fonctionnelles que les rickshaws évitent pour emprunter des raccourcis tordus. La réalité est heureusement toujours plus forte que la géométrie. Du corps guindé et raide — parfois beau — pensé par un Occidental moderne, les Indiens façonnent peu à peu une autre ville à leur image, ville où l'on vit dehors et qui, selon le vœu de l'humoriste, est construite à la campagne avec arbres, animaux et rivières.

Pendant la visite du Parlement aux lignes

nettes, fleur coupée « sans épine et sans parfum », une jeune femme en sari rouge et au beau visage assez sombre se propose de me servir de guide ; elle se dit accréditée par le gouvernement des Cinq Rivières (Pendjab). Et moi, belle du pays de la Thelam, la Chenab, la Ravi, la Béas et la Sutlej, je suis accrédité par les dieux de toutes les Gaules pour t'écouter et te suivre, prêt à devenir la sixième rivière, celle qui tente en vain de déposer des étoiles au sein de la mer.

Entre deux pierres, j'apprends que mon initiatrice est du Sud, d'où la couleur foncée de sa peau et l'onctuosité de sa démarche, que son mari est journaliste et qu'il est curieux de tout ce qui vient d'Occident. Une architecture en ciment, un bassin sans lotus, une avenue vide puis : « Oui, j'irai volontiers dîner chez vous. Nous parlerons des affaires du monde. »

Comme convenu, elle passe me prendre à mon hôtel dans la soirée, mais au lieu de me faire appeler, elle monte dans ma chambre. Elle a couronné sa longue natte noire de fleurs fraîches ; son regard exprime une inquiétude. Je suis prêt à partir, allons-y ! Elle semble brusquée par mon mouvement vers la porte. Elle se penche vers la photo d'une jeune femme blonde de mon pays.

— Se teint-elle les cheveux ?
— Mais non.

— Quelle chance elle a ! J'aimerais avoir des cheveux blonds comme elle...

Et l'insensée caresse les siens. Est-ce une invite ? On frappe à la porte. C'est l'hôtelier. Il prend son temps après nous avoir inspectés pour me dire que le règlement de son établissement m'interdit de recevoir quelqu'un dans ma chambre.

Nous prenons un taxi. Nous sortons des quartiers dits résidentiels (sans vie) pour pénétrer dans des quartiers où l'Inde a recréé un flottement baroque comme font ces touffes d'algues sur les cubes de béton des jetées. La nuit est tombée. Les habitants se pressent autour de fours en terre où ils font cuire des galettes de pain. « C'est interdit à Chandigarh, dit la femme, nous avons été obligés de construire des fours amovibles. Nous les sortons à la tombée du jour. Nous n'aurions pas dû non plus planter des arbres sur cette place. Cela gêne une perspective. Maintenant, ils ne peuvent plus les déterrer. » Les technocrates buteront toujours sur le sacré.

Le mari existe, il semble même vraiment être journaliste ou l'avoir été. Il porte une chemisette jaune et verte sur un pantalon occidental caca d'oie. Le couple habite dans un minuscule deux-pièces d'un vilain ensemble. Soudain, la laideur culbute grâce à l'entrée de la petite fille en robe du Sud, véritable déesse danseuse fondatrice des cultures. Avec grâce, elle se plie sur les genoux de sa mère, crée avec elle une seule et même personne et lui redonne la royauté que la vulgarité du cadre lui avait fait perdre. Le moi n'est pas isolé, c'est évident. « Elle a du mal avec l'expression, me dit son père. À la maison nous parlons télougou, en classe elle parle le pendjabi et apprend le hindi et nous voulons qu'elle connaisse l'anglais. Elle voudrait que vous lui appreniez quelques mots de français. C'est pour étonner ses camarades de classe. » Elle vient contre moi, qui suis assis au sol, me regarde, curieuse, craintive, amusée et coquette. Elle répète : « Maison, arbre, mon papa, ma maman (ô douceur !), je m'appelle Déva et j'ai huit ans, je parle français, un peu, très peu... »

Elle va se coucher, sa mère prépare le dîner sur un minuscule réchaud dans un recoin, son père m'assaille de questions sur le niveau de vie en France. Le dîner est prêt ; contre tous les usages, l'épouse s'assied avec les hommes. J'approuve. Comme je n'en manque pas une, je me mets à manger avec la main droite, et comme, de son côté, le mari n'en manque pas une non plus, il se débat avec une fourchette.

Nous parlons du monde. Je n'apprends rien, ou si peu. Ce que j'avais à apprendre, je l'ai su en voyant unies la mère et la fille dans leurs robes de contes, le même sourire, la même danse des mains, le même corps. Si ! une information nouvelle : l'homme finit par me dire qu'il est au chômage et qu'il n'a plus de quoi vivre. L'épouse semble abattue, figée par l'angoisse. Un vilain silence pèse. Bref regard entre les Indiens. L'homme se lève, prétexte une visite à rendre, sort, nous laissant sa femme et moi en tête à tête intime, comme ajouterait Delly. Je n'ai pas le temps de m'étonner de la situation que la femme s'approche et d'une voix fluette me dit : « J'aime beaucoup les étrangers. — Je ne peux pas, je suis fiancé », lui dis-je.

Debout, gauches, nous partageons la même gêne. De peur de l'humilier, je repousse l'idée de lui donner quand même de l'argent mais je pose sur son épaule nue une main légère, simple marque d'affection. Elle se trompe sur le sens, se rapproche de moi, crispée et flageolante. Non, étrangère, soyons amis, seulement... Mon corps est désir vers elle, si fragile. Une poussée veut les bouches mêlées, les chairs unies.

Contre moi-même, je dois être brusque. Elle pleure. Je répète : une fiancée ; je répète : vous êtes belle, de l'amitié, seulement.

Une demi-heure après, elle est calmée, le mari est de retour (il ne devait pas être loin), il s'agite pour se justifier, répétant qu'il était un grand journaliste et qu'il est au chômage. C'est peut-être vrai, peu importe. Je propose de laisser quelque chose pour qu'ils achètent un cadeau à leur fille. La ficelle est grosse, le mari accepte tandis que la femme dit : « *No ! no money !* » Voudrait-elle un souvenir de mon pays

quand j'y retournerai ? Son visage s'éclaire :
« Oh oui ! Un shampooing colorant de Paris. »

Le lendemain, dans la gare de Chandigarh,
je retiens surtout le piaillement et le vol de milliers de petits oiseaux qui jouent la symphonie
du départ. Au milieu d'eux dans le ciel, il y a la
fleur noire de l'Indienne, ouverte et offerte
comme un fruit où pouvoir oublier la séparation des corps.

Mon frère le train, avec ses planches en bois,
la familiarité des enfants, des saris qui font cha-
virer, les flots de sourires, les paysages verts
gonflés d'eau, les arbres isolés qui dialoguent
avec le ciel, les gares somnolentes, les routes
encombrées, les temples parmi les roches et,
au-dessus de tout, comme un voile, la misère.
Je voudrais en parler vite et ne plus y revenir. On le sait, elle est omniprésente et devrait
empêcher toute autre préoccupation. Je ne suis
nullement de ceux qui, pour des raisons éthi-
ques ou politiques, refusent de dénoncer son
injustice mais je refuse de me donner bonne
conscience en hululant contre elle sans rien faire,
comme tant de moralisateurs. *Faire* voudrait
dire s'engager avec Mère Teresa, ou donner
son argent, ou devenir bénévolement médecin,
infirmier, professeur, ingénieur, voire révolutionnaire en armes si l'on y croit, mais, en tout
cas, s'offrir. Le reste n'est que jérémiades de lit-

térateurs. Au trou ! N'ayant pas le courage de m'offrir, je me tairai sur elle.

À la vitesse d'un sage qui compte ses tours de roue, le train finit par arriver à Delhi dans un hall tonitruant où une foule aussi désordonnée que des particules de matière — c'est-à-dire aussi *efficace* dans son tournoiement — danse la vie, les mères, les enfants, les arrivées, les attentes, les queues immobiles, les familles entières qui dorment sur le sol, les balayeurs, les mendiants, les hindous, les musulmans, les Sikhs, les Jaïns, les hippies, les bouddhistes, les hommes d'affaires, les bons à rien, les vendeurs de thé, de galettes, de piments, de fleurs, de beignets, de tickets, de paroles, de vent, de cacahuètes, de bidis, de cigarettes, d'images, de citrons, de bananes, de dattes, de noix de coco, de rien du tout. Ajouté à la fatigue et à l'émotion, ce tourbillon bien huilé est aussi réel et impensable que le ballet des étoiles. Il n'y a qu'une espèce absente de ce sabbat rouge, vert, jaune, bleu, noir, orange qui s'exprime en hindi, pendjabi, ourdou, gudjerati, anglais, tamoul ou langue corbeau, c'est l'espèce des solitaires. C'est dire si je suis ahuri. Il va vite falloir que je m'accroche à un bout de ciel pour être enfin relié à la multitude indienne dont les morceaux épars, parfois intouchables, tirent unité de leur même participation au même mouvement cosmique.

IV

LE CHRYSANTHÈME
BLANC

Ils sont sans parole
l'hôte l'invité
et le chrysanthème blanc

RYÔTA.

Racines contre racines

Les fenêtres donnent sur des jardins où veille, immobile, le plus ancien empereur du monde. C'est à dessein que l'immeuble a été construit pour être en contact avec le principe permanent de tout un peuple. Des étages où nous sommes, les bâtiments traditionnels, formés d'un épais mur d'enceinte d'une pierre lignée comme le bois, de bassins gris-bleu, de toits pointus et d'une nature épaisse, verte, légèrement gagnée par la rouille de l'automne, apparaissent telle une peinture naïve, paisible et enchantée, qui devient surréelle par sa situation au milieu des avenues et des tours modernes.

Dans la salle, le silence est habité par de multiples yeux. Je suis seul à marcher parmi ces formes vivantes. Tous les continents, toutes les époques et toutes les matières où la main de l'homme a posé sa part d'éternité se retrouvent concentrés dans cet îlot de béton. Diorite, bois, céramique, calcaire, marbre, bronze, stuc, grès, laque, toile, papier marouflé... on pourrait tout fondre dans un même creuset, il en sortirait une masse compacte et informe, striée de lignes de couleur, souvenirs de mémoires lointaines.

Je m'approche d'un buste féminin éclairé sur un fond de velours bleu qui absorbe la lumière. La tête est penchée sur des seins nus gonflés de sève. C'est une jeune Indienne des temps plus anciens. En face, une main votive phénicienne en bronze avec, dans la paume, la statuette d'une divinité au regard fermé. Là, ces grands yeux ouverts sur l'intérieur, ce long nez, cette large bouche, ces couleurs d'automne ou de feu calmé : une peinture à la cire du Fayoum, une femme d'Égypte qui porte le regard d'un premier amour. Puis d'autres yeux, en creux cette fois-ci, sur un visage sans expression, une autre mémoire : une divinité Haniwa en terre craquelée…

Des pas. Voici Tadao Takémoto. Nous repartons ensemble dans le labyrinthe des formes. Toutes les premières fois portent des étincelles créatrices. Pour la première fois, le plan des camps de concentration nazis exposé au-dessus des jardins de l'Empereur, pour la première fois Braque non loin d'un jardin sec, ou cette statue de Picasso qui nargue le portrait d'un autre empereur de sang et de cendres : la photo de Mao Tsé-toung assis dans sa bibliothèque en désordre. Tadao se penche pour me montrer un livre illustré par Dalí où l'on retrouve Alexandre : *Roi, je t'attends à Babylone*. Un peu trop cérémonieuse, la mort… Ailleurs, elle est plus brutale, elle ne s'amuse pas, elle frappe. Il ne reste qu'une figurine de terre dans une tombe, ultime communion pour le cadavre. Non. Pas ultime. La figurine est là dans la lumière du soir d'une tour moderne que la solitude rend silencieuse.

J'ai apporté à Tadao de l'eau recueillie dans l'Hyphase. Nous déposerons le vase de cuivre en offrande, sans nous prendre au sérieux, car l'heure n'est pas aux pastiches.

Ce que je fais ici ? Et où suis-je donc ? Gardons encore un instant la liberté que donne l'absence de temps et de lieu, une peinture sans fond.

À l'extrémité de l'ensemble règne, serein, le plus agité des dieux. Shiva roi de la danse élève, mi-repliée, sa jambe gauche vers le cercle de feu, roue sans fin où circulent ces amants, la vie et la mort. Avec quelle harmonie les quatre bras épousent et fuient la danse ! Nu le corps, habillé seulement de guirlandes et de mouvement, tandis que le visage est replié vers l'intérieur. Il nous dit : je laisse mes membres folâtrer, je suis dans l'épaisseur stable de la demeure. Ce lien qu'on devine obscur doit être l'antichambre où chacun d'entre nous a déjà attendu sa réincarnation. Je pense : obscur, parce que la lumière est signe de renouvellement, mais ce n'est qu'une vaine transposition des zones où le fleuve de la vie s'est arrêté. Nous croyons légèrement qu'il devrait y avoir succession entre le fleuve et l'immobilité de la pierre. Shiva rit de nos platitudes. Il *est* la pierre et le fleuve, l'un dans l'autre ; seuls les yeux mi-clos d'un danseur dans le cercle de feu connaissent le secret.

À l'opposé, le Bouddha en méditation ? Du danseur au méditant, il y a passage du cercle au triangle. Je n'y mets aucune hiérarchie mais, instinctivement, j'établis la mesure par rapport à mes possibilités, ou à mes désirs — et je me sens dans une distance avec Shiva dansant la vie-la mort[*]. L'histoire en a jugé ainsi, qui a fait du bouddhisme une sagesse universelle et de Shiva un dieu hindou. Il faudra revenir sur les raisons qui ont rejeté le bouddhisme hors de l'Inde où il avait atteint le sommet qu'exprime le Bouddha de Mathura en méditation. Dans le silence bleuté de cette tour, il y a quelques mètres entre Shiva et Gautama. Saurai-je un jour s'il y a incompatibilité entre les quêtes spirituelles, ou un point de fusion ?

Question sérieuse. Y revenir.

Jeu des contrastes, également celui des ressemblances. Aussi factices l'un que l'autre. Ils ne servent qu'à fournir des étincelles, comme en frottant deux pierres. Le reste — le feu — dépend de la qualité et de la quantité du bois. Avec du bois vert, la panne. Je ne vois pour ma part, pour le moment, qu'un bouillonnement *intellectuel* infructueux dans ces rencontres d'un Haniwa avec une fillette de Balthus, de Picasso

[*] Je suis devenu plus familier avec Shiva.

avec Sengaï, d'un vase grec avec Fautrier, de Zao Wou-Ki avec une stèle du Yémen, d'une urne funéraire mexicaine avec Poussin, d'un masque dogon avec un visage de Raphaël... Aucun de ces créateurs n'a eu besoin de tous les autres pour créer ; juste un éclatant désir au sein même de sa culture. Pan ! sur le bec de Malraux réincarné en oiseau du Bénin.

Enfin, de quoi s'agit-il ?

Nous étions dans la gare de Delhi dans le premier bouillonnement de l'Inde. Après un saut dans la baignoire de l'hôtel, je m'étais rendu à la poste restante où un télégramme de Tadao Takémoto m'apprenait que j'étais invité à Tokyo pour l'exposition consacrée à Malraux par le musée Idémitsu. La longue route poussiéreuse (de bave, dit l'escargot) m'avait fait oublier cette éventualité dont il avait été question avant mon départ. Je passe à la compagnie aérienne japonaise : un billet à mon nom m'attend. C'est décidé, j'arriverai à Tokyo le 31 octobre ; l'inauguration de l'exposition par S.A. le frère de l'Empereur aura lieu le 1er novembre 1979 à 18 heures.

*

Qu'avons-nous fait à la divinité Terre, nous autres de l'Occident moderne, pour nous engluer dans les mots et renoncer à la multitude des autres langages ? Je crois que nous l'avons oubliée ; elle est une divinité exigeante et jalouse. Le Japon, qui possède une des langues les plus complexes du monde, ne s'en sert jamais pour parler directement, mais pour suggérer, tandis que les choses nettes, précises, dans ce pays tiré à quatre épingles, *endimanché*, s'expriment par des signes. Si vous ne les saisissez pas, vous allez de malentendu en malentendu.

Pour l'éducation traditionnelle, se justifier est une marque de faiblesse, l'acte doit se suffire.

Un intellectuel (de gauche) de chez nous est ici noyé. Personne n'a jamais pu attraper le Japon avec des phrases.

Ce peuple épris de la nature est si intimement poète que la poésie peut tout dire. Pour exprimer le « je t'aime », qui n'existe pas en japonais et qui semble d'une vulgarité insigne, on peut utiliser de courts poèmes où la nature sert d'écran transparent. Une femme qui recevrait de vous ces mots : « La lune s'est levée et je verse des larmes en la regardant », comprendrait aussitôt que si vous pleurez, ce n'est pas à cause de la lune mais à cause d'elle, de ses yeux indifférents. Après plusieurs envois de votre part, si elle n'est pas insensible à votre appel pressant, elle pourra vous répondre, mine de rien, qu'elle s'est promenée hier sous la lune et qu'elle a été saisie par un certain sentiment mélancolique.

Un cliché veut que les Japonais soient toujours bagarreurs et violents. Ce n'est pas mon opinion. La langue, d'abord, est douce. La poésie, la musique, les estampes traditionnelles poussent à la mélancolie, à la rêverie, au sentiment intime des choses, non à leur conflit. Dans les foules si denses du métro ou des trains de banlieue, à certaines heures, des millions d'hommes et de femmes se croisent dans le plus grand respect de l'autre et de l'ordre. L'ordre n'étant pas vécu comme un cadre aliénant plaqué sur l'individu, mais comme le moyen de vivre collectivement en harmonie.

Là, l'Européen décroche. Il ne peut comprendre comment des individus sensibles, intelligents, ayant du caractère, peuvent accepter de se fondre anonymement dans un si vaste ensemble. C'est la force du Japon, c'est aussi sa limite. Si nuancé dans ses rapports avec la nature, le Japonais est tout d'une pièce dans ses choix collectifs. S'il se trompe, il se trompe absolument, sans aucune hésitation. C'est ce qu'il fit avant guerre en choisissant l'Allemagne comme modèle et alliée, c'est ce qu'il fait dans une certaine mesure aujourd'hui en s'américanisant extérieurement et en construisant des villes qui sont des amas insensés de béton, d'avenues rectilignes, d'autoroutes urbaines, d'habitats sans centre.

Nous avons pris pour violence une manière de s'impliquer totalement dans sa tâche. Avant l'ère Meiji, lors d'une guerre sans merci, les guerriers pouvaient se retrouver dans les maisons de thé, prévues à cet effet, où ils devenaient des êtres courtois, sans arrière-pensées. Puis le combat reprenait. Il ne faut pas interrompre par une question un Japonais quand il fait quelque chose car il le fait avec toutes ses facultés ; il ne lui reste rien pour le doute ou la réflexion. On pourrait faire tenir le Japon dans un seul mot : concentration. Et l'on sait que la vraie concentration n'est pas compatible avec la conscience, sauf au niveau le plus élevé. Demandez à un Japonais d'aller compter les grains de sable sur une plage, il le fera sans en demander la finalité ; là est l'origine de ses erreurs.

Habitués à nourrir une abondante famille grâce à une rizière grande comme un mouchoir de poche et gagnée acrobatiquement sur la montagne, les Japonais sont devenus maîtres dans l'art de rassembler toutes leurs énergies sur un point. À cette image sont leurs jardins, leurs poèmes ou leur méditation — si courte qu'elle est déjà terminée tandis qu'un Indien n'en est qu'aux préliminaires.

Je viens de l'Inde, le pays où les textes philosophiques sont les plus abondants du monde, j'arrive au Japon où ils sont quasi inexistants[*]. Pourtant, il me semble qu'il y a au Japon un

---

[*] Il y a une philosophie japonaise, mais toujours liée à la recherche intérieure.

grand nombre de *philosophes*, j'entends : d'amoureux de la sagesse. La focalisation des forces de l'imagination et de la création vers un art de vivre est le signe qu'elles sont au service du bonheur, non de l'interrogation.

Ne jamais demander à un Japonais de vous expliquer quelque chose au plan métaphysique, comme le fit Heidegger. On est toujours déçu, à moins de le retranscrire avec nos concepts ; tel est le meilleur moyen de passer à côté de ce qu'il voulait nous dire.

Ce diable de Malraux, autour duquel je tourne ébloui et révolté, a indiqué à Tadao Takémoto pourquoi la civilisation japonaise restait dans l'immanence en rappelant que « la grande pensée japonaise pose que la valeur suprême est la sérénité ».

Il n'y a pas plus attentifs à l'instant que les Japonais. Au printemps, ils attrapent des rhumes à force de guetter la nuit dans leur jardin le moment où éclosent les fleurs de pêchers. Ils ont une formule pour désigner *l'instant où les choses changent* : Zen ki.

Au moment de la plus grande presse due à l'exposition et à la préparation du colloque sur Malraux, Tadao Takémoto était sollicité de toutes parts. J'étais avec lui dans les bureaux administratifs du musée Idémitsu. Soudain, il se tourne vers un bouquet de roses d'où se détache un pétale. Il semble suspendre sa respiration tant qu'il n'est pas arrivé à terre. « C'est cela seul qui est important », dit-il.

Ne croyez pas ceux qui racontent qu'il y a des religions au Japon. Non : il y a des rituels. Quand on a compris cela, on cesse de demander à un Japonais s'il est bouddhiste ou shintoïste. On sait que le rituel du mariage est de tradition shintô et que le rituel funéraire est bouddhiste.

Et ne pas croire qu'il s'agit d'une synthèse alors qu'il s'agit d'une addition. Ce qu'elle pourrait avoir de contradictoire à nos yeux ne l'est nullement aux leurs. La contradiction naît de la conceptualisation, elle ne saurait exister dans deux rituels pour deux occasions différentes.

C'est ainsi également que les Japonais pratiquent un assemblage que nous prenons à tort pour une incohérence : la cohabitation chez une même personne de la vie la plus moderne dans des immeubles de verre et, le soir, d'une vie traditionnelle dans une maison en papier.

*

Avant l'inauguration, la foule et les retrouvailles d'amis, promenade dans les abords du jardin impérial gardé par de hauts murs courbes. La pluie de la passe de Khyber avait effacé l'automne des rudes plateaux de Turquie, d'Iran et d'Afghanistan. Dans la vallée de l'Indus baignée de l'eau de la mousson, j'étais entré dans un printemps léger où germes et fleurs dansaient dans les champs, les arbres et les ventres des femmes. Incisif, le vert miroitait dans mes yeux — et voici maintenant le retour à l'automne, un automne plus ciselé que celui que j'avais laissé derrière la passe. Mon organisme ne comprend pas. *Moi* non plus.

*

« André Malraux et le Japon éternel », le titre donné par Tadao Takémoto à l'exposition et aux manifestations, est bon. Il peut nous apparaître pompeux à cause de ce mot éternel dont le cours est en baisse chez nous depuis plusieurs générations, il veut surtout dire : le Japon non occidentalisé, présent, accepté ou refoulé, dans le cœur de chaque Japonais.

L'histoire de cette exposition, qui n'a pas de précédent pour son ampleur et sa richesse, est une histoire japonaise difficilement traduisible en français. Essayons.

Au printemps de la quarante-neuvième année de l'ère Shôwa, en mai 1974, Malraux est au Japon. Il y rencontre le riche industriel Sazô Idémitsu qui a installé au-dessus du Palais impérial le plus grand musée privé du Japon, le seul véritable musée Zen du monde, où se trouvent notamment la quasi-totalité de l'œuvre de Sengaï et, comme exemple d'art contemporain, le chemin de croix de Rouault. Les deux hommes ont une courte conversation, recueillie par Tadao Takémoto qui, au-delà de l'apparente banalité des propos, est significative de l'univers intérieur d'un industriel japonais qui fait trembler les plus grosses compagnies pétrolières américaines. On pense à Rockefeller devant cette prodigieuse ascension dans l'industrie capitaliste mais, dès que l'on approfondit, on se retrouve devant un moine chevalier chargé d'une formidable mission. Malraux interroge :

— Je crois que le peuple japonais a une aristocratie de l'esprit. Mais quelle en est l'origine ? Je me demande si le bouddhisme n'en est pas une raison...

— Pas tout à fait, répond Idémitsu. L'origine en est la Famille impériale qui subsiste depuis deux mille six cents ans. Il en sera ainsi pour toujours.

Devant ce Japon qui semble renier ses racines, il ajoute :

— Les jeunes de notre pays ont tout de même subi une formation japonaise dès la *matrice* de leur mère. Elle leur reviendra doucement.

Malraux en avait également la certitude, et l'avait affirmé à plusieurs reprises, d'où la présence de cet hommage dans cette tour du silence où veille la métamorphose.

Pendant l'inauguration en présence du frère de l'empereur et du ministre français de la Culture (flonflon des discours...), un absent :

140

Sazô Idémitsu. Il s'est retiré pour méditer dans une des maisons de bois qu'il a fait construire dans la forêt de Karuizawa.

Je m'étais rendu au Japon trois ans auparavant au printemps de 1975. Grâce à Tadao, j'avais eu la possibilité d'aller vivre quelques jours à Karuizawa, seul dans cette retraite spirituelle réservée aux collaborateurs d'Idémitsu. De petites maisons de bois étaient disposées au milieu de la forêt comme si elles attendaient une famille d'oursons. Des branches de pin caressaient les fenêtres en papier de la chambre. Les ombres faisaient et défaisaient des figures de nuages. Dans la pièce nue, une table basse sur la natte tressée posée au sol, le *tatami*. Le lit, fait d'un mince matelas et d'une couverture, était enfermé dans un placard qui se confondait avec le mur. L'épais silence, entouré de cette forêt si mouvante, était seulement ponctué par les arabesques du vent, un oiseau parfois. Le centre de la pièce, son sens, était le *tokonoma* où une main anonyme avait sculpté, fleur à fleur, feuille à feuille, branche à branche, l'*ikebana* devant le dessin déroulé de Sengaï. Le *kakémono* représentait un saule dont les branches étaient courbées par la force du vent. Je connaissais la signification des idéogrammes qui l'accompagnaient et qui ressemblaient à des gouttes de pluie sur une vitre : « Qu'importe si mes branches sont poussées à droite ou à gauche. Je demeure. »

À heures fixes, en entrant dans la salle à

manger à la lumière tamisée, je pénétrais dans un lieu où la nourriture n'était que prétexte, une communion qui m'était assez floue. Les domestiques entraient et ressortaient en un ballet réglé et souple. Le potage était servi dans un bol de laque d'où s'élevait, dès le couvercle enlevé, une fumée chaude d'épices. Comme la laque était noire, le contenu restait indistinct, mystérieux, et c'est là un des sommets de l'esthétique japonaise s'il faut en croire Tanizaki, qui a dépeint son malaise devant nos habitudes occidentales d'une soupe présentée dans une assiette « plate et blanchâtre », pour l'opposer à la jouissance procurée par un récipient sombre qui garde l'essence au secret jusqu'au dernier moment. « Il est à peine exagéré de dire que cette jouissance est d'ordre mystique », écrit-il[*]. Il est vrai que les sensations le plus aptes à éveiller et à stimuler l'artiste présent en chacun de nous s'épanouissent dès lors que l'on élève le bol de laque couronné de son nuage de vapeur, et que l'on sent le liquide chaudement dans sa paume, que l'on soupèse toute sa pesanteur mobile et vivante, encore voilée par le noir de la laque, puis les lèvres — ô les privilégiées ! — connaissent, comme on dit dans la Bible, la palette des goûts du liquide, sa légèreté et ses contrastes. Le goût s'exhale, se répand, s'épanouit dans la bouche et de là,

---

[*] Dans *L'éloge de l'ombre* (Publications Orientalistes de France. Ou *Œuvres complètes* en Pléiade.)

peut-être, gagne les franges de l'âme. C'est la mer dans ce bol noir, c'est une caresse, c'est un baiser, c'est un goût inconnu qui nous élargit.

Avec les fines tranches de *sashimi*, il s'agissait d'une autre découverte. C'était d'abord la joie de la disposition et des couleurs des différents poissons : daurade, thon, saumon, seiche, maquereau… Puis les baguettes portent aux lèvres impatientes la petite galette de chair rose, blanche, grise ou carmin que l'on a légèrement imbibée de sauce et entourée des fils blancs d'un radis noir. La chair, plus tout à fait vierge mais encore si pure, rencontre alors la chair vivante de la langue et du palais, et s'y fond. Ainsi le suc, le frétillement, la vivacité même du poisson ont-ils été préservés de toute cuisson ou enjolivement pour se retrouver happés par notre corps, terre d'accueil[*].

À cinq heures, on apportait dans ma chambre du thé servi rituellement. Le soir, on me préparait un bain brûlant dans un bac en bois qui sentait la résine. Je ne connaissais en japonais que bonjour, bonsoir et merci. On me répondait : bonjour, bonsoir, merci. Je me promenais dans la forêt dont l'aspect sauvage avait été savamment orienté, jamais de manière brusquée, pour permettre à l'homme de se glisser dans ses recoins sans lui ôter son visage naturel.

---

[*] L'art de vivre à la japonaise est maintenant mieux connu en Occident. Je garde l'étonnement de ce premier contact, même un peu jauni.

Il m'était arrivé de porter des pousses de fougère à ma bouche pour m'incorporer la force de ce printemps insensé.

Il y eut une journée de pluie. J'écrivis à Malraux (c'était un an et demi avant sa mort). Je me souviens de la question que je lui posai : « Je comprends l'attachement que les Japonais portent à l'homme d'action qui n'a jamais séparé ses idées de ses engagements, au samouraï que vous êtes à leurs yeux, ainsi qu'à celui qui leur a rendu une légitime fierté en venant sur leur terre les interroger sur le bushidô ou le Zen. Ils se sont retrouvés à travers votre regard tels qu'ils sont en permanence, alors qu'aux yeux des Américains, leurs coutumes n'étaient que folklore. Vous avez été le premier, à sa grande surprise, à interroger l'empereur sur les racines du Japon.

« Mais ils lisent également *Saturne* et les *Antimémoires*. Que comprennent-ils, que peuvent-ils recevoir de ces pèlerinages exaltés dans la *signification* de l'art et de l'Histoire, eux qui avancent par signes, non par prises de conscience ? »

Malraux me répondrait oralement à l'automne suivant : « Ne vous interrogez pas trop. Chez eux, le sentiment est toujours global. Je ne sais pas si je suis compris. Peu m'importe. Nous regardons les mêmes choses, c'est ce qui compte. »

En novembre 1974, six mois après le voyage où il avait rencontré Sazô Idémitsu, Malraux m'avait déjà donné une leçon de japonais. Je lui avais demandé :

— À Kyôto, le 22 mai dernier, vous avez déclaré : « Europe-Asie, c'est un dialogue racines contre racines. » De nouvelles racines peuvent-elles naître de ce dialogue ?

Malraux : « Ce serait plutôt une nouvelle interrogation. J'ai voulu dire ceci. Au Japon, devant les plus beaux temples shintôs, je pensais à Notre-Dame ; et je me disais que lorsque les Américains veulent voir du grand art chrétien, ils vont au musée des Cloîtres à New York ; et, lorsqu'ils veulent voir du grand art d'Extrême-Orient, ils vont à la galerie Freer à Washington. Dans les deux cas, ils vont au musée... Pour eux, c'est un peu la même chose. (Je dis : un peu, à cause du christianisme, et parce que, d'une manière ou d'une autre, ils sont les héritiers de l'Europe.) Revenons au Japon. On l'accuse souvent d'imiter, mais pour le Meiji comme pour le bouddhisme, il a *choisi* d'imiter. Nous, nous avons assimilé Rome, et le Japon a assimilé le bouddhisme. Le Mexique a assimilé le christianisme : il n'est pas devenu l'Espagne. Où sont les vraies racines ? Pour le Japon, c'est le shintô, pour nous c'est un peu Rome, beaucoup la chrétienté médiévale, et sans doute la Révolution. Il y a des pays qui ne sont jamais plus grands que lorsqu'ils se replient sur eux-mêmes, comme l'Angleterre de Drake ; et ceux qui ne sont jamais plus grands que lorsqu'ils le sont pour les autres, ce qui semble le cas de la France[*]. »

Retour à Karuizawa, à la chambre, à la forêt, à la permanence dans le mouvement du monde. Depuis des siècles, nous croyons à une possible évolution linéaire de l'Histoire sur laquelle s'est greffée notre idée de progrès, tandis que l'Asie en est restée au mouvement circulaire. En regardant la marche actuelle des idées, il est frappant de constater que la science la plus avancée, à la suite d'Einstein, apporte une eau fraîche au moulin des artisans du cercle. Encore une fois, Malraux avait pressenti l'évolution qui se dessine maintenant : les retrouvailles de la science et de la spiritualité. Il prévoyait que le Japon allait jouer dans cette rencontre un rôle grâce au Zen, mais que la nature de cette révolution restait imprévisible.

Dans nul lieu mieux qu'à Karuizawa, je ne pouvais sentir qu'il ne doit pas (ou plus) y avoir de rupture entre le monde de la matière et celui de la quête spirituelle. Dans ces murs, le Japon puise une même force spirituelle et matérielle. Nos séparations, nos catégories éclatent devant une simple fleur qui frissonne ici. Et du murmure d'un vieux pin aux pousses vert pâle, vert d'eau, apportées par le printemps, s'échappe

---

[*] Entretien repris dans le tome VI des *Œuvres complètes* de Malraux en Pléiade, 2010.

la plainte du poète Malraux : « J'entends la rumeur déjà lasse : écoute-moi, écoute-moi bien prier pour l'agonie de ce que tu appelais l'Europe ; bientôt, on ne se souviendra plus que de mon chuchotement. »

*

C'est à nouveau l'automne de 1978 et l'itinéraire. Après l'inauguration de l'exposition, les réceptions ici et là, les dîners de gala, les discours et les rediscours, le congrès part vers Kyôto et Nara en train express puis dans de superbes limousines noires, silencieuses et calfeutrées.

Par une permission spéciale, nous pouvons visiter à Kyôto le jardin de la Villa impériale de Katsura où l'on entre dans un des plis cachés du Japon.

Le jardin se goûte pas à pas car à la variété des formes plastiques s'ajoute la variété des sols : pierres, mousses, terres, graviers, herbes, disposés pour que le pied participe à ce festival. Chaque instant, chaque perspective est un recommencement. Cette allée de pierre est dessinée à l'image d'un envol d'oiseaux, un arbre auréolé de rouge en bouche la perspective. Dans le temps qui avance, il faut ménager des surprises.

Tout est ici un jeu d'écrans ; ce n'est qu'à travers des voiles que l'immensité se déploie. Une vision globale serait une illusion ; la nature entière est dans ce renouvellement de courbes qui permettent de changer sans effacer. Derrière cet arbre, une pièce d'eau où sont posées des pierres, barques nocturnes qui mènent vers la délivrance.

De ce pavillon de thé, on aperçoit le lac, du lac on ne voit que les bambous qui l'entourent ; du pont, le lac est double ; après ce rocher, il n'y a plus que des mousses ; on se retourne, il n'y a plus de rocher, mais un frisson de feuillages. Des fleurs se penchent sur une rivière, des mousses grimpent sur... non, elles descendent... et soudain une goutte d'eau, venue d'on ne sait où, écarte en cercles la surface de l'eau, et les cercles épousent les branches d'un érable courbé. Une autre maison gagnée par un escalier de pierre, le Manji-Taï ; quatre bancs y forment un svastika sacré, le toit de chaume et de mousse est caressé par les branches. Un autre pavillon, le Geppa-Ro, où une langue ronde s'avance dans l'eau. C'est de là qu'il faut regarder la lune montante. Inutile d'attendre la nuit, la lune est présente, appelée par les rochers chevelus, les creux des mousses, les pins tarabiscotés. D'une fenêtre ouverte du pavillon, apparaît un tableau en relief qui s'étage différemment dès qu'on se déplace, un tableau pour chacun, pour chaque instant, pour chaque saison, le tableau total.

Quitter le pavillon, reprendre le même itinéraire. Plus rien ne ressemble à l'autre côté de l'instant. Il n'y a pas d'envers, il y a des branches différentes, des pierres qui étaient cachées, une percée vers une touffe d'iris qui vient de naître. Royaume de l'instant, royaume de l'éphémère. Tadao, souriant : « La mort prend ici l'aspect de la communion. » Puis, après un temps où nos pas crissent sur des aiguilles de pin :

— Il ne faut jamais dramatiser le passage de la porte.

— Sans croire à l'au-delà…

— Non ! Qu'importe.

Le secret de cette sagesse, de ce bonheur donc, est de ne jamais sortir du présent, rester collé à lui comme le chemin l'est à la colline. Ces Japonais qui se saluent sans se toucher, qui ne posent jamais une question personnelle et qui semblent faire l'amour par procuration, si distants dans l'espace, ignorent la distance temporelle. Cette villa impériale qui date du XVIIe siècle n'appartient pas au passé, elle appartient à un autre présent que l'immeuble de verre de notre hôtel, que les usines les plus automatisées qui grignotent les restes des plaines. Il n'y a pas au Japon notre vénération pour les vieilles pierres. Tous les vingt-cinq ans le temple shintô d'Isé, dont la fondation est antérieure à l'ère chrétienne, est détruit pour être reconstruit.

Cette lanterne charnue, de type Yukimi, posée sur une table ronde à quatre pieds, a été conçue pour un paysage de neige. Alors, ses pieds découvriront un morceau de terre tandis que son chapeau blanc lui donnera de l'élancement.

Voici maintenant l'un des plus beaux spectacles, le *Hamano-Hashidate*, une pièce d'eau bis-
cornue avec de petits ponts à peine courbés,
une lanterne sur une avancée grumeleuse de
pierre qui sépare les eaux, un vieux pin aux
mains tendues, trois fois plus longues que la
hauteur du tronc courbe, des menhirs de pierre
irrégulière dressés sur le rivage, des îlots de
roches jetés au milieu de l'eau, et toutes les
nuances de ciel au couchant, des érables dont
certains sont si petits qu'on les dirait faits
(compassion bouddhique ?) pour le monde des
fourmis. L'envoûtement provient de l'esprit de
la nature, non point une de ses parcelles, mais
sa totalité, toutes ses couleurs et ses reliefs
concentrés dans un espace de pierres, d'eau,
de terre, de bois, de feuilles et de mousses.
Des spécialistes peuvent expliquer que telle
forme symbolise la maturité du riz, une autre la
lune naissante, la virilité, l'amour maternel,
l'automne tardif... Peu importe, laissons à
l'artiste ses secrets et savourons la mélodie de la
vie, sa douceur et sa force, savourons l'amie :
l'ombre ; savourons dans l'eau frissonnante la
poursuite du paysage, non son envers, mais son
écho dans un monde moins délimité, et savourons le fait que nous sommes le rêve d'un autre.
Peut-être d'ailleurs que tout n'est conçu que
pour le reflet, comme nous pour le passage de
la porte...

Je suis resté derrière le groupe avec Tadao. Nous marchons sur un sentier irrégulièrement pavé de pierres grises, jaunes, vertes. Une branche en zigzag voile le chemin et rend la suite incertaine. « Un *Mu* », dit Tadao. Il est créé par le rapport de l'ombre avec le fond. Je pousse une fenêtre. Voici Venise et ses draps blancs gonflés d'ombres sur un canal indolent. Il n'y a pas d'espace, mais je ressens un pincement : presque rien n'a changé en moi depuis Venise. Je m'accroche à ce *presque*.

L'ombre d'un nuage avance sur l'eau, monte sur un pin, un autre *Mu*.

Il y avait aussi une ombre dans la fente de la roche qui m'appelait dans les montagnes sèches de l'Afghanistan. Quand y aura-t-il un *Mu* entre moi et moi ? La petite fille de la mère rouge et brune de Chandigarh pleure, elle a faim.

*

Le roman d'Ihara Saikaku, *Vie d'une amie de la volupté*, paru en la troisième année de l'ère Jôkyô (en 1686), raconte la confession d'une femme qui se prostitue à cause d'une dette contractée par son père. Voici sa manière de voir les choses : « Quand quelqu'un était à mon goût, je lui adressais la parole, mais sans expansion. Vis-à-vis d'un homme déplaisant, je secouais la tête et appliquais mon attention vers quelque objet étranger, en comptant, par exemple, les solives du plafond, jusqu'à ce qu'il eût terminé son affaire. Je me conduisais en m'abandonnant au courant d'eau trouble de ce monde éphémère. »

*

Le 9 novembre, jour anniversaire de la mort du général de Gaulle, dans une salle de l'exposition, deux écoliers en costume venus avec leur professeur d'histoire s'inclinent devant le manuscrit de l'Appel du 18 juin prêté par le musée de l'Ordre de la Libération. Racines contre racines... À côté, se trouve une photographie de l'époque du R.P.F. où l'on voit au premier plan Malraux orateur avec les doigts dressés en forme de voûte et derrière, un peu flou, un de Gaulle hiératique comme la statue du Commandeur. Les Japonais aiment cette photographie car elle représente la vie reliée à un principe permanent, ce principe sans lequel ils ne seraient qu'une riche puissance industrielle. Chez nous, le souvenir de De Gaulle peut jouer le rôle que joue ici l'empereur.

De Gaulle et Malraux étaient unis dans une même soumission à la grandeur. Génies opposés et complémentaires, ils ne se reconnurent chez eux que dans les tempêtes. Ce couple unique dans notre histoire s'est également montré hétérodoxe à notre époque en refusant de séparer le monde de la pensée de celui de l'action. Cela allait très loin chez de Gaulle : « Tous les grands hommes d'action furent des méditatifs » (*le Fil de l'épée*). Ils se sont engagé l'un et l'autre dans une croisade contre l'irresponsabilité de l'intelligence. Dans *les Chênes qu'on abat...*, Malraux fait dire à de Gaulle : « Il y a une chose qui ne peut pas durer : l'irresponsabilité de l'intelligence. Ou bien elle cessera, ou bien notre civilisation cessera. »

*

> *Ils sont sans parole*
> *l'hôte l'invité*
> *et le chrysanthème blanc.*

Il ne suffit pas de se taire, il faut que la nature participe à la liturgie du silence.

Claudel a répondu à sa manière, mais aussi selon celle du vieil empire qui pourrait mettre des germes dans notre poésie :

> *Chut ! si nous*
> *faisons du bruit*
> *le temps*
> *va recommencer*

*

Nous allons dîner, Tadao, sa femme Kikué (Chrysanthème), leur fils Kasuya (l'Unique flèche) et moi (un arbre noueux) avec Toko, un des rares descendants du peuple Haïnou qui

153

habita l'archipel avant l'arrivée des populations actuelles. Il est la réplique, en plus jeune, de Derzou Ouzala que le cinéaste Kurosawa a dépeint. Bon, impulsif, brutal et tendre, velu et massif comme un ours, puissant, la larme à l'œil, sensuel, il boit comme un sapeur et mange comme Gargantua. Sans pouvoir expliquer pourquoi — car chez lui moins encore que chez les autres Japonais les mots saisissent le réel — il voue, à travers Takémoto, une grande admiration à Malraux. Sculpteur sur bois dans la tradition de son peuple, il s'était rendu l'an dernier à Verrières peu après la mort de Malraux pour accomplir sur sa tombe un rite chamanique d'hommage aux morts.

Nous ne sommes pas ensemble pour disserter mais, on l'a compris, pour être ensemble. Poissons, crustacés et viandes abondamment arrosés échauffent les cœurs et les imaginations. Vers la fin du repas, pris d'un désir créateur, Toko propose que nous formions, chacun à notre tour, une sorte d'ikebana avec les carcasses des crustacés, les fleurs, les baguettes, les bols, les verres, etc., qui sont sur la table. Il me fait commencer. Selon une harmonie simple de couleurs et de formes, j'assemble une tige de bruyère et des baguettes, c'est la terre ; deux grosses crevettes sur un miroir, la mer ; une fleur rouge renversée sur une feuille fanée, le feu. Les trois éléments s'équilibrent, je ne suis pas mécontent.

« Je ne vois rien ! », fait Toko avec une grimace. Il avale un grand verre de whisky, ferme les yeux, les rouvre puis, dans un état second, attrape des assiettes, des bouteilles, dresse une montagne, vide trois salières pour y mettre de la neige, trace un chemin vers la mer avec des coquillages, rend la mer dorée dans une coupelle en la remplissant d'alcool ambré, empile des douzaines d'huîtres pour une sorte de montagne magique qu'il couronne des fleurs du restaurant, verse un flacon de saké sur une pomme de pin, « il pleut ! », rit-il, et dans son élan il aurait installé sur sa composition la servante et son chat s'ils s'étaient trouvés à portée de main. Kasuya est ravi, il bat des mains ; le patron du restaurant est pincé mais n'ose rien dire à cause de la notoriété de l'artiste ; Tadao est serein, amusé de mon étonnement. Toute la table est recouverte de mets, de plantes, d'épices, de liquides divers qui commencent à couler sur nos genoux repliés. Toko part d'un énorme rire : « C'est cela la nature ! »

*

Dernière visite à l'exposition consacrée à Malraux. Si sa force de suggestion est si grande, c'est qu'elle représente un monde global, une vie dans le siècle avec le fracas de l'Histoire, les grandes créations plastiques : Picasso, Braque, Chagall... les chefs-d'œuvre lourds d'énigmes de tous les temps, et la vie intime du feudataire retiré dans une famille aristocratique* (rêve d'enfant ?), protégé par la douceur d'une femme discrète. Il trace hâtivement ses dernières pages quand la mort monte en lui, et qu'il appelle le retour des dieux susceptibles de relier à nouveau l'homme au mystère du monde.

C'est à Tokyo qu'une telle exposition prend tout son sens : être le reflet d'une vie haletante bousculée d'une interrogation à une autre, l'impatience de tout embrasser. Immobile, l'empereur n'est pas venu mais c'est pour lui que ces formes sont assemblées dans le silence, c'est pour que le Japon à nouveau puisse regarder fièrement ses racines que l'agnostique Malraux a posé cette question : « Comment le peuple qui a inventé le bushidô ne signifierait-il rien pour le peuple qui a inventé la chevalerie ? » *Antimémoires*.

*

Une fois terminées les cérémonies d'inauguration, nous partons au bord de la mer, Tadao, Kikué, Kasuya et moi. Nous dormons dans des auberges rudimentaires et bienveillantes, marchons, pêchons, glosons, rions et buvons. Un soir où je suis seul au-dessus de la mer, alors que je regarde tomber une feuille d'érable, revient un souvenir.

---

* Il a vécu les dernières années de sa vie chez les Vilmorin dans le château de Verrières-le-Buisson.

C'était au printemps, en 1975 lors de mon premier séjour au Japon, après une conférence faite dans une université.

Disons que l'étudiante s'appelait Satoko. Elle avait accepté de sortir avec moi dans Tokyo. Elle commença par me faire attendre.

La clé d'or de Satoko

L'attente valait la peine. Je trouvai Satoko encore plus énigmatique qu'à l'université. Elle était habillée d'une jupe plissée très élégante, et de ses longs cheveux s'exhalait une odeur d'encens. Elle avait passé un an à Paris à la Sorbonne. Elle terminait maintenant une sorte de doctorat sur le sentiment de la nature chez Claudel. Elle était fille unique, n'avait pas d'idée sur son avenir. Tout, dans son attitude et ses réponses, faisait croire qu'elle ne parlait que par politesse. Que voulait-elle faire maintenant que la conversation sur Claudel et que le verre étaient épuisés ? Ce que je voulais.

Nous allons nous promener sur Ginza où je m'ennuie. Je lui demande s'il y a des jardins ouverts la nuit, de ces jardins où les cerisiers embaument, où les pétales blancs sur la terre noire procurent un état de jubilation.

— Ressentez-vous les choses ainsi ?

— Moi, ce n'est pas intéressant, j'ai l'habitude.

Bon. Les Japonais ferment leurs jardins la

nuit. Si l'on veut, on peut aller s'asseoir sous quelques arbres près d'un temple qu'elle connaît. On veut.

Nous passons de longs moments de nuit, en silence, à respirer ensemble. Peut-être s'est-il passé en elle un mouvement semblable au mien.

Quoi donc ? Un échange de respiration. Je la raccompagne chez elle en taxi. Bons rêves, belle étrangère, nous irons demain sous les cerisiers.

Elle y fut plus joyeuse. Une fois même, elle m'y contredit, c'est dire si nous étions moins étrangers.

Deux jours après, elle devait aller rendre visite à une de ses tantes qui habitait dans la péninsule de Kii, au sud de la baie d'Isé. Quel heureux hasard ! J'avais justement envie de revoir sous le soleil le sanctuaire d'Isé que j'avais découvert sous une pluie religieuse. « Vraiment ? » me demanda Satoko. Vraiment !

« Il faut que je m'unisse à quelque fille ingénue de ce sol sacré », écrivait Nerval en visite sur des terres lointaines. Pensée d'un homme sensé.

Satoko et moi, nous prîmes le train Tokaïdo jusqu'à Nagoya puis une ligne plus modeste et plus amusante vers le sud. Nous maintenions entre nous une très honorable distance mais certains signes de complicité naissaient de paysages que nous appréciions de concert. À la gare qui dessert Isé, séparation. Il est convenu que nous nous retrouverons plus tard dans la ville où habite sa tante.

Je décidai de ne pas retourner voir Isé afin de garder intacte la première impression sous les si hautes voûtes de la pluie. Je restai à rêver près d'un pin et me liai d'amitié avec des fourmis dont je devins le dieu nourricier.

À l'heure dite, dans une petite gare maritime et champêtre, voici Satoko. Elle m'avait réservé une chambre dans un ryokan à quatre kilomètres de là. J'y dépose mes affaires et je propose de la raccompagner sur la route qui longe la mer.

Nous y marchons en silence. Comme la côte est escarpée, la route quitte le bord de mer, le retrouve, le perd à nouveau dans une forêt où le bruissement des pins s'amuse à ressembler à des vagues célestes, puis se jette à nouveau sur lui dans la surprise d'un tournant.

Un escalier de bois descend sur la grève. Allons-y, Sakoto, nous pourrons respirer la mer de près. Prenez donc ma main dans l'escalier. Tu me laisses la tienne. J'en suis satisfait. Asseyons-nous contre ce rocher qui ressemble à une flamme pétrifiée. Avec toute autre que vous, je saurais à quoi m'en tenir. Avec vous, je ne sais rien, je sais seulement que vous ne ferez pas un geste et que si j'en fais un de trop, je puis rompre le charme fragile qui nous unit sur cette plage noire où crissent les graviers.

Il fait froid. Nous regagnons la route. De nouveau ta main dans l'escalier. Elle est glacée.

Je la presse. Tu me remercies de la réchauffer, puis la reprends. Nous ne dépassons pas l'utilitaire. Un kilomètre plus loin un chemin entre les joncs nous attire à nouveau. La plage est sablonneuse. Mes gestes deviennent vrais, nécessaires ; ils s'établissent naturellement dans le présent. Satoko est debout à côté de moi, attentive aux raclements des vagues. Je la prends par les épaules et j'esquisse avec elle un léger mouvement de flux et de reflux. Nos lèvres se joignent comme en une conclusion évidente. Quelle fougue !

Comme mon hôtelière ne parle que le japonais, je lui dessine la lune et la mer pour expliquer mes promenades de la nuit dernière. J'imite le bruit des vagues et celui de ma joie quand je l'entends. Elle en est ravie et reste agenouillée à côté de moi tandis que je bois la soupe aux algues et mange le riz collant du petit déjeuner qu'elle m'a apportés. Elle rit quand elle me regarde, c'est peut-être à cause de mon nez, ou de ma taille, ou de mon air bizarre dans un kimono.

Rien dans cette nuit n'est semblable à celle d'hier. Rien, car j'attends Satoko dans les joncs et que je suis déjà en elle avec la violence d'un appel qui vient de loin.

Elle s'approche sans un mot comme si elle était un esprit des lieux. Elle se tient debout face à la mer sans me regarder. Je lui prends les genoux. Je la fais s'asseoir ; elle reste figée. Je n'ai aucun goût pour le marbre des statues, fût-il méditant. Je lui propose d'aller vers la mer. Elle dit qu'elle veut rester assise. J'y vais seul. J'y trempe mon visage, je reviens, elle s'y frotte comme une chatte, avec lenteur. Peu à peu, je la sens s'ouvrir. Bientôt elle sera prête à recevoir des coups de mer.

J'aime à regarder sa poitrine nue dans la nuit. Mon regard la gêne alors qu'elle ne craint aucun geste, aucune audace, ni même ce que je lui fais découvrir, je crois. Elle est aussi étonnée par ce secret éveillé que je le suis d'aimer une statue de feu.

Plus tard, dans le calme, tandis que le froid montait de la mer et descendait des étoiles, elle se mit à chantonner. Ses mains traçaient dans la nuit des signes incompréhensibles. Elle m'attira encore vers sa clé d'or.

Je la raccompagnai jusqu'à l'entrée du bourg portuaire où elle logeait. Debout et habillée, elle était une très étrangère et très lointaine connaissance.

— Vous supportez bien la cuisine japonaise ? Dormir sur un tatami ne vous gêne pas ? L'hôtesse ne vous dérange pas ? Dites-moi si quelque chose ne va pas, je lui ferai dire.

— Oui Satoko. Non Satoko. Point du tout. Bonsoir Satoko, à demain.

J'obtins néanmoins que le lieu de notre rendez-vous fût changé ; elle me concéda cette fantaisie de mauvaise grâce, ne comprenant pas

l'intérêt que je portais à cette sorte de renouvellement. Rendez-vous pris pour une crique
située au-delà de mon hôtel.

C'est la nuit. Suis-je au bon endroit ? Satoko
avait parlé d'un rocher qui avait une tête
d'oiseau.

— Quel oiseau ?

— Un oiseau en rocher.

Je suis bien avancé, car des oiseaux, j'en vois
partout. C'est une véritable volière cette côte :
des rapaces, des mouettes, des perroquets, des
oiseaux bariolés, des oiseaux poissons, des
oiseaux chats, des pélicans, des mésanges
même... tout dépend de l'éclairage des rochers
ou, si l'on préfère, de la disposition intérieure.
Mon état me fait opter pour une sorte d'aigle,
ailes déployées, à l'œil creusé de la largeur d'au
moins un doigt.

La route est éloignée de la crique, je pourrais
m'y poster pour être sûr de ne pas manquer la
femme silencieuse mais je préfère rester parmi
les cris figés des rochers face à la mer.

Voici les ombres qui courent les unes vers
les autres, se confondent, voici la nuit, le cri
d'un oiseau, une pomme de pin qui tombe, c'est
l'heure.

Elle avance comme un chat. Je me lève. Elle
passe devant moi sans me voir, cherche l'aigle,
il s'est envolé avec la nuit, il ne reste que son
bec, sans tête, qui se découpe sur une vague
noire. Je dessine un œil sur la plage, un œil fixe,

163

assez grand pour deux, un œil capable de sou-
tenir nos corps, de les transporter, un œil qui
ouvrira l'œil central de Satoko.

Comme il fait doux, nous restons sur la plage
pour dormir.

Après quelques heures, la lune apparaît derrière un nuage ; enfin je vois le corps de Satoko.
Elle dort, abandonnée aux éléments.

Elle se réveille. Je tends la main, elle me
repousse. Ses yeux exorbités ne quittent plus la
lune. Elle est assise sur ses talons, les paumes
ouvertes, le visage fixé à la lune. Je redis doucement « Satoko ! ». Elle se lève. Ses gestes sont
mécaniques, j'ai peur. Elle retire le châle de ses
épaules. Elle écarte les jambes face à la mer et
à la lune. Quelque chose me force à la quitter
des yeux. Je me repelotonne dans la couverture et me renferme comme repoussé par la
lumière blanche qui inonde Satoko. Elle soupire.

C'est elle qui me réveille alors que la nuit
commence à se dissoudre. Elle est habillée. Ses
yeux sont redevenus sans expression.

— Je dois rentrer.

Nous marchons en silence. Un peu de mauve
ou de jaune s'élève du côté de la mer et déjà
des mouettes se battent pour des morceaux de
poissons rejetés par les pêcheurs.

Satoko ne m'a rien laissé, mes mains sont
vides. J'aurais pu lui laisser un germe. Qu'a-
t-elle donné à la lune dans la mer ?

Nous devons nous revoir demain à Tokyo.

Elle n'y sera pas. J'apprendrai des années après qu'elle s'est mariée, qu'elle a deux enfants, qu'elle mène la vie de la plupart des femmes japonaises, d'une assez inquiétante banalité pour nous ; qu'elle est heureuse et qu'elle a sûrement tout oublié sans se renier. Elle n'aura été déesse que deux nuits[*].

Deux jours plus tard, j'ai retrouvé Tadao Takémoto. Nous rencontrons dans un grand hôtel international un bonze bouddhiste qui semble gêné, étroit, bien peu libéré. « Le vrai maître est partout dans son monastère, le débutant le quitte dès qu'il en sort », explique Tadao.

*

La feuille de l'érable tordu qui ressemble à la fée Carabosse est maintenant au sol. Satoko s'est à nouveau évanouie. Je sais qu'elle n'est pas loin, elle est au milieu de la mer. Le fils de Tadao Takémoto, Kasuya, me rejoint, il veut que nous fassions faire des ricochets à des pierres.

---

[*] Je ne savais pas que je reverrais Satoko un quart de siècle plus tard (Cf. *Le Bénarès-Kyôto*).

V

DE L'EAU DU GANGE
À LA CHAIR DE L'OMBRE

> *Les dieux ne sont que pierre, le Gange et la Yamuna ne sont qu'eau, Rama et Krishna s'en sont allés et ne sont plus, les Veda ne sont que mots vides de sens.*
>
> KABIR (XVᵉ SIÈCLE).

Le sadhou de Rishikesh

Une angoisse qui ne trompe pas m'accapare tandis que notre avion s'apprête à toucher le sol de l'Inde si peu sacré qu'il ressemble à tous les sols gris de nos géographies uniformes. Je suis puni d'avoir accepté le frisson facile d'un saut à Tokyo en me rendant à une exposition par la voie des airs.

Artifice, tout n'est qu'artifice dans cet itinéraire cassé par l'avion. Artifice, Hong Kong revisité en une journée, les boutiques d'antiquités fabriquées en série dans les usines populaires, artifice, les sourires des hôtesses, les repas sans goût, les espaces sans durée, l'univers anéanti par la négation de la distance, artifice, à Bangkok, les gentils touristes bronzés à têtes de pignoufs, artifice, ce va-et-vient dans le ciel pour alimenter un mirage de modernité, artifice, le retour en Inde où le viol du ciel m'a rendu plus gauche qu'un albatros déplumé. Les aéroports fabriquent les chapons uniformes de nos lendemains qui couinent. J'aurais dû m'accrocher aux rayons du soleil, marcher sur les nuages, devenir le saltimbanque des ciels d'Asie, tout plutôt que ce touriste pressé, bétail entre la *gate number seven* et l'*exit* qui n'ouvre que sur le vide de l'acier.

*

Je vais calmer ma colère dans un de ces grands hôtels cachés dans les jardins de la Nouvelle Delhi où les cris des corbeaux déchirent le ciel violet, un de ces lieux d'avant la chute de l'Empire britannique, où des princes du Châtelet vous ouvrent les portes et vous conduisent à travers d'interminables couloirs dans des chambres où les baignoires émaillées sont si grandes qu'on y mettrait un éléphant.

Il me reste au moins ce semblant de luxe et le souvenir de cette première fleur indienne cueillie à l'aéroport. Je la sors de ma poche, l'étale dans ma main. L'idée la plus forte du Japon : vouloir aussi l'*illumination* d'une fleur.

Pourquoi partir, pourquoi rester ? Je m'endors avec la fleur.

*

J'ai retrouvé l'été, j'ai perdu une illusion, j'ai gagné l'amitié d'une fleur, j'ai cassé mon itinéraire, j'ai revécu la chair de Satoko, j'ai su que Malraux s'éloignait, j'ai détesté l'avion, j'ai mangé du poisson cru, j'ai égaré la trace de

Venise, j'ai pleuré en retournant en Inde, j'ai crié de ne pas la retrouver.

Je vais me promener.

Dans une rue populeuse du centre, trois adolescents aux visages rieurs m'abordent. Ils sont sikhs, orphelins, curieux du monde. De quoi me retenir. Je dois tout leur dire sur mon pays, les contrées que j'ai traversées et qui leur semblent autant de miracles, sur ma profession, ma famille : « Pourquoi n'êtes-vous pas marié, vous ne pouvez pas ? » Rires joyeux. Nous plaisantons agréablement lorsque l'un s'exclame : « Oh, *sir*, votre chaussure ! » Sur l'une d'elles, en effet, il y a une affreuse pâte qui pourrait être de la bouse ou une sorte de cambouis. À peine ai-je le temps de m'en étonner qu'un des garçons enlève ma chaussure et part en courant vers une boutique : « Ne vous inquiétez pas, *sir*, comme nous sommes vos amis, nous allons arranger ça. » Il revient. La chaussure est propre. Je m'apprête à la remettre lorsque, nouvelle exclamation : « Regardez ! il y a un clou dans la semelle. » Je regarde et vois un clou sous le doigt du garçon. Je tends la main pour le toucher. Pfuiiit ! Il est reparti au galop avec la chaussure. « Ne vous inquiétez pas, *sir*, il est très habile. Quand il vous rendra la chaussure, elle sera parfaite. » Puis, après un temps : « Vous avez eu bien de la chance de nous rencontrer. » Le garçon coureur revient, m'empêche de regarder le dessous en attirant mon attention sur l'intérieur où il a collé une semelle en « pur cuir » pour éviter que le clou ne me blesse. Vite, je dois l'essayer. On me fait asseoir sur un muret et aussi rapidement que la chaussure réparée m'est enfilée, l'autre m'est ôtée. « Ne vous inquiétez pas, *sir*, il va mettre une semelle de cuir pour que les deux chaussures soient pareilles. » Je commence quand même à protester. Oh ! comme je les rends malheureux. « Nous faisons cela uniquement pour vous aider. Vous êtes notre ami. Nous aimons les étrangers, etc. » La seconde chaussure revient au galop. Je l'essaie, elle me fait mal. Je me rebiffe : « Je ne vous ai jamais demandé de mettre ces horribles semelles. Je vais les ôter. » Ils rient : « Vous ne pouvez pas, *sir*, il y a une colle très forte, s'il n'y avait plus de semelle, votre pied resterait collé à la chaussure. Vous seriez très malheureux. » Comme ils ont l'air dépité les trois petits anges. Bon, finissons-en maintenant. « Combien ? » Bien sûr la somme est exorbitante. On m'énumère avec faconde les tâches effectuées pour sauver ma chaussure : payer un cordonnier, découper des semelles de « pur cuir », sans oublier la colle, leur travail à eux, qui sont mes amis et si pauvres, si orphelins, qui ont besoin d'aller en classe… Je les prends au jeu : « Allons voir le cordonnier, je lui demanderai le prix. — Oh ! *sir*, comme c'est triste mais c'est impossible, il est parti, il se promène. » Comme mon pucelage commence à tomber, je prends le parti de rire. Je leur conseille de me demander encore plus d'argent : « Une roupie pour chaque trajet, deux roupies pour la cochonnerie qu'ils ont versée sur la chaussure, cinq roupies pour avoir si bien retenu mon attention, deux roupies supplémentaires parce que c'est le soir et encore une roupie parce que je suis français et encore une juste pour le plaisir... » Mon numéro les laisse cois, il n'est pas prévu à leur programme de gentils arnaqueurs. Mais comme ils ont plus d'un tour dans leur sac, l'un d'eux se reprend vite, il se tâte le ventre : « C'est que nous avons faim, *sir*, nous n'avons pas mangé depuis deux jours. » Et c'est moi alors qui suis pris au piège. Je chipote pour une somme dérisoire alors que ces trois garçons ont peut-être vraiment faim... Six yeux noirs qui me scrutent en silence me tiennent à leur merci. Ainsi sommes-nous faits. Je récompenserai le vice. Les trois garçons partent en courant et en riant.

*

Un jour encore passé à errer dans Delhi, à faire retrouver à mon corps l'état de l'itinéraire.

Des tas de feuilles brûlent lentement dans la paix des jardins de l'hôtel tandis qu'à l'autre bout, dans la vieille ville, les temples et la mosquée sont entourés par le tintamarre d'un peuple qui a mis toute sa richesse dans l'au-delà, placement sûr.

*

Faute d'inspiration sacrée, ma volonté s'accroche au conventionnel. L'Inde, c'est le Gange, n'est-ce pas ? Comme Bénarès est infestée de touristes, allons donc vers l'endroit où il devient le Gange, où il a suffisamment appris des montagnes sans être touché par l'émolliente plaine. Ce sera Haridwar et Rishikesh au pied de l'Himalaya.

Tohu-bohu de la gare des cars où je mets plus d'une demi-heure avant de trouver le bon engin. Une fois monté, on me fait changer trois fois de place. D'abord, parce qu'une femme voulait s'asseoir à la place à côté de la mienne et qu'il serait inconvenant que nos deux corps respirent côte à côte. Ensuite, un gros type de la caste des brahmanes (je le vois à son cordon) m'expulse pour prendre ma place. Enfin, toute une famille me repousse sur la banquette du fond. Là, je suis bien. C'était probablement la place conforme à mon *karma*, dit en moi celui qui voudrait s'extasier sur l'Inde. L'autre fulmine.

En allant vers le nord, je renoue avec le fil rompu il y a trois semaines lors de mon arrivée avortée et avec des paysages semblables à ceux traversés en descendant de l'Hindou Kouch.

Effectivement, à un arrêt, je vois une rizière

connue, la même exhalaison de vapeurs d'eau verte sous la puissance du soleil.

Haridwar, tout le monde descend ! Non, presque personne ne bouge car notre véhicule continue à monter jusqu'à Rishikesh. Je préfère descendre maintenant, chercher un logement, reprendre l'ascension demain.

La ville est tournée vers ses ghats où se bousculent des centaines de temples et tout un quartier de rues minuscules et de vieilles échoppes. Malgré la proximité de l'Himalaya, le Gange y est déjà assez large mais il n'a pas l'allure lente, patricienne et vieillie qu'on lui voit à Bénarès ; il est fougueux et argenté comme un jeune animal.

Il faut se pénétrer de l'eau, comprendre de l'intérieur pourquoi elle est sainte. Ailleurs sont adorés le soleil ou le pain et le vin ; ici, l'eau, à la fois sperme et menstrues de la terre car on ne saurait séparer les sexes. L'univers est Un.

Un arbre pousse sur la tour d'un temple. Il s'y trouve bien.

Les mystiques occidentaux parlent de portes, de cercles, etc. Pour l'hindou il ne s'agit pas d'aller quelque part puisque ce quelque part est déjà en nous. Il s'agit de brûler les attaches à l'illusion des apparences. Ensuite, très naturellement, nous serons là où il faut.

La nuit, dans les rues qui descendent vers le grand temple sur le Gange, la fête est familiale. Haridwar est une ville d'eau. Entre deux achats les gens vont faire un tour dans un temple ; c'est plus excitant que le casino, et cela permet un meilleur contact avec le mystère.

Les méandres de la réalité, le jeu subtil de l'inconscient avec le conscient, la permanence du moi à travers ses métamorphoses ou tout simplement l'existence de la souffrance s'inscrivent mieux dans le système de l'*ātman*, du *karma* et du *brahman* que dans l'incroyable construction d'un Hegel par exemple, ou dans son avatar de l'ère matérialiste : le marxisme.

Aimer la pensée hindoue pour son réalisme.

Très colorées dans la nuit, les échoppes. On y trouve des fleurs, des fruits : grenades, raisins, oranges et petits citrons musqués, un délice ; des légumes vendus par des paysans des montagnes au type tibétain, des tissus aux couleurs vives, des chemises, des sous-vêtements féminins avec quelque chose d'enfantin, des livres, saints et moins saints, des valises en carton-pâte, des poudres jaunes, rouges et orange pour le point coloré du front, le *bindu*, des calendriers chromos avec Shiva et Parvati en jeunes premiers et beaucoup de récipients en cuivre pour y recueillir l'eau sacrée du Gange. J'en achète un qui a la forme d'un encensoir non ajouré avec un couvercle qui se visse ; j'achète une timbale qui ressemble à celles offertes chez nous pour les baptêmes.

La rue s'élargit, atteint une place assez sombre donnant sur l'enceinte du temple, au-dessus des escaliers qui descendent jusqu'au Gange. Est-ce la nuit après le spectacle multicolore des rues, est-ce la vision de l'eau noire qui coule comme la mort inéluctable, ou mon visage d'étranger qui me fige devant l'entrée, me forçant à repartir vers les rues humaines ? C'est aussi cette mascarade que représentent nos élans vers l'authentique adoration d'un peuple religieux. Si l'âme doit mourir asséchée, autant qu'elle meure debout et non dans la vaine imploration d'une réponse qui ne viendra pas !

Le lendemain matin, je monte vers Rishikesh dans un bus rafistolé à l'image de ma volonté qui continue cahin-caha à espérer qu'un sage, un rite ou une image combleront un jour le vide du ciel. À Rishikesh, changement de décor. C'est une petite bourgade de montagne enserrée par des massifs couverts de forêts. Dans la rue principale, bordée de restaurants et de magasins pauvres, des rickshaws se précipitent vers moi :

— *Ashram, sir ? Ashram, sir ? Yes ?*
— *No !*

J'irai seulement jusqu'au pont suspendu qui enjambe le Gange qui, là, est un torrent descendant des montagnes, et je regarderai la forêt où mes compatriotes ès villes modernes tètent un hindouisme qui n'a gardé de la Tradition que quelques formules folkloriques.

On dit qu'il y a de vrais ermites dans les montagnes. *Vrais*, qu'est-ce à dire ? Disons des ermites qui vivent selon les normes. C'est le critère objectif le plus immédiat même s'il n'implique pas à coup sûr une valeur de sainteté.

On dit aussi qu'il y a des Occidentaux qui montent et qu'on ne voit jamais redescendre. Sont-ils devenus ours, ont-ils *trouvé*, ou sont-ils tombés dans une crevasse ?

Tiens ! Enfin, pour la première fois voici un sadhou qui me semble libéré intérieurement. Nous nous croisons dans un champ. Il monte vers l'Himalaya d'un pas qui ne pèse pas. Il est passé sans me regarder et pourtant a laissé quelque chose, comme un parfum dont chacun pourrait profiter.

La liberté des mystiques et des cyniques vient de leur même détachement du jugement des autres. On reconnaît aisément le faux mystique (mille pour un vrai !) à ce qu'il ne supporte pas que vous doutiez de sa réalisation. Le faux cynique est plus difficile à déceler : il joue avec son ombre dans un labyrinthe qu'il a lui-même dessiné.

Je descends vers le Gange. Le soleil, le bruit de l'eau et les ailes des montagnes me rendent joyeux. Enfin ! Je m'assieds sur une rive déserte.

Les montagnes sont à gauche, les grandes plaines où tout s'abolit (dit-on), à droite.

Un oiseau blanc remonte le ciel à contre-courant. Il lutte, s'échappe, se perd dans la montagne.

Le Gange chante à tue-tête. Des papillons sont heureux, ils forment une farandole.

Un sadhou quasi nu s'assied en amont à une cinquantaine de mètres de moi, en un endroit qui semble être sa place. Il se lève, récite des prières, s'agenouille, se lève à nouveau puis finit par se rasseoir. Bien que je sois concentré sur le renouveau de l'eau (comme s'il y avait là un secret à percer), je sens qu'il me lance des regards furtifs. Manifestement je le gêne, ma présence trouble le dharma des rives. Sa gêne me gagne, je n'arrive plus à me concentrer. Il a tort car je ne saurais troubler un sage. J'ai tort également d'y attacher de l'importance. Nous voilà bien ! En amont aussi bien qu'en aval les rives sont désertes, et voici que nos méditations se cognent.

Il ferme les yeux, semble m'oublier. Je vais pouvoir repartir dans le fleuve... Pan ! Je reçois comme une décharge électrique dans mon psychisme. Ce diable d'homme veut me faire partir. Malgré sa faible spiritualité, il doit être suffisamment en relation avec la matière environnante pour pouvoir la mettre de son côté. J'ai envie de me lever. Pourtant je reste. C'est plus que du jeu, c'est le refus des pouvoirs de ce bonhomme. Je me crispe, je m'accroche. Pan ! un autre coup, encore plus dérangeant. C'est décidé, je ne bougerai pas. À nous deux !

Non. Entre nous deux, je ne puis être que le perdant. Il me faut un allié sûr ; ce sera la rivière. Si le Gange est ce que l'on dit, il n'acceptera pas d'être l'allié de ce maniaque petit propriétaire. Je plonge mon être dans les flots, dans leur jeunesse et leur impétuosité ; je rythme ma respiration sur un point fixe du courant ; je me débarrasse de toute autre pensée, c'est long et douloureux ; je rassemble mon énergie, la focalise sur le point du fleuve d'où provient le rythme de mon souffle.

Je pourrais tenter une vision plus globale, ne faire qu'un avec le courant ; je n'en ai pas la capacité. Je préfère me maintenir dans une voie étroite et sûre.

Le sadhou envoie coup sur coup. Il arrive presque à me faire perdre l'équilibre bien que mon assise soit bonne. Il m'envoie son image que je dois chasser à l'aide d'un balai qui s'impose à ma vision et se retourne contre moi. J'essaie alors de le chasser à coups de respiration mais chaque souffle amplifie les méfaits du balai. On dirait que mon adversaire connaît d'avance mes défenses et les inverse. Voici qu'il m'impose son visage sur l'eau, qui me sert de support. Une seule issue : chasser toutes les images, chasser toute pensée et n'*être* plus que respiration.

Un craquement. Son image s'est éloignée. Je me détends. Je me renforce. L'image a maintenant du mal à entrer bien qu'elle cogne de toutes parts. Je peux rouvrir les yeux, me lier à nouveau au Gange, être dans le flux des choses.

Combien de temps s'écoule-t-il, quelle quantité de corps du fleuve ? Impossible à dire. Les coups du sadhou — qui n'est qu'un tout petit sadhou — se sont faits moins vigoureux jusqu'à n'être plus qu'une brise.

Quand je sors du fleuve, mon diablotin s'est tourné de l'autre côté, vers les montagnes, je suis sorti de sa zone de préoccupation. Je puis repartir léger et apaisé au milieu du jeune Gange.

*

Les anciens traités de « philolophie » nomment *lokāyata* ceux qui s'étendent sur le monde et rien d'autre, ceux qui ne s'occupent que des apparences. Ce sont des sortes de matérialistes, catégorie présente dans la tradition hindoue qui a recueilli toutes les attitudes possibles de l'homme.

Au commencement, les Indiens ont appelé Dieu : *Ka*, qui signifie : *lequel ?*

*

Cette fois, de jour, après une nuit où je continuai à couler avec le Gange en dormant dans une auberge pour pèlerins, je me suis décidé à entrer dans l'enceinte du temple d'Haridwar. Je suis allé m'asseoir sur une sorte de presqu'île avec un petit temple, face aux ghats. Odeur acide des fleurs jetées dans le Gange, fumées de camphre qui se dégagent des temples, vapeur chaude et rose du soleil. Hommes, femmes et enfants psalmodient, se baignent, font sécher leurs vêtements ou discutent comme si de rien n'était. De temps en temps un brahmane vient me taper d'une roupie. On dirait que la seule fonction de certains officiants est de vous soutirer de l'argent. Pour le prix, le brahmane bénit des fleurs que je lance dans le courant selon ses indications.

Quelle différence entre une rivière sacrée et une rivière normale ? C'est une simple question d'*utilité*. La rivière sacrée vous permet de vous purifier, l'autre sert à arroser ou à désaltérer. Ne pas croire qu'il faut aborder la rivière sacrée avec crainte ou componction. Prend-on un remède avec ces sentiments-là ?

Un Bengali qui semble cultivé vient s'asseoir à côté de moi pour me dire, après un préliminaire méandreux, que ces hommes qui se font payer pour un rite sans importance ne représentent pas l'*authentique* hindouisme qui tend à dépasser les formes extérieures de la liturgie, à trouver Dieu en dehors du rituel et même, en fin de compte, de toute religion et à... Je sais cela ! Je sais que bon nombre d'Indiens occidentalisés n'ont de cesse de nous prouver que l'hindouisme devrait être une sorte de protestantisme à peine exotique. Je n'aime pas ces discours démagogiques et cela m'importe peu de savoir s'ils sont sincères ou non. Ils dénotent une soumission aux idées de la culture dominante et, plus grave la croyance qu'une religion peut se passer d'une tradition. J'essaie de traduire à mon aimable et faible Bengali cette phrase de Nietzsche, qui au moins repousse le syncrétisme mou : « Dès que les dieux perdent leur caractère particulier, ils meurent, et les peuples avec eux. Plus une nation est forte et plus fortement se distingue son dieu. »

Le Bengali me quitte mi-désolé, mi-choqué.

Les saris trempés des femmes qui reviennent du fleuve sont comme des drapés de statues grecques, à ceci près qu'ils sont en couleur. Cette jeune fille sèche sa poitrine caramel, celle-là se penche pour attacher sa sandale.

La sarabande des pensées
et des statues

J'ai quitté le haut Gange et serais maintenant prêt à quitter l'Inde. Le sentiment qui couvait depuis mon retour du Japon m'impose la vanité de ma démarche. J'ai pourtant fait ce qu'il fallait. Pour rattraper mon blocage devant les ashrams de Rishikesh, j'ai frappé, de retour à Delhi, aux portes susceptibles de m'apporter ce bout de réponse que je suis venu chercher. *Come in, sir !* Partout le même spectacle d'un prétendu maître avachi sur un lit, qui sort trois banalités avant de tendre la main. Kyrielle d'astrologues, de chiromanciens, de voyants, de yogins sans culture, sans voyance et surtout sans aucune présence spirituelle. « Comme vous êtes impatient, *sir !* » Non, je suis seulement exigeant, je n'ai pas fait le clown depuis mon départ de Paris pour m'entendre dire trois choses insignifiantes sur mon caractère, qui me flattent et m'importunent. De porte en porte, de temple en temple, je rencontre le même spectacle de mes contemporains qui s'extasient devant la miette qu'on leur jette. Je l'ai dit : des guides ont répertorié les adresses et l'on se refile toutes celles qui sont nouvelles. Sésame de nos coffres vides, un mot sert de label à cette pacotille pour dégénérés : *authentique*. Dans ce temps qui se décompose, on nourrit cette idole ricanante de nos sociétés lasses. Authentiques, ces gourous en plastique, ces sadhous méchants et voleurs qui se font une spécialité des dieux comme d'autres Indiens de la cuisine ou du nettoyage des latrines, authentiques, ces brahmanes peinturlurés qui jouent à la dînette avec le divin, authentiques, cette misère pouilleuse, ces bubons pesteux, ces ventres ballonnés, ces fillettes qui vendent leur derrière pour cinq roupies, ces visages décharnés, authentique, le sommeil de tout un peuple qui n'a plus rien d'autre à faire qu'à attendre ?

Me voici englué dans le mirage, devenu le Trissotin d'une quête sans issue sur le corps d'un monde mort. Dérisoire, ma tentative d'attraper un bout de soleil avec mes mains nues ! Face à la décadence, il faudrait fuir tous les clinquants, pacotilles de nos apocalypses.

Pour mettre un comble à ma fureur, je fais un pèlerinage à la gare de Delhi afin de renouer avec celui qui était arrivé de France plein d'espoir et de poussière. Pèlerinage dérisoire et ridicule à la recherche du fil d'Ariane qui montait jusqu'à la passe de Khyber et, par-delà, au silence des empires morts. On ne descend jamais qu'une seule première fois dans l'Inde. Il est inutile de se contorsionner les méninges pendant des mois, de lire des kilos de livres pour se rendre compte d'une évidence qui saute aux yeux du plus ignare des voyageurs : la grande civilisation de l'Inde est mourante*. Je suis, dans cette gare, comme un homme qui revoit une femme qu'il avait aimée adolescent : « N'était-elle donc que cela ? »

Que faire ?

Reprendre un chemin connu pour retrouver les anciennes couches du moi qui espéraient encore. Jean Grenier disait qu'en cas de difficulté, il fallait marcher.

J'arrive au Musée national de la Nouvelle Delhi en ayant remis certaines choses à leur place. D'abord, il reste la beauté qui, elle, est vivante à chaque instant en Inde. Ensuite, le pays est vaste. Enfin, suis-je prêt pour la lumière ? Ne suis-je pas moi-même le mur ?

Quoi ? Un musée ? Mais n'ai-je pas dit dans les élans naïfs de mon envolée vers l'Asie que je ne m'intéressais guère à ces lieux morts bons seulement pour la culture, et vides de liturgie ?

Je l'ai dit. Je le maintiens mais j'éprouve un grand plaisir à ouvrir cette sculpture, à m'y faufiler, à devenir une part d'elle.

* Je n'écrirais pas cela aujourd'hui. Et la fin du livre dépasse ce coup de colère.

Situation inconfortable : une fois dans la statue, dans sa sérénité, dans sa danse, dans sa sensualité ou, mieux, dans ce qu'elle a d'indicible, il faut soit disparaître soit en sortir. Disparaître *ailleurs* n'étant pas à ma portée, j'écarte la pierre pour en sortir. *Clac !* Elle se referme sur mes mains inexpertes. Il faut qu'une statue soit ouverte ou fermée. Là aussi, c'est le *passage* qui est dur à l'homme.

Pour me consoler, je vais admirer des statuettes d'Harappa et de Mohenjo-Daro. Le premier geste de l'Inde a été de faire danser ses figurines. À l'origine était la danse... Dominique de Roux rappelait un enseignement de la Kabbale : après la putréfaction des corps, il restera un osselet nommé *luz* à partir duquel l'homme sera reconstitué au moment de sa résurrection. Le *luz* de l'Inde est la danse. C'est elle qui, à la fin des temps, dans ces autres espaces où il ne restera que l'essentiel, dira l'Inde aux étoiles accroupies en cercle.

À la question rabâchée : pourquoi le bouddhisme a-t-il quitté l'Inde ? je préfère celle qui touche le fond des choses et qui seule me semble mystérieuse : pourquoi le bouddhisme s'est-il tant répandu en Inde ? C'est la question que pose cette danseuse nue de Mohenjo-Daro, mince et libre, avec ses bijoux qui tintent à ses poignets, à son cou et à ses pieds, avec les petites lèvres de son sexe et son regard émancipé.

Les figures du Bouddha changent peu du Gandhara à Nara. Ces statues aux yeux mi-clos avec le regard à la fois intérieur et présent au monde, cette concentration des lignes du corps vers les mains qui sont en méditation ou protection, ou qui mettent en branle la roue de la Loi, ou prennent la terre à témoin, expriment certainement l'une des trois ou quatre attitudes essentielles de l'homme depuis le début de son histoire.

Nos conceptions historiques sont d'ordre botanique. Elles permettent des classements didactiques qui ne touchent pas l'essentiel. On parle de civilisation indienne comme on parlerait de renonculacées. La civilisation indienne est un serpent de mer. Bien malin celui qui arrivera à l'attraper vivant. Certains se penchent parfois sur les peaux qu'il a laissées çà et là après ses mues vagabondes mais ils ne connaîtront jamais son chant de vie quand il se dresse sous la lune pour siffler la mélodie des saisons.

Ici le sexe de cette jolie danseuse de Mathura est patiné à cause de l'hommage rendu par tant de visiteurs. Le poète grec qui disait que le marbre ne jouit pas n'était jamais allé de ce côté-ci des montagnes. Je sens la danseuse frémir au doux attouchement. Le gardien ne dit rien, il est du pays.

Avec toutes ces *apsaras*, les Durga, les Shiva roi de la danse, les Vishnou, les danseuses de l'origine, le Bouddha quittant sa demeure ou entrant dans le grand *nirvāna* définitif, ce musée est un concentré de l'Inde comme certains jardins japonais le sont de la nature. Il n'y manque *que* le sang.

Si l'on me demandait quelle œuvre je voudrais emporter chez moi, sans hésiter j'en choisirais une dont l'auteur est le bon Dieu, d'époque récente bien que fabriquée encore selon une très haute tradition : cette jeune fille aux yeux d'agate noire, vêtue d'une *salwar-dupatta* orange, avec une longue natte qui lui descend jusqu'au bassin.

Développée, cette natte est semblable aux flammes qui s'élèvent parfois derrière les statues du Bouddha.

C'est certain, dès que nous aurons le dos tourné, toutes les statues se mettront à danser, psalmodier, chanter, faire l'amour en une joyeuse sarabande.

Le Bouddha touche la terre de sa main droite pour la prendre à témoin qu'il est resté insensible au charme des filles qu'elle lui a envoyées par l'intermédiaire de Mara.

Jardins Lodhi : oiseaux, corbeaux et croassements, odeur de feuilles d'eucalyptus qui brûlent, ombres longues dans les allées.

*

« Hommage à Shiva indépendant et dépendant, qui seul possède assez de pouvoir pour produire l'existence des choses inexistantes et pour faire de l'irréel le réel même ! » *Bhattanārāyand*.

Jaisalmer, la cité du désert

Des ombres oui, parfois des statues qui dansent, des saris, des liturgies colorées et odorantes dans les temples, mais de maître capable de me donner une réponse, point.

Alors, marchons.

Je suis à nouveau dans la gare de Delhi. C'est la nuit. J'attends le *Bikaner Mail*, vénérable train qui se rend chaque jour dans le Rajasthan, le pays des princes.

Le Rajasthan est séparé du Pakistan par le Thar, un des plus grands déserts d'Asie. Il est habité par les Rajpoutes, qui sont des guerriers artistes ; ils ont l'habitude de sculpter à l'entrée de leurs habitations des stèles surmontées d'un cobra. La mémoire des hauts faits de l'histoire est préservée par la caste des bhatts, bardes qui se transmettent les secrets de père en fils. Ils chantent les batailles, les mariages royaux, les amours rêvées, parfois les dieux. Ils chantent aussi le Johar qui est leur *luz* : lorsque les guerriers rajpoutes étaient en passe de perdre une bataille, ils s'habillaient de leurs robes liturgiques de couleur safran avant d'aller se battre jusqu'au dernier. Pour que les femmes ne tombent pas vivantes aux mains des ennemis, elles allumaient un bûcher où elles s'immolaient avec leur progéniture. Peuple libre ou peuple fou ?

Quand le train arrive sur le quai, c'est une empoignade généralisée. Il semble impossible que chacun y trouve la place que ses origines, son rang ou son sexe lui réservent ; et pourtant, après une demi-heure de cris et de réclamations, le dharma ferroviaire est respecté, chacun est casé et semble heureux. Je dormirai sur une couchette de bois dans un compartiment d'hommes.

Il n'y a aucune place dans aucun hôtel, ni au *circuit house*, ni au *dak bungalow* de Bikaner. Je me retrouve dans un bouge pompeusement appelé *lodge*. Ma chambre est un placard fétide, des rats vont et viennent dans une petite cour qu'il faut traverser pour se rendre aux chiottes où se trouve le seul point d'eau ; l'air est irrespirable. Je repense au Chinois de Jean Grenier. Comment sais-tu que c'est un malheur ?

À la limite du désert, le fort est un énorme ensemble laissé pour compte dans la poussière de l'Histoire, avec une multitude de pièces, de couloirs, de murailles, de tours et de cours où paissent des buffles. Marienbad des sables, il laisse entrevoir sa splendeur avec des salles obscures où, sous les têtes empaillées des tigres, sont accrochées les photographies des derniers maharajas. Fin d'un monde où déjà la chasse avait remplacé la guerre avant d'être remplacée par la poussière. Dans cette cour sale, des chiens affamés se battent pour le cadavre d'un pigeon. Plus haut, les chambres sont pour le rêve. Des miroirs fanés ont gardé derrière leurs écailles le sourire d'une belle captive. Le guerrier la pénétrait dans un lit qui s'effondrerait maintenant si deux colombes s'y unissaient. Quel était son horizon, à cette soumise ? Par une fenêtre aux entrelacs de pierre, elle n'avait, pour alimenter ses visions, qu'une cour où devaient chanter un jet d'eau et des oiseaux. D'en bas, l'ambassadeur n'apercevait qu'une ombre furtive, suffisante à la passion la plus ardente.

Le vrai sage cacherait complètement celle qu'il aime. Le demi-sage montre aux autres qu'elle existe ; il développe son désir par le désir qu'elle suscite. Il ne sait pas qu'il deviendra le prisonnier de la concupiscence de ses visiteurs.

La cour est entourée de marbres jaunes, roses et saumon à l'allure meringue. Les ombres en sont la part la plus vivante. Le ciel est rendu très bleu par la fadeur des murs. Comme si nous étions dans une île creuse, nous sommes protégés de l'espace et du temps. Non, le temps se signale en la personne d'un oiseau qui traverse le ciel.

*

Se souvenir de la recommandation d'un sage hindou : « Il ne faut pas chercher la nuit avec une lanterne allumée. »

*

Le long de la route de Bikaner à Jaisalmer, le désert n'est pas bien désertique. D'abord, il y a des petites plantes semées par la mousson. Ensuite, même dans le paysage le plus nu, il y a toujours une famille rajpoute qui trouve le moyen d'y vivre. On la voit quitter le car dans un paysage pelé et marcher vers la ligne de l'horizon, sa demeure. Parfois nous croisons des caravanes de dromadaires. Elles n'amusent pas les enfants d'ici, pas plus que le métro les enfants de là-bas. À chacun ses paradis. Moi, ces caravanes m'enchantent. Les hommes portent une sorte de toge, les femmes sont vêtues de robes aux couleurs vives avec de nombreux bijoux aux poignets, aux chevilles et dans les narines.

*

On ne peut que chanter Jaisalmer, grand cercle de pierre qui trône dans le désert depuis mille ans, chanter comme le font les bhatts qui s'installent lors des nuits amoureuses sur les toits plats des maisons. Quand leurs chants s'élèvent, s'abandonner à eux. À défaut, quelques faits, ces squelettes.

Grâce aux caravanes qui venaient d'Égypte, d'Arabie, d'Irak et de Perse, Jaisalmer a été longtemps un vaste centre commercial. À l'entrée se trouvait un marché où s'échangeaient les combines, les idées et les légendes ; à côté de lui, le palais du prince et les temples.

Se stimulant, les riches seigneurs du lieu construisirent de hautes demeures aux fenêtres et aux balcons ajourés en dentelle de pierre, les *haveli.* Les animaux restaient sur la grande place du marché tandis qu'une foule internationale se pressait dans les ruelles étroites à la recherche d'objets d'art, ou du repos du caravanier. À la fin du XVe siècle et au début du XVIe, de riches jaïns élevèrent des temples aux décorations fantastiques qui sont préservés et emplis encore de l'esprit de Mahavira, contemporain du Bouddha. L'un d'eux contient une bibliothèque avec 2 683 manuscrits et peintures d'art jaïn pré-moghol et rajpout. À l'époque moghole, la ville est encore florissante ; elle tombera en même temps que les empereurs de Delhi sous les coups de la colonisation anglaise, qui bouleversa l'équilibre économique de la région. Les caravanes se font rares, les commerçants les plus entreprenants commencent à partir, d'abord pour Bikaner puis pour des États moins déshérités comme le Madhya Pradesh, le Maharashtra et l'Uttar Pradesh où émigrent la plupart des habitants de la caste des brahmanes et des baniyas. La construction du port de Bombay qui capte le flot des marchandises porte le coup final à la ville qui se vide de sa jeunesse, s'emplit de souvenirs, puis de fantômes.

La ville est maintenant une petite fille dans un grand manteau d'adulte. Des plis, des plis, peu de chair. Et pourtant, combien d'enfants rieurs nous accueillent, pas pour de l'argent, pour la seule joie de rire avec nous ! J'en tiens quatre par les mains ; non, c'est eux qui me tiennent et me conduisent sur une plate-forme de la fortification où l'on peut s'asseoir pour regarder le désert avancer. Une pensée morose traverse nos incompréhensibles conversations : dans dix ans ces pauvres seront encore plus pauvres, ils auront reçu des touristes et des roupies empoisonnées[*]. Tout se paiera : les sourires, les guides, les informations... Ces enfants connaîtront trois mots d'anglais, ou plutôt un seul : *money*. La prolétarisation des mentalités et des attitudes avance avec le tourisme. *Restez avec moi, il se fait tard...* Aujourd'hui, ils s'amusent beaucoup avec ma montre et même avec une image de la Tour Eiffel. Une petite fille met mes lunettes de soleil, une autre les lui prend, s'échappe avec. Tous les enfants la rejoignent. Me voilà fait ! Une longue négociation s'engage en langue petite fille. Je récupère mes

---

[*] Jaisalmer est hélas devenue un haut lieu du tourisme.

lunettes contre l'image de la Tour Eiffel *plus* un gâteau sec. J'ai dû jouer serré. Nous repartons tous pour une nouvelle terrasse où je rencontre une Japonaise.

Célibataire, elle a été toute sa vie secrétaire dans la même entreprise, n'a eu d'autre horizon que son travail. À sa retraite elle a décidé de partir avec son balluchon pour le vaste monde. La même énergie qu'elle mettait à servir son patron, elle l'a utilisée à arpenter les routes de Thaïlande, d'Indonésie, du Népal, du Sri Lanka, maintenant de l'Inde où elle compte rester des années, peut-être y mourir. Pour elle, c'est simplement « rejoindre mes parents ». Elle parle un anglais déplorable que presque personne ne comprend. Elle est petite, toujours souriante, porte une robe longue un peu javanaise et n'a pas ce côté caillou poli qu'ont en général les Japonais. Elle est si modeste, si présente à l'autre, à la lumière, à l'instant, si bienveillante qu'elle est devenue très populaire aussi bien auprès des rares visiteurs que de mes petites amies joueuses. Elles me délaissent aussitôt pour elle, d'autant plus amusées que, si elles sont légèrement habituées aux blancs, elles n'ont jamais l'occasion de voir des jaunes. Elles veulent caresser son visage fripé. La Japonaise se laisse faire puis ouvre sa besace, y cherche quelque chose. Bousculade pour être au premier rang. Elle en sort un livre jauni, sans reliure, qui est un manuel de hindi. Ceux des enfants qui vont à l'école y apprennent le hindi, qui n'est d'ailleurs pas si éloigné de leur langue maternelle, le rajasthani. La Japonaise lit des phrases, interroge les enfants qui reprennent en chœur ; elle bute, ils rient ; elle prononce de travers, ils se font sévères... Bref, c'est la fête sur les murailles crénelées.

*

Le lendemain, je fais la connaissance de Sharma, un professeur de la caste des brahmanes. Il me fait visiter certaines maisons remarquables, l'une du XVIe siècle, une autre du XIXe, une dernière du XXe. S'il y a quelques légères différences dans les thèmes décoratifs des façades, par contre la pierre, le travail artisanal qui l'émonde, la scrute, lui donne des ailes, aussi bien que les formes des balcons, les colonnes ciselées, les arcs des fenêtres, en un mot la substance même de l'art, rien de tout cela n'a changé au cours des siècles. Cette ville avait trouvé son génie, elle lui est restée fidèle. Marque rare : du style. Bien qu'elle n'ait pas su arrêter le temps et que le sable recouvre ses cultures et bouche ses réservoirs, elle reste vivante dans sa misère anachronique. La vie y circule comme dans un corps où tous les organes se répondent. Le son de cette cloche, d'où vient-il ? De partout. Cette nuit nous serons tous ensemble à toucher des mains les étoiles familières.

À l'instant, c'est un autre plaisir. Mon amie friponne, celle qui avait pris mes lunettes de soleil en otage, me retrouve devant une haveli d'où pendent quelques stalactites de pierre sculptée. Nous nous promenons la main dans la main. En échange de son rire, je lui donne des mandarines, gonflées et sucrées, qu'elle engloutit. Comme le sentiment d'amour, celui de paternité est universel.

*

La gare est la gare de Babar, avec son indolence, ses fleurs, ses deux trains par jour, ses trois porteurs et son chef de gare coiffé d'un superbe képi. Quand je dis deux trains, c'est pour le prestige de Jaisalmer. Il s'agit en fait du même train à vapeur qui, le jour, vient de Jodhpur, et s'en retourne la nuit. Comme la saison est avancée, il fait déjà noir quand le train arrive, créant une effervescence inattendue dans le paysage oublié par le *samsāra*. On sent que la locomotive n'est pas peu fière de la mission qu'elle accomplit sans désemparer : 287 kilomètres sur la terre jaune et ocre, les enfants qui courent à elle, les animaux qui se reposent sur les rails et qu'il faut siffler à en perdre le souffle en envoyant des jets de fumée dans le ciel bleu, les petites gares où il fait bon s'arrêter pour retrouver un ami ou pour boire — 287 kilomètres sur la terre noire la nuit, si brûlante l'été, glacée l'hiver quand les roues craquent sur les voies. Dix heures à chaque fois, à peine le temps de reprendre souffle. Et ne riez pas, s'il vous plaît, vous autres du Couchant, elle fait des pointes à 60, 70, voire 80 km à l'heure ; elle est seule face à la solitude du désert et de ses sortilèges.

*

Le soir à la sortie de ses cours, Sharma vient se promener sur la route qui longe les murailles du flanc sud. Nous nous retrouvons du côté de la poste d'où la vue est étincelante sur la ville qui s'imbibe de toutes les couleurs du couchant. Il a la tête pleine de projets pour faire connaître sa ville. Parfois, il s'arrête, se tait, le regard prisonnier. Je sens qu'il voit arriver des caravanes de cars remplis de la chair agitée de nos cités. Horreur ! Vous allez donc vendre vos âmes pour une poignée de dollars ? Sharma ne répond pas. Il regarde tristement les enfants en guenilles et les murs qui s'effondrent.

Je vais souvent du côté des réservoirs. Ils sont entourés de kiosques moghols, et de temples hindous livrés aux lézards, aux oiseaux, à la solitude des dieux. La vie a quitté ces petits lacs artificiels lorsque des pompes ont monté l'eau jusqu'à la ville. De temps en temps, comme si elles étaient nostalgiques de cette époque biblique, des femmes se retrouvent ici avec leurs cruches. Les mouvements calmes et sûrs vers la surface de l'eau puis leur marche avec le récipient de cuivre posé sur la tête sont si naturels et si nécessaires qu'ils semblent se situer dans un autre monde qui n'aurait pas bougé depuis des siècles !

Je reste des heures, à l'ombre, au soleil, à ne pas attendre, à recevoir.

Le sentiment du dérisoire qui m'a oppressé alors que je redescendais des sources du Gange s'estompe sans disparaître. J'ai compris que mon impatience était vaine.

*

Sharma a terminé aujourd'hui ses cours plus tôt, il m'invite à prendre le thé. Nous montons dans la ville, suivons des ruelles que je ne connais pas, arrivons dans le quartier où se trouve l'auberge (*dharmasala*) pour les pèlerins jaïns, près de laquelle il habite une maison traditionnelle. Nous sommes accueillis par sa femme, qui ne semble pas heureuse de me recevoir, et par ses enfants, deux garçons respectueux et curieux, et une belle adolescente, au regard aussi doux qu'une brise dans le désert, écrit le sot qui n'a jamais vécu dans le désert. J'accompagne Sharma dans une pièce au premier étage qui possède un de ces balcons qui avancent sur la rue dans le style de Jaisalmer. On peut s'y asseoir pour suivre la vie de la ville sans être vu par les passants, bonheur du sage.

Pour taquiner mon hôte, je l'interroge sur le

mariage. Les coutumes indiennes et particulièrement celles de sa caste, les brahmanes, contredisent le « rationalisme » et le « libéralisme » anglo-saxon qu'il affiche. Le mariage est décidé par les parents avec un partenaire de la même *jāti* (caste) choisi en fonction de raisons économiques, comme partout, mais aussi selon l'accord éventuel des horoscopes. Il n'est pas question d'amour ni de passion, sentiments que les Indiens n'ignorent pas mais qui n'ont pas de raison de précéder le mariage. Se marier, c'est entrer dans le second stade de la vie ; il s'agit d'un processus naturel, vraiment sérieux, où l'on ne va pas convier quelque chose d'aussi flou que le libre arbitre. En se fiant aux astres et non à l'inclination, les Indiens sont en fait plus rationnels que nous, mais ceux qui se piquent d'occidentalisme n'osent l'avouer.

La culture indienne s'est transmise grâce aux brahmanes. Le souci de « démocratisation » des gouvernements laïques qui se sont succédé depuis l'indépendance n'a pas supprimé les privilèges mais fait planer une menace sur la transmission de la culture traditionnelle. Encore une fois, l'égalisation par le bas n'est qu'un leurre, et ce rêve de Caliban aboutit à la grisaille médiocre que l'on connaît. Le scandale n'est pas dans l'existence des jātis, il est dans l'exploitation, et ceci n'est pas lié à cela, c'est lié aujourd'hui au système de production capitaliste qui doit, pour survivre, ériger le superflu en fausse nécessité.

La nuit est tombée. Entre les colonnes de pierre ciselée du balcon, nous voyons la vie lente de la rue, les pèlerins jaïns qui commentent leur voyage, les enfants qui jouent avec leur unique balle et les éternelles commères. Sharma et moi avons clos notre dialogue sur le mariage par des petits riens, puis l'un de ses fils me raccompagne à travers les ruelles noires de la ville qui se replie sur elle-même pour affronter la violence des nuits dans le désert. Une fois sur la route, la lune me guide jusqu'à mon habitation.

Je n'arrive pas à m'endormir. C'est peut-être à cause de la lune, si forte, qui entre par la fenêtre sans rideaux.

Je réponds à son appel, je sors.

La nuit est fraîche. Sharma m'a dit, avec une certaine fierté, que bientôt il pourrait peut-être même geler. D'en bas, Jaisalmer se découpe nettement sur le ciel, comme un dessin d'enfant, ville magique qui fait rêver nos villes mécaniques. De quoi les enfants de là-haut rêvent-ils ? Je crois que beaucoup ont faim. Mes pas m'ont conduit (d'où venait l'ordre ?) vers l'un des étangs qui servent de réservoir. On imagine l'admirable cliché nocturne : la lune, l'eau noire et argentée, les temples délaissés et les reposoirs aux fenêtres ouvertes sur le vent gris ; on peut aussi penser avec Jean Grenier : « Le philosophe a l'ombre pour berceau, non la lumière. » Un bruit ! Il provient d'un temple situé à une centaine de mètres. Si c'est un animal ou un bandit, je n'ai toujours pour me défendre que mon couteau. J'aperçois une forme qui semble humaine et qui maintenant est immobile. Je fais à mon tour un bruit pour que la situation devienne claire. La silhouette se retourne et me regarde sans crainte. Je reconnais la Japonaise. Nous nous rapprochons sans un mot, nous nous asseyons sur des marches. Nous voici, recouverts par la nuit.

« Ce n'est pas facile de rendre les mots silencieux. Ce n'est pas facile de soudain éteindre le haut-parleur qu'on a branché dans ma gorge, de voiler les lentilles qu'on a cachées dans mes yeux, de crever les membranes qui vibrent au fond de mes oreilles. C'est cela que je veux essayer. Les mots bondissent en moi, ils veulent jaillir de tous mes orifices et recouvrir l'espace. Les conquêtes verbales, toutes les petites morsures de fourmi des mots, et des adjectifs. Quand on a appris à parler, que reste-t-il ? Apprendre à se taire, voilà. » J.M.G. Le Clézio.

Rien ne nous ramène plus à nos limites que le silence.

Souvenirs de silences : l'arbre dans lequel je restais des heures, enfant, dans le bois de Corrèze, l'église blanche des cisterciens après le *Salve Regina*, une chute d'eau dans les Alpes, le théâtre d'Épidaure sous la neige...

Parfois le silence se rétracte aussi vite que les tentacules des anémones de mer.

La Japonaise est seule dans l'instant, moi je suis parti bêtement dans un autre temps, celui des cycles du jour et de la nuit, et de la farandole des souvenirs. En Corrèze je voulais arrêter un ruisseau en faisant un barrage de terre et de cailloux. Je devrais savoir qu'un ruisseau ne s'arrête que si l'on arrive à suivre son cours.

Mont Abu

Tous les ans en automne il y a un festival sur la montagne sacrée nommée Mont Abu d'après le nom du serpent Arbuda. J'arrive trop tard pour cette festivité. Durant le festival, on procède à l'élection de deux Miss Aravali, l'une originaire des populations tribales, l'autre des populations non tribales. Le règlement est formel : on ne tiendra pas compte des mensurations pour l'obtention du titre. Les participantes ne doivent sous aucun prétexte se présenter en bikini ni en un costume qui les dénuderait. « Seules comptent la simplicité et la grâce », est-il écrit.

Le Mont Abu est situé à la frontière sud de l'État du Rajasthan, à une altitude de 1 220 mètres, il est séparé de la chaîne principale des Aravali, dont il forme l'avancée la plus occidentale, par une fissure où coule une rivière et se glisse le chemin de fer. Vers le nord, le sud-est et l'est s'étendent des plaines qu'il domine d'une manière évidente, sans ostentation, comme le ferait un élu de Dieu. C'est effectivement Shiva lui-même qui a envoyé un piton de l'Himalaya à Nandivardhan pour qu'il bâtît la Nouvelle Montagne avec une parcelle de sol sacré. Depuis les temps historiques les plus reculés, ce fils de l'Himalaya est un lieu saint vénéré pour son intimité avec le ciel bien que Pline, citant Mégasthène dans son *Histoire naturelle*, le décrive comme la montagne de la peine capitale.

Le Mont Abu est l'un des principaux centres de pèlerinage du jaïnisme ; il est également vénéré par les shivaïstes qui occupaient la place avant les jaïns, ainsi que par toute personne sensible à la beauté sauvage d'une montagne et à l'explosion de la flore minérale des sculptures des temples ; cela devrait faire du monde, mais comme j'arrive après la saison, je suis presque le seul visiteur.

La route qui monte de la gare ressemble à un intestin entouré d'une forêt quasi vierge où se battent des conifères, des palmiers, des bambous, des saules, des lilas persans, des lianes et quantité de fleurs.

La nuit est tombée alors que nous arrivons dans la bien petite ville aux maisons éparpillées au milieu d'arbres et de rochers. Oui, nous sommes plus près du ciel. La preuve : j'entends le murmure des étoiles avant de m'endormir.

C'était une autre nuit, hier, quand le voyageur a quitté Jaisalmer. Pour gagner la gare, il a traversé la ville de part en part avec l'amie japonaise et un jeune peintre australien. Les enfants ont fêté la troupe hétéroclite, d'autant que la Japonaise qui portait comme seul bagage un balluchon rose sur les épaules leur parlait en hindi. Sur le pas des portes, les vieilles femmes riaient et saluaient.

Voici la petite gare en effervescence dans l'attente du départ prochain. Partout où la locomotive passera, elle sera la reine de la nuit et du désert, elle lancera son sifflement rauque jusqu'au ciel et peuplera les rêves d'enfants sans jouets.

À Jodhpur, des jeunes garçons musulmans se précipitent dans le compartiment. Ils sont trop heureux de parler anglais, de demander des cadeaux et de montrer leurs livres scolaires. L'excitation s'amplifie quand je leur fais découvrir une petite machine électronique japonaise à plusieurs programmes, sorte de monstre qui apporte une merveille d'un autre monde. Les garçons m'écrasent et gesticulent ; certains grimpent sur la couchette pour mieux me voir, me toucher, participer à la sublime civilisation moderne qui, comme chacun sait, se définit par ce soupir de Malraux : « À quoi bon aller sur la lune si c'est pour s'y suicider. »

Assailli de questions, aveuglé par tous les bras qui se tendent et qui pendent, j'ai cependant un petit éclair (pas si fou, le voyageur) : où est ma veste, sorte de saharienne dans laquelle j'ai mon argent ? Dans le filet où je l'avais posée, de veste point. *My coat !* Et, comme si cette veste était une veste collective, chacun se tâte, fouille, cherche le voleur, court à travers le train qui vibre en entier de cette perte. *My coat !* *My coat !*

Le train s'arrête ; quelqu'un a dû prévenir le conducteur. Tout le monde descend. Le conducteur vient se présenter officiellement. Me présentant à mon tour, je me retiens de lui dire : « Tintin, reporter ». Je dis que je suis venu observer l'Inde pour en parler à mes compatriotes. Je commence à connaître certains rouages : le plus vil voleur de cette campagne ponctuée de grands arbres isolés a l'œil humide quand il est question de *Mother India*. La maternité est plus sacrée que la possession. L'information circule, très vite le bruit commence à courir que ma veste a dû tomber par la fenêtre sur la voie. Un groupe d'enfants court sous le soleil le long de la ligne qui brille. L'hypothèse est idiote car les fenêtres ont des barreaux mais je laisse faire car, évidemment, il y a anguille sous roche. Petite discussion avec le conducteur sur les mérites respectifs des trains français et indiens, puis une rumeur s'élève : on a retrouvé ma veste en pleine nature à un demi-mille d'ici. Humm ! Je remercie les solides coursiers et surtout *Mother India*. Le conducteur me demande de vérifier si rien n'a été « perdu ». J'ouvre mon portefeuille et devant des dizaines d'yeux maigres qui brillent, je compte rapidement une liasse de billets qui représente des mois de salaire pour chacun des voyageurs. Le compte y est. Le cercle en entier semble enchanté tandis que je suis passé du blanc au rouge. Comme il faut bien une petite cérémonie, j'offre une spécialité de mon pays en serrant toutes les mains présentes puis je m'incline, les mains en prière, à la manière d'ici, hommage à l'amour de mon chapardeur pour l'Inde car il avait mille façons de disparaître avec les billets et de s'y brûler de plaisir.

Le train repart, secoué conjointement par les rails et par l'épisode. Je veux donner des cadeaux à ceux qui m'ont aidé. Naïf suis-je. *Personne* ne m'a aidé, mais tout le monde bien sûr, et je n'ai pas assez d'images, de cigarettes, de timbres, de pièces grecques, turques, iraniennes, afghanes ou japonaises pour les bras qui se multiplient. Mon argument est : « maintenant j'ai largement récompensé ceux qui ont prévenu le conducteur et ceux qui ont ramené ma veste. » On me répond : « moi j'ai fouillé tout le train, moi je suis allé dans le compartiment des bagages, moi j'ai un père qui connaît Paris, moi je veux apprendre le français, moi je n'ai eu qu'un petit timbre alors que mon frère... » Pour combler les manques, je vais offrir des mots :

— Savez-vous quel est mon nom ?

— Oui, oui ! C'est Olivier ! crient-ils tous.

— Eh bien non ! Je m'étais trompé. Je m'appelle mister *finish*, mon père papa *finish* et ma mère maman *finish*. J'ai une sœur. Nous avons tous décidé en famille de l'appeler miss *finish*. Et mon frère, avez-vous une idée ?

— Mister *finish* ! crient-ils en même temps.

— Nous habitons une maison qui s'appelle *finish house* dans un quartier où toutes les rues sont bleues et s'appellent *finish street*. Mon professeur, Mr *finish*, m'a appris à écrire quand j'étais petit. Il me disait : « *Finish*, savez-vous écrire *finish* ? » « Oui, maître *finish*, je l'ai lu dans mon livre *finish* en prenant l'autobus à la station *finish* ». Quand j'ai voulu me marier, j'ai demandé à mes parents de me trouver une gracieuse miss *finish*. Justement, elle habitait dans la maison à côté de la nôtre, une maison qui s'appelait *finish*, construite par le célèbre architecte du style *finish*, qui s'appelait...

De fil en aiguille, nous arrivons à Marwar Junction où nous devons nous quitter, les jeunes musulmans prenant un train pour Ajmer tandis que je me dépêche pour attraper la correspondance d'Abu Road sur l'importante ligne de Jaipur à Ahmadabad. On m'accompagne en délégation jusqu'à mon quai au grand dam du contrôleur dont nous troublons la routine. Je m'installe dans un compartiment, dépose ma veste sur mon siège et, de la fenêtre, salue mes amis. Quand le train s'ébranle, je prends à nouveau un air affolé en tâtant ma chemise :

— *My coat, oh ! my coat...*

Nouvelle aventure ensuite dans le compartiment : la solitude.

À propos d'aventure, celle de l'homme sur terre demande beaucoup d'attention. La *Bha-*

gavad Gītā nous prévient sans ambages : « Car rien ici-bas ne détruit l'effet de l'acte exécuté, revenir sur ses pas est inconcevable. »

Ainsi de l'écriture ; il arrive un moment où le retour est impossible.

*

Au Mont Abu, les hôtels sont vides, les habitants inactifs, les nuits très fraîches. Je vais m'installer dans l'ancien palais d'été, devenu hôtel, du maharaja local. On m'y donne une vaste et vétuste chambre avec terrasse au-dessus d'un parc luxuriant où se promènent des singes et des taches de soleil.

Je passe des journées à marcher, à ne rien faire, à regarder le ciel ; je m'imprègne aussi des pierres et, à défaut de trouver une échelle pour m'approcher du ciel, je lis des textes sacrés.

Je suis allé visiter les temples jaïns de Delwara. Ils sont, comme certains maîtres, ou comme la grenade : rugueux à l'extérieur, presque hostiles, gardant secrète la munificence de leur intérieur. Dans ces temples sombres aux abords sans grâce, les ciselures du marbre à l'intérieur sont une coulée de vie qui crée un débordement tropical. Des chapiteaux entiers explosent de formes dansantes, des plafonds en rosace éclatent de lignes ondoyantes qui s'épousent, se culbutent, se renouvellent, se contredisent, s'élargissent, se referment comme la vie elle-même dans son origine mythique. Règne de la courbe, du volume rond, des volutes, obsession des recommencements. Une légende veut que les sculpteurs aient reçu comme paiement l'équivalent en grammes d'or du poids des poussières de marbre qu'ils arrivaient à extraire à nouveau de leurs sculptures après la première ébauche. C'est dire si le marbre est creusé, fouillé, trituré, violé jusqu'à s'annuler lui-même, à devenir aussi fragile que la rosée. Cette impression d'humidité est renforcée par la multiple présence de femmes nues, musiciennes ou danseuses, les seins gonflés de maternité possible, appel d'une pluie de semence. Dans ce pullulement de fêtes et d'abandons, dans cette jungle qui se reproduit d'elle-même, se tient assis au sein d'une niche silencieuse, cent fois répété, le corps immobile d'Adinath, le sage jaïn en méditation.

Dans le mandapa, salle hypostyle, du temple de Tejahpala, une immense fleur de lotus pend à la clé de la coupole. Cercles éclatés de plus en plus grands avec un double mouvement vers le centre et vers les extrémités. Dans la partie centrale en forme de cône, on compte neuf cercles qui s'appellent les uns les autres, entourés de trois autres plus lâches qui ouvrent sur les statues.

Même si l'homme n'est qu'un animal ayant en plus conscience de la mort — c'est après tout l'hypothèse la plus plausible —, cette conscience, et le besoin délirant d'oublier l'angoisse qu'elle suscite, le situent quand même, par sa création, à la frange de Dieu. Envoyons un télégramme.

« Cher Malraux qui êtes au ciel, je me demande si dans vos voyages en terre étrangère vous avez *reçu* ce qui échappe à l'Histoire — je pense aux femmes, à la nature, à une nuit sans mémoire —, je vous sais oiseau — oiseau des forêts j'espère ; non pas oiseau des ruines. »

*

De nombreux rochers gris-noir sont ici plantés sur les pentes de la montagne. Ils paraissent hostiles mais savent préserver la chaleur du soleil au commencement de la nuit quand l'air devient noir et froid. C'est une sorte d'échange bien réglé. Le jour, leur couleur sale les empêche de faire les fiers.

La capacité de l'homme à saisir la vie d'une pierre est d'ordre mystique. D'une certaine manière, Pline l'Ancien le confirme : « Il y a des pierres dans lesquelles toute la gloire de la nature est comme concentrée, de sorte qu'une seule pierre suffit à certains hommes pour qu'ils possèdent la contemplation suprême et absolue de la nature. » Je connais un peintre qui vit cette réalité : Madeleine Grenier.

*

Il y a une manière « viande » de faire l'amour, chairs en sang, muscles tendus, plaisir des griffes et des déchirures.

Il y a une manière « vin », la meilleure et la pire, celle des poètes et des ivrognes, l'imagination débridée, les tabous délaissés. Tout est possible, surtout le plus imprévisible.

Il y a une manière « lait », onctueuse et lente. La montée se fait d'elle-même, sans violence ni recherche, par le seul effet de l'échauffement. C'est la manière indienne ; elle ne s'apprend pas.

*

On peut se demander si jouir de la jouissance de l'autre aussi fortement que de la sienne ne serait pas une façon de faire une incursion dans le *brahman*.

(Ce n'est pas dans les textes hindous.)

*

Comme la roue et le zéro, le sari est une invention qui n'a l'air de rien mais qui est révolutionnaire. Détachée du corps, elle est une simple bande de tissu sans consistance. Mal portée, elle n'a aucune valeur, tout juste bonne à fagoter. Bien mise, avec ses plis, ses creux, ses parties gonflées et plusieurs générations d'habitude, elle est la plus belle parure des femmes ; elle leur laisse nus un bras, une épaule, et un espace du ventre qui prouve la chair, tandis que la réalité de la poitrine et celle des jambes n'apparaît qu'en fonction de la marche, d'une certaine pose ou de la fantaisie du vent.

Les Indiennes tressent leurs longs cheveux noirs en une seule natte qui leur descend jusqu'au bassin, encore un prétexte de danse pendant la marche. Quand elles déploient leur chevelure, l'ondulation libérée est si belle que si vous ne vous mettez pas à genoux, c'est que vous n'êtes qu'un ratiocineur — ou un sage, et alors là, c'est moi qui m'incline.

*

La jouissance monte dans le corps de l'Indienne comme le soleil se lève, avec évidence.

Ici les femmes ont des enfants selon un cycle qui est annuel comme l'autre est mensuel, sans plus d'effort. Pour ce cycle-là, il y a bien une intervention extérieure, mais elle est si douce, si naturelle.

Une femme sans enfant est comme un sourd chez nous, quelqu'un à qui il manque une fonction.

L'érotisme était réservé aux princes et à certains sages qui y cherchaient une voie vers Dieu. Et n'allez pas croire que c'est facile, au contraire. L'érotisme sacré demande une telle maîtrise, un tel désintéressement qu'il est réservé aux âmes exigeantes.

Comme prémices, il faut savoir que le *bindu*

(sperme) est d'essence lunaire tandis que le *rajas* (sécrétions de la femme) est d'essence solaire. Le but est d'arriver à pouvoir aspirer le *rajas* alors que notre nature nous pousserait plutôt à laisser aller notre *bindu*.

C'est philosophique, car si le cycle de vie, et donc de mort, est créé par le mouvement du *bindu*, la capacité de l'arrêter puis de l'inverser par l'aspiration du *rajas* rompt le cycle fatal et par conséquent ouvre la porte de l'immortalité.

Qui saisit cela a avancé dans la compréhension de l'essence de la philosophie indienne.

Le *yoni* possède trois *guna*, un à chaque extrémité. Ils expriment la concentration, la dispersion et l'expansion qui sont, comme on le devine, les trois tendances de la nature.

Le *lingam* n'a pas cette chance, il en a d'autres.

« Quel besoin d'une femme extérieure ? J'ai en moi la Femme intérieure », est-il écrit dans un texte de *Kundalinī*.

*

L'Inde n'est ni pauvre ni mystique, elle est riche et ritualiste.

Le rituel permet de se faire bien voir des forces obscures qui ont un pouvoir sur nous. Les sacrifices humains, c'était quand on ne pouvait pas faire autrement pour émouvoir le ciel. On offrait le meilleur.

Il y a d'autre part la vie intérieure et la mystique ; elles sont d'un ordre différent, un processus d'union, pas de sollicitation.

Devant ces femmes princesses qui sont interdites, je comprends les sentiments des godelureaux du XIXe siècle, lorsqu'un effleurement des mains les mettait en émoi.

Les enfants font partie de la chair de leur mère. Ils y reviennent sans cesse.

À force de manger des feuilles, je me sens plus solidaire de la vache que lorsque je me taillais des steaks dans sa chair.

Les femmes en Inde sont des jeunes filles qui ont des enfants.

Le *yoni*, mère universelle, est aussi appelé Nature Primordiale Indifférenciée.

Faire glisser le sari sur le corps, s'approcher, et après des sortes de danses, connaître la césure, savoir que l'on a pénétré dans la Nature Primordiale Indifférenciée, dans la mère universelle, à quoi restera-t-il du goût ensuite ?

Rien n'est plus logique que la finalité de l'hindouisme et du bouddhisme. Tout ce qui naît meurt, donc échapper à la mort, c'est échapper à la vie. Ce n'est ni une fuite ni un nihilisme comme on l'a dit du bouddhisme, c'est une constatation rationnelle.

Le christianisme authentique demande l'impossible : aime ton prochain comme toi-même, tends l'autre joue, quitte ta famille pour le Christ, etc. L'hindouisme ne recherche aucune rupture, il ne demande qu'une minime progression quotidienne : se libérer de l'attachement tout en continuant à mener sa vie avec naturel ; ainsi, après quelques réincarnations, nous serons si proches du *brahman* qu'il n'y aura plus de différence entre nous et Lui.

Ce qui sépare l'Orient de l'Occident est une question de temps.

S'il y a une sagesse universelle, c'est celle du détachement.

À la réflexion, c'est aussi assumer la vie selon ses exigences. D'où la force de la *Bhagavad Gītā* qui arrive à concilier ces deux mouvements — par le sommet.

Si ! Je sais à quoi il reste du goût. S'enduire de la cendre des univers consommés, monter avec son bâton au plus haut de la montagne et sortir de la roue du *samsāra* en diluant par la méditation les restes de *karma*.

La lampe ne s'éteint que dans une lumière plus vive.

*

Après une nuit glacée, je suis parti sous un soleil blanc marcher dans la montagne où de nombreux sentiers mènent à des ermitages, hélas abandonnés, visités et vénérés par des familles entières qui viennent y pique-niquer le dimanche. Démarche connue à ceci près qu'en Inde on n'honore pas un souvenir en allant vers ces lieux vides, mais une présence qui est aussi certaine que la brise matinale ou le parfum d'une fleur ; il s'agit d'une présence physique dont on reçoit les bienfaits comme ceux d'un bon climat. En effet, alors que je suis assis non loin d'une de ces retraites cachées dans un bosquet d'arbres, voici que le sage absent (présent) me souffle une histoire.

Il était une fois un roi orgueilleux qui n'était pas aimé et souffrait de l'adoration dont le soleil était l'objet de la part de ses sujets. « Pourquoi lui, pourquoi pas moi ! », maugréait-il.

Pour les punir, il fit savoir à tous qu'avec l'aide d'un magicien il allait immoler le soleil.

Pleurs et gémissements de la foule pendant les préparatifs du sacrifice.

Le jour fixé, ne pouvant plus tenir, le peuple délégua un représentant auprès du roi :

— Sire, si vous renoncez à immoler le soleil, nous prenons tous l'engagement solennel de ne plus jamais l'adorer, de tourner vers vous nos prières.

— Accordé ! répondit le roi.

En cachette le magicien fut soulagé.

Le soleil était furieux. Il savait qu'il n'aurait pu être immolé. Pour punir les hommes d'avoir cru au pouvoir d'un charlatan, il décida de ne plus envoyer que la moitié de ses rayons, sauf à ceux qui ne s'étaient pas liés par le serment.

Il en sera ainsi encore pour longtemps.

Je suis redescendu vers le palais en toc, le grand parc, la terrasse aux oiseaux, les nuits froides dans une chambre fantôme. Au loin, dans la lumière hésitante du dernier soleil, des jeunes filles se promènent. Le vent soulève les longues écharpes posées sur leurs tuniques.

Une roche s'émeut. De la semence coule sur la terre rouge *vivifiant par ce moyen les quatre Orients*.

*

À leurs manières, qui parfois se ressemblent, toutes les religions chantent la naissance de la vie : le passage du non-manifesté au manifesté.

Mais qui saura nous dire *pourquoi* ce passage ?

*

Je suis reparti tôt le matin jusqu'à l'ermitage vide et plein ; j'ai poursuivi l'ascension plus haut par un raidillon. Avec l'avancée de la journée, la lumière a perdu son cristal, elle est devenue plus onctueuse, dégageant un arôme jaune. Impossible d'entendre le battement des ailes des papillons. Il faudrait probablement que cessât tout vent — et tout murmure intérieur.

La ballade du chemin de fer de l'Inde

D'Abu Road à Madras*, capitale du Sud, le voyage en train dure trois jours et deux nuits à travers le sud du Rajasthan, le Gujerat, le Maharashtra puis l'arrivée dans les pays dravidiens avec un bout du Karnataka, l'Andhra Pradesh de part en part et, enfin, le Tamil Nadu.

Trois jours de fêtes, de visages, d'aurores, de crépuscules, de nuits ponctuées par les pulsions du cœur d'acier tandis que veille la lune et que dorment les arbres.

C'est au cours de la seconde nuit, sur le plateau du pays tamoul, du côté d'Adoni ou de Guntakae ou de Gooty, peut-être de Tadpatri, le long d'une rivière en tout cas, que je fus sorti de mon demi-sommeil par une musique qui se mêlait aux *takatac-takatac-takatac* réguliers de ce train indien et aux sifflements aigus de la sirène. Je quittai la banquette de bois pour me rendre sur la plate-forme du bout de la voi-

---

* Chennai aujourd'hui.

ture. L'air était chaud malgré le vent causé par la (si petite) vitesse du train. Le vacarme des roues assourdissait mais je percevais encore la musique devenue plus alerte. Je m'assis sur la plate-forme où il n'y avait aucun passager.

J'étais au bout d'un monde, du monde des voyageurs qui dorment d'une manière confiante sous les lumières toujours allumées, des enfants en grappes protégés par les bras des femmes restées en sari et des hommes couchés visage contre visage. J'étais dans l'antre de la nuit, dans le monde des arbres qui filent, des étoiles immobiles et des tournants qui vous renversent sans prévenir.

C'est alors que je perçus un chant dans la musique. Je m'efforçai en vain de trouver d'où il venait. De guerre lasse, je me concentrai sur un lieu à l'intérieur de l'oreille. Le chant s'articula, ressembla à une ballade et prit une autonomie qui renvoya au loin le tintamarre de la voie :

— *Tat-ta-kitataka…* je suis le train de l'Inde. J'ai mille visages, j'ai un seul cœur. Je suis l'ami des hommes, je suis un grand tisseur ; je traverse seize États, je longe la mer d'Arabie et le golfe du Bengale, l'océan Indien et le golfe de Mannar, je grimpe sur les pentes de l'Himalaya, je traverse le Gange, la Yamuna, le Brahmapoutre, je connais les eaux de la Mahanadi, de la Godavari et de la Krishna, j'apporte la vie dans les déserts, je connais le bruissement des forêts sans lumière et l'attente des marécages, je grimpe, je creuse, je longe, je contourne, je surplombe, je serpente. *Pfuuuiiit ! Ta-ka-tac-takatac-takatac Pfuuuiiit !* Je chante pour les palmiers, les banians, les eucalyptus, les manguiers, les arbres à caoutchouc, les théiers, les hibiscus, les poivriers... je regarde pousser le riz, le blé, le chanvre, le sésame, le jute, la canne à sucre, le tabac, j'aime les herbes folles, les lianes, les racines, les arbres isolés dans la savane. Moi, le train de l'Inde, *takatac-takatac*, j'entends des centaines de dialectes, des dizaines de langues, l'on m'aborde en hindi, en ourdou, pendjabi, bengali, marathi, gujerati, oriya, assamais, santali, maithili, cachemiri, sindhi, bhili, konkani, nepali, newari, en anglais, en singlais, en tamoul, kannada, toulou, telougou, gondi ou en malayalam dans le Kerala violet d'eau où j'écarte les palmes pour avancer.

Takatac-takatac-takatac Pfuuuiiit ! Takatac-takatac-takatac... Je suis le train de l'Inde, le grand tisseur. J'accueille et dispense la vie comme un ventre maternel. J'héberge le sommeil, l'allaitement, l'amour, les jeux, les chants, les danses, la joie, la peine, la morosité et l'espoir, la mort et la naïveté, j'entends les prières des hindous, des musulmans, des sikhs, des jaïns, des chrétiens, des juifs, des bouddhistes, des parsis, je supporte l'inquiétude des agnostiques et la solitude des athées. Je suis la flûte de Krishna, la vélocité de Nandin, les ailes de

Garuda, la danse de Shiva, le ventre de Kali, le sommeil de Vishnou, la chaleur de Sourya. Et moi aussi je prie en sifflant devant les temples. *Pfuuuiiiiaaumm !*

Je prie Nirriti, déesse de la misère, Kama, dieu de l'érotisme ; l'ami de tous : Vishva-mitra, la puissance de joie : Ahladini Shakti ; Vac déesse de la Parole, Lalita l'amoureuse, Krato ou l'inspiration, Manou le législateur. Je suis le refuge des Errants de la nuit, des Monstres, des Sorciers, des Vampires, des Fantômes, des Esprits terribles, des Âmes errantes, de Kubera le Maître des trésors, de Mohini l'enchanteresse et du Roi des morts. Je suis le train de l'Inde, je suis l'Inde, je suis son ventre sacré, je suis la matrice, je suis l'étendue primordiale, mon nom est l'éternel mouvement *Takatac-takatac-takatac !* Je suis l'Unique, le train de l'Inde. *Tat-ta-kitataka...*

J'affronte la nuit, je fends l'orage, mes roues écrasent les soleils. Je protège du feu, de la pluie, des serpents, du froid, de la solitude et de la terreur sacrée quand la foudre tombe sur le temple. Je suis sifflement dans les tunnels, musique dans les plaines arborées, muscle dans les montagnes. Je m'arrête pour une vache dilettante, pour une famille d'éléphants, pour un dromadaire paresseux. *Pfuuuiiiit !* Je réveille les enfants dans leurs huttes de feuilles ; ils courent vers moi, je ralentis, je siffle de tout mon souffle, ils pleurent de joie, je suis leur mère, leur père, leur frère, leur sœur, je suis l'amant des solitaires.

Je traverse les déluges de la mousson, j'aime les miroirs qui naissent d'elle et du premier soleil, *takatac-takatac*, je longe les rizières gonflées, *takatac*, je connais l'acier de la sécheresse, la terre qui se fendille, la mort jusqu'à l'horizon, l'arbre où se concentre l'ultime vie, *takatac*, je bénis toutes les eaux, je m'arrête pour boire, pour faire boire et je guette le ciel avec tous mes enfants, l'injuste dieu soleil Sourya sans pitié pour les bouches sèches, les ventres vides, les poitrines taries, le long murmure plaintif de la nature entière privée d'eau.

Takatac-takatac. Pfuuuiiit ! Voici à nouveau la mousson, les menstrues du ciel, les ponts coupés, les plaines aquatiques, voici la terre devenue fleuve, et les fleuves qui s'étendent comme des mers, c'est la vie et c'est aussi la mort, je voudrais chanter les excès, je me retiens : le cadavre d'un de mes enfants flotte là-bas. Je m'arrête et nous pleurons tous. *Pfuuuiiit ! pfuuuiiiit ! pfuuuiiiit !*

Vite, je repars, moi le train de l'Inde, je n'ai pas le droit de m'apitoyer longtemps, je repars vers l'inconnu, une nouvelle saison, de nouveaux enfants.

Takatac, je vais vous donner une leçon de philosophie. Vous autres du Couchant, vous soupirez à cause des attentes. Insensés ! J'entends vos plaintes, vos questions vaines, vos malédictions, je vois vos regards nerveux sur les horloges, vos mines en colère, vos haussements d'épaules. Et je vous plains. Vous ne savez pas que l'essentiel est toujours inattendu : la vie, la mort, comme l'amour ou la présence divine. Ne comprenez-vous pas que mes retards sont des cadeaux offerts aux sages ? Ils leur permettent de se retrouver et de comprendre par le corps la réalité incertaine du temps. *Tat-ta-Kita-taka...* C'est pourquoi mes retards ne sont jamais les mêmes. Ils peuvent être de cinq minutes comme de quatre heures. Ils sont à l'image de nos vies, de toutes les vies. Je suis l'Imprévisible, je suis la Vérité.

Takatac-takatac-takatac. Pfuuuiiit ! Takatac-takatac-takatac.

Le train de l'Inde que je suis s'amuse avec le temps. Enfermé dans mon présent, je poursuis mon futur sans jamais l'atteindre et je laisse derrière moi la trace sonore de mon passé que je ne verrai jamais. Dans les gares, mes futurs voyageurs me guettent dans leur présent mais je suis loin d'eux, dans le passé de la voie. C'est ainsi, je suis insaisissable.

À tous j'ouvre mon ventre maternel, j'y mêle les races, les castes, les âges, j'accueille les éclopés, les mendiants, les affamés et les repus, les rois petits et grands, les distraits, les prostituées, les hippies, les voyageurs éberlués et les sceptiques racornis. Je les mêle dans mon mouvement, dans ma fantaisie, mes lubies, mes retards, mes promesses, mais je les sépare dans mes compartiments car je respecte le *dharma*. Ici les femmes et les enfants, là les brahmanes, là les mendiants, dans cette voiture des Sikhs, dans celle-ci des pèlerins musulmans et dans celle-là avec trois cuisinières, deux baignoires, des latrines spéciales, des banquettes rembourrées et quinze balayeurs, je dorlote une tribu venue du septentrion.

Sur certaines lignes sans tunnels, j'accueille des passagers sur mon toit. Regardez-les, ils connaissent si bien le trajet qu'ils se tiennent dans les tournants au bon moment ; ils sautent à terre avant la gare pour éviter le contrôleur.

Tatatac, mon nom vous le connaissez, je suis le train de l'Inde mais je ne vous ai pas encore livré le nom de tous mes avatars. *Takatac-takatac*. À l'image de Vishnou, dès que je m'incarne j'emprunte un nouveau visage et porte un nouveau nom. Je suis le *Bikaner Mail* ou le *Jaisalmer Express*, l'*Amritsar Express*, le *Mewar Passenger*, le *Punjab Mail*, le *Grand Trunk Express*, le *Frontier Mail*, le *Rajdhani Express* ou le *Howrab Barauni Express*, le *Kashmir Mail*, le *Fast Passenger*, l'*Air Conditioned Express*, l'*Assam Mail*, le *Rameshwaram Passenger* ou le *Ganga-Kaveri Express*...

Pfuuuiiiit ! Écoute. *Pfuuuiiiit !* Écoute, étranger. *Takatac. Ta-ka-tac. Taa-kaa-taac.* Écoute mon cœur qui ralentit *Taaa-kaaa-taaac-Taaaa-*

kaaaa-taaac. Je vais m'arrêter dans la nuit. Tu descendras sentir la terre, recevoir la lune fécondante. *Taaaaaahh, Pfuuuiiiit ! Kaaahhh...* Tu aimes ce silence soudain, la sphère de l'immobilité qui se referme sur toi. Sais-tu t'épanouir en elle ? Moi, je me suis vraiment arrêté. En toi le mouvement s'agite encore. Chasse-le ! Viens dans mon silence.

Écoute, ami, écoute le secret du vieux train, refuse le pullulement du passé, refuse de te projeter dans l'avenir, écoute l'arrêt, écoute la nuit, deviens qui tu es.

Épouse la terre de l'instant, goûte sa nuit sans attente ni regrets. Je serai le conducteur de tes noces, moi le train de l'Inde.

Je sifflerai dans la nuit avant de repartir.

Madras

Déjà, le Sud s'était montré : forêts de bananiers, abondance de palmiers, rizières plus nombreuses, puis, dans les gares, les nouveaux visages plus ronds et plus mobiles, et les écritures plus dansantes. Dans la gare de Madras, la liberté du Sud est visible. Je vais m'asseoir dans un coin pour que le mouvement du train se décante et pour laisser au nouveau rythme le temps de s'installer. Si j'écoutais celui qui, en moi, semble le plus fort pour le moment, je prendrais un nouveau billet de train pour n'importe quelle destination tant l'idée d'être arrivé me semble vide.

Au bout d'un moment je me lève. Au premier rickshaw, je demande de me conduire à la mer.

— Où donc, *sir* ?

Je lui dis : là où la mer est belle, hors de la ville.

— Je ne connais pas cet endroit, *sir*.

Un attroupement se fait autour de nous. On voudrait m'aider, on me demande si je cherche un hôtel, un consulat, un restaurant, si je veux acheter des pierres précieuses ou des saris, les plus beaux de toute l'Inde. Un garçon plus fin cite des lieux qui sont censés être au bord de la mer. Un nom sonne agréablement, je dis oui. On respire, on est content de m'avoir aidé et, surtout, de connaître un endroit que j'avais oublié.

Nous pétaradons pendant un long moment puis nous traversons un pont et arrivons enfin par un chemin crevassé à un temple qui s'élève devant le rivage. Il est dédié à Ashta Lakshmi, la déesse à Huit Formes. Les petits vendeurs sautent sur l'occasion que je suis. Des fleurs, oui, je prends un collier de jasmin ; des coquillages, non, je ne les aime que joyaux sur les sables ; des beignets de légumes, oui, j'ai faim et mon conducteur aussi ; des affiches chromos représentant Lakshmi, Shiva et même Vishnou à l'occasion, non merci, je n'ai pas de place, je vais voyager très loin. On peut les plier ? Non merci, cela les abîmerait. Vous savez les rouler très finement ? Non merci, ce n'est pas leur place dans mon sac...

Comme beaucoup d'Indiens, mon chauffeur ne perd pas le nord. Il constate que je suis plutôt bonne poire et commence son offensive : je ne devrais pas oublier de lui payer son retour si je suis décidé à rester car il ne pourra pas trouver de clients ici. Bon. Légèrement surélevé et tanné par le vent humide de la mer, le temple poursuit un dialogue puissant avec les flots. Ils sont violents et dangereux à cause d'une barre qui entraîne les imprudents qui s'y aventurent. N'allez pas nager et donnez-moi un supplément pour ce conseil. Les saris claquent dans le vent jauni par le sable. Attention, vous me devez aussi un supplément à cause du mauvais état de la route. Vous avez vu ces trous ? Achalandage mouvant et coloré, assez familial en somme, qui vient voir la mer, la déesse, acheter des fleurs, des statuettes, des beignets. Ah ! j'oubliais, un supplément parce que… Oui, et maintenant c'est fini ! Dès que je hausse le ton le rickshaw comprend, mais sans le coup d'arrêt de la voix, il aurait pu continuer sa vie durant, et la mienne avec, à me taper sans aucun sentiment de gêne, avec le même naturel que l'on demande de l'eau à une fontaine et qu'on n'insiste plus quand la source est tarie.

Un Indien déteste la colère ; il emploie mille ruses pour exorciser celle des dieux, qui pourtant ne laissent pas d'en manifester. Un Indien est souvent intéressé, qu'il recherche la délivrance par des exercices spirituels ou des bienfaits du ciel par une liturgie aussi précise qu'une expérience chimique. Quand il comprend qu'il n'y a plus rien à obtenir, que cela dépasse le pouvoir d'un dieu ou la générosité d'un barbare efflanqué, alors il change d'attitude. D'accord, d'accord, me dit-il en dodelinant de la tête ; maintenant si vous le voulez, je vais vous servir gratuitement de guide pour le temple. Il prouve ainsi à la foule, toujours curieuse, que ma colère n'était pas justifiée puisque nous sommes amis, et que, par ailleurs, je ne suis qu'un ignare puisqu'il a quelque chose à m'apprendre sur la manière d'entrer en relation avec l'ordre du monde. En fait, il est incompétent sur les dieux hétéroclites qui peuplent ce temple, mais ils sont de sa famille.

Si l'on s'éloigne du temple, des dévots et des marchands, la mer change de visage. Les vagues n'ont plus cette couronne d'Inde qu'elles avaient face à la déesse ; elles sont grises et familières, ressemblent à celles de la côte atlantique. Celle-ci justement, je l'avais vue sur les plages de vacances de mon pays, j'avais le même désir de l'arrêter avant qu'elle n'éclate. Et j'avais le même pressentiment : celui qui arriverait, ne fût-ce qu'une seconde, à la retenir connaîtrait le secret de la mort. Plages de l'enfance, le sable dans les maillots, la mer qui fait peur comme une grande personne, la nudité naturelle et encore mystérieuse, plage du sud de l'Inde avec les mêmes embruns, le même ciel bleu, les mêmes bouffées d'air salé, le même sable, mélange de soleil et de mer...

Le vent se fait les muscles sur les visages. Il s'apaise, se gonfle, tombe, reprend. Il force à l'attention avec ses humeurs successives.

Un cadeau du vent, cette pensée lointaine ? « Celui qui n'est pas séparé de la source est l'homme naturel, celui qui n'est pas séparé de l'essence est l'homme spirituel. » Tchouang-Tseu.

La glace ne sait pas qu'elle est de l'eau.

Et cette personne qui marche vers l'autobus pour retourner à la gare chercher ses affaires, c'est moi.

Je n'en reviens pas.

Le Maître existe bien quelque part. Il suffirait de pousser la bonne porte.

Derrière mon hôtel, il y a une ville mal digérée qui a encore un avantage : elle est construite à la campagne. On y croise beaucoup de vaches, pas tellement sacrées, contrairement au cliché pour touriste pressé. Si on ne les tue pas, c'est parce qu'elles sont plus utiles vivantes que mortes grâce à leur lait et à leur bouse qui sert de chauffage.

Donc, rechercher le fil qui pourrait me conduire à l'homme — ou à la femme — porteur de lumière. En attendant, guetter les surprises.

*

« Si quelqu'un devait se rendre dans une ville et se demandait comment faire le premier pas, il n'aboutirait à rien. C'est pourquoi il faut suivre le premier mouvement et marcher droit devant soi ; on arrive alors où il faut, et c'est bien ainsi. » Maître Eckhart.

*

Paradoxe ? Plus nous avons développé la prise de conscience, plus nous nous sommes éloignés de la Conscience. De même pour la connaissance : nous avons étendu son champ d'activité à mesure que nous nous éloignions de son centre. Nous avons des yeux de mouches.

La principale utilité de l'intelligence est de nous mettre dans une relation juste avec le monde. Ensuite, il lui faut aller faire un tour ailleurs pour que les choses agissent sans son entrave.

Notre choix est limité. Nous pouvons seulement essayer de choisir quel centre de gravité donner à notre *moi*. Le lieu du moi le plus propice : dans la pointe de l'instant.

S'attacher au moi qui possède, c'est organiser méthodiquement sa propre souffrance.

Se détacher du provisoire est la voie réaliste, la voie de la mystique hindoue.

Et si la sagesse était un sens de la prévision ?

Shiva est représenté par le *lingam*. Bon. Tous les Occidentaux s'excitent, et moi avec, sur le symbole érotique. Si l'on interroge des pandits compétents, ils nuancent la relation. Ils rappellent que *lingam* veut dire signe et que dans le temple, la forme oblongue n'est pas un phallus mais qu'elle est le signe de Shiva, et donc qu'elle *est* Shiva. Nous voyons des décalages là où il y a adéquation.

« Vienne qui veut coucher avec moi, ne suis-je pas la mer », dit le poète grec. Ensuite, un moment de détente est autorisé sur le sable près du rivage avec son temple. Plus tard, il semble judicieux d'aller interroger l'indianiste Tara Michaël qui vit dans une maison du bord de mer.

Sur sa recommandation, j'écrirai à maître G.* qui l'a initiée à la méditation *vipassanā* du bouddhisme théravāda. Il pleut. Nous écoutons l'eau tomber sur la terrasse où la jeune femme organise des spectacles de danse pour retenir une tradition qui s'estompe. Elle danse pour faire passer l'Inde par son corps ; c'est aussi, plus secrètement, une question de transmission.

Dehors, le mariage à trois est consommé entre l'océan, la pluie et le temple de Lakshmi. Je suis juste invité à tenir la chandelle.

« L'Un, qui est sans nuance, apparaît par un dessein secret sous des couleurs diverses » *Shvetāshvatara Upanishad.*

*

----

* Il s'agit de maître Goenka. À l'époque je souhaitais rester discret sur son nom.

Le musée de Madras nourrit des interrogations. Je m'arrête devant la reproduction d'un stupa chargé d'un puissant *signe*. Nous avons connu en Occident la coupole, demi-œuf évidé, voûte céleste réduite à l'échelle de notre corps visible. Le stupa, lui, est plein. Seule la voie de l'imagination permet d'y pénétrer. À moins que ce ne soit la voie de la réalisation car l'imagination ne peut qu'illusoirement nous concevoir dans le plein.

Pendant la période aniconique de l'art bouddhique, c'est le stupa qui a été choisi pour représenter le *mahāparinirvāna* du Bouddha (grand *nirvāna* définitif). Les spécialistes disent que ce choix provient du fait qu'à l'origine le stupa était un monument funéraire. Laisser dire, fermer les yeux, tenter d'entrer dans le stupa, où il n'y a aucune place, et se rappeler qu'en atteignant le *mahāparinirvāna*, l'Illuminé avait dissous tous les substrats qui poussent aux renaissances.

Cesser de prendre l'inconscient des grandes civilisations pour aussi limité que notre conscient de modernes.

Dans trois jours, Noël.

Il y a un moment de la vie où il faut savoir passer du multiple à l'Un.

*

À cause de la pluie particulièrement forte cette année, j'ai manqué hier la danse du serpent. Ce soir, je vais à une représentation de danse de *bhāratanatyam*.

Entre ses jambes, le costume de la danseuse s'ouvre comme un éventail, se referme, s'ouvre, respiration sacrée. Érotisme, mais érotisme indirect, transposé sur un autre plan. Les Indiennes, danseuses ou non, prennent grand soin de protéger leur sexe. Elles savent que la source est précieuse et n'est pas faite pour les regards. Cela ne les empêche nullement de recréer la source par leurs gestes, la malice ou un soupçon de peau nue à la hauteur du ventre.

À quand le retour à l'érotisme sacré ?

La danseuse exécute une posture très difficile qui représente Krishna aérien jouant de la flûte pour séduire les *gopīs*. Les spectateurs retiennent leur souffle, puis applaudissent joyeusement. Mon voisin se penche vers moi pour me donner des explications dont je me passerais volontiers. Pendant une pause entre deux danses et pour éviter son bavardage, je sors un papier et j'écris : « La danse sacrée est irrésistible. Les prêtres, maris fidèles, moines, swamis, ascètes, et même le pape et l'empereur du Japon sont dégagés de tout vœu de chasteté ou de fidélité s'ils sont séduits par une danseuse indienne. »

Mon collant voisin me demande ce que j'écris.

— Un édit.

De nouveau la danseuse recrée un monde. La musique, qui l'enveloppe plus qu'elle ne la guide, provient des musiciens et de la danseuse elle-même dont les bijoux tintent aux poignets et aux chevilles. C'est de la musique aléatoire.

Pourquoi mettre de la componction dans la religion, il y faut de l'art.

Sur un autre plan, cette danse est aussi celle de la fin d'un monde. Il y a un siècle, elle était naturelle dans les temples et les palais ; elle devient un spectacle. Les danseurs et danseuses étaient alors entretenus par les princes qui participaient ainsi à l'enrichissement d'un peuple. Ils redistribuaient sous forme d'art — donc de bonheur et de libération — une partie de l'argent collecté.

*

Réveil nocturne. Il pleut. Je rêve dans mon lit. Je ferme les yeux. Devant moi se dresse un interdit que je n'arrive pas à identifier mais qui semble intransgressable. Je demande une autorisation à une autorité mouvante. Je l'obtiens, mais l'interdit subsiste et m'empêche d'avancer. Je dis avancer, il s'agit probablement de vivre. J'ouvre les yeux. De quoi s'agit-il ? Ce qui subsiste est à peine comme le souvenir d'un parfum. Il est inutile de se savoir immergé dans la mer si la coquille ne s'ouvre pas.

Je sors.

L'important au milieu de la nuit est la hauteur du silence, la hauteur du noir.

*

« Celui qui poursuit invariablement son but est plus fort qu'un roi. » Proverbe indien.

Et si ce livre était un substitut ?

Noël à Kanchipuram

Je suis seul dans le *tourist bungalow* de la ville sainte de Kanchipuram, seul en compagnie de la pluie qui se déchaîne avec une énergie dont je ne croyais capable que Kali.

Je fais un tour à pied sous les torrents d'eau. Des enfants qui me suivent rient de mes vêtements qui dégoulinent, de mes chaussures qui deviennent des pots à eau. Je comprends, je me dénude. Effectivement, seul le corps nu n'est pas altéré par la pluie.

Je ne sais si le ciel est plein de dieux, il est en tout cas plein d'eau, et l'on ne saisit pas comment il ne s'effondre pas sous une telle masse.

J'ai ramené mes vêtements dans ma chambre et je suis ressorti, libéré, pour découvrir ce bourg campagnard qui s'est développé entre ses nombreux temples. Comme il n'y a rien d'autre à faire qu'attendre, la population est assise devant les maisons sous une sorte d'auvent. Les femmes ne sortent pas, la pluie ferait de leurs saris des draperies trop moulantes ; les enfants, par contre, sont dans leur élément.

Les chants d'oiseaux se fraient un chemin sous la pluie.

Cette mère qui allaite est lumineuse entre les hachures de l'eau.

En Inde tout est lié, relié. Chez nous aussi, mais nous l'avons oublié.

Pendant des années on s'est évertué à m'apprendre à devenir un intellectuel. Tout mon effort est maintenant à le désapprendre. Ce n'est pas forcément du gâchis.

Si la connaissance n'aboutit pas à la sérénité, à quoi sert-elle donc ?

Ce soir ce sera la fête de la Nativité. Ni messe, ni neige, ni étoile, ni sapin, ni famille... la pluie.

Cette mère-ci tient un enfant qui vient de naître. Il est encore simiesque. La mère a un regard angélique. Je crois à l'Immaculée Conception*, mais pourquoi l'inscrire dans un seul moment de l'histoire ?

Nous avons été trop exclusifs.

La paternité est une manière de retrouver l'enfance quand elle s'est éloignée.

* Une conception libérée du « péché originel ».

C'est pour cela que les dieux se réincarnent de temps en temps. Il y a aussi des périodes sans rien. L'attente commence à être longue.

Lorsque le poète se nourrit de culture, il la transforme en vie.

Des *yantras* sont dessinés devant la plupart des maisons. Des savants peuvent expliquer la signification de ces signes. Pour les femmes qui les ont tracés, c'est un hommage à la Création, donc un lien avec l'ordre mystérieux ; aussi un plaisir.

> *Seule couleur sous la pluie*
> *l'iris jaune*
> *Éclat de soleil tombé du ciel*

Pour les Indiennes, il n'y a pas de différence entre l'enfance et l'âge adulte. Une fille naît mère. À douze ans elle a des gestes de femme pour s'occuper de son petit frère. À quarante ans, elle rit et joue comme un enfant.

Un grand malheur ici : une femme stérile.

Dans mon pays, de nos jours : une femme enceinte sans l'avoir *voulu*.

Clac ! L'électricité saute dans le bungalow. Aussitôt le bruit de la pluie redouble avec sa compagnie de fantômes. Derrière les fantômes, une Présence. La lune ? l'amour ? la solitude ?

Je n'ose me mettre à genoux.

25 décembre. La pluie n'a cessé de toute la nuit. Il en tombe encore des tombereaux. Il reste de l'eau pour l'éternité.

Je vais visiter les temples devinés hier. Celui d'Ekambareshwara est comme ces villes dont on rêve dans le désert, un monde clos avec portes, ruelles, monuments, salles obscures, arbres. Voici le manguier où Kamakshi fit pénitence, où fut ensuite célébré son mariage avec Shiva le Nu à qui le temple est dédié.

Dans un temple vivant, tout sert à se lier au cosmos : les mandalas, les arbres, les prières, les couronnes de fleurs, les chants et même ce moustique qui n'est pas là par hasard.

Ce n'est pas un temple, c'est une ménagerie. En plus de l'éléphant sacré qui n'a pas l'air à l'aise dans son rôle, il y a des vaches, un cheval, un veau, des chats, sans compter les insectes et tout un bestiaire de pierre plutôt calme.

Le culte du chat, je comprends ; le taureau, l'éléphant, le serpent, d'accord ; j'ai plus de mal à comprendre celui du scarabée par les Égyptiens, à moins de lui donner des raisons farfelues. Pourquoi pas la fourmi, cette emmerdeuse ? Elle conviendrait parfaitement à certains.

Le culte du rat, comme je l'ai vu pratiqué dans un temple de Bikaner qui en grouillait, c'est probablement pour pousser à l'extrême la divinisation de la vie, ou bien il s'agit d'un exorcisme. Pourquoi aucun temple n'est-il consacré à l'araignée ? Ses toiles sont de beaux mandalas, elle fait parfois preuve d'originalité et, surtout, elle sait attendre, vertu des sages.

Dans l'enceinte sombre, une banane d'un jaune vif sort du ventre de Ganesh. C'est l'offrande que vient de déposer une petite fille.

Une femme en sari bleu-noir vient s'incliner devant un lingam de Shiva, devant l'élan et devant la matrice. Le collier de fleurs de ses cheveux tremble dans la pénombre.

Par la prière, entrer en sympathie avec les manifestations de l'univers, quitte à les engueuler de temps en temps, mais sans colère. La colère est le propre des dieux et des étrangers. Prier est aussi naturel que téter ou déféquer. Pour l'hindou la prière est une fonction utilitaire qui obéit à des règles très précises. La différence entre un brahmane qui passe sa vie à étudier ces règles et un ingénieur qui s'occupe de machines, c'est que le brahmane a une ambition beaucoup plus globale, mais la méticulosité est la même.

L'éléphant sacré est attaché, il ne peut ni se promener, ni barrir à sa guise, ni baiser comme il l'entend. Il doit penser qu'il n'a pas choisi d'être sacré. Il est à peine un éléphant alors qu'un sage en méditation est probablement un homme à son maximum. La sainteté ne doit pas être faite pour les animaux. Pourtant, les oiseaux...

Toute cette famille est assise dans une des salles du temple. Il y a un côté végétal dans son immobilité. Grâce aux saris des femmes, elle ressemble à un arbre en fleur. Dans la campagne aussi les familles poussent comme la végétation.

Je me suis assis en tailleur sous le manguier pour recevoir des ondes et, peut-être, en envoyer une quelque part. En France, j'essayais d'agir sur les choses et les êtres de manière directive, par un mouvement incessant, une volonté de changer un tant soit peu le cours de l'avenir. Sous le manguier, je me suis assis et j'ai *compris* aujourd'hui que de cette immobilité pouvait naître un pouvoir sur les choses.

*

De retour dans ma chambre, la nuit est venue, l'électricité a sauté à nouveau et, cette fois-ci, la lune a occupé l'espace puis le chant des cigales a pris sa place. La lune est tombée, il ne restait que l'assaut du silence par les cigales.

*

Je suis allé rendre visite au Shankaracharya de Kanchipuram qui semble ce matin d'humeur impatiente et pratique des bénédictions à la va-vite. Impossible de lui poser des questions, il veut retourner au plus tôt à sa méditation, et c'est déjà bien beau qu'il ait accepté de me regarder. Il y a quelques jours, il a refusé de recevoir une vieille femme qui avait marché pendant une semaine pour venir lui demander une grâce. Elle a attendu deux jours sans manger avant de repartir. Le disciple est ravi de me raconter cette histoire qui prouve la force de son maître.

Les temples où je retourne me semblent maintenant vides ; ils ne sont plus sous-tendus par l'attente d'une présence que j'espérais lumineuse. Les oiseaux se déchaînent car il y a un morceau de soleil qui a pu percer.

Un brahmane répète inlassablement la même formule. Cette répétition, comme celle de certaines sculptures sur le même modèle, n'est pas le signe d'une pauvreté de l'imagination. Après cent ou mille fois la même chose, on aboutit à un changement complet. La mille et unième formule n'est plus celle du début ; maintenant je n'entends plus les A, plus la musique des longues et des brèves, même plus la vibration du AUM !, j'entends la phrase qui se creuse un passage derrière la cervelle.

J'oscille, oh oui !, j'oscille entre adhérer aux plaisirs spirituels que me procure l'Inde, ou laisser monter la colère à l'égard de cette civilisation qui se défait. Parfois je me redis que je suis venu chercher la nuit avec une lanterne — mais l'absence de nuit vient-elle de la lumière trop vive ou de ce qu'il n'y a plus de nuit ?

Dans les temples, je suis enchanté et furieux. Mes sens sont comblés, pas mon exigence intérieure. Me laissant voguer, je me dis : je cherche une réponse qui n'existe pas, un écran empêche mon abandon salutaire.

Il ne me reste plus qu'à m'asseoir dans l'herbe et à attendre Kalkin*.

* Dernier avatar de Vishnou qui viendra clore l'ère actuelle.

Le goût amer de l'ombre

Je suis parti pour partir. Ce fut vers Pondichéry, d'où pouvaient venir quelques pistes de
l'Institut français d'Indologie, de l'ashram de
Sri Aurobindo et, pourquoi pas, d'Auroville.

Avant d'éventuelles lueurs, ce fut un pitto-
resque désuet : les képis rouges des policiers
comme en 14, la statue de Jeanne d'Arc face à
l'océan, les marchands de vin (France oblige),
l'église d'où sortent des couples endimanchés,
les anciens de la Coloniale qui sont enchantés
de rencontrer un Français « à la hauteur » (c'est-
à-dire pouvant leur donner cinq roupies), un
lycée français où de (trop) belles Indiennes de
la bourgeoisie locale apprennent : *j'aime, j'aime-
rai, j'ai été aimée, que j'eusse aimé*, et un hôtel où
je descends, l'Hôtel de l'Europe, tenu par un
métis naturalisé qui a des gestes de grand seigneur las, parle des Indiens avec condescen-
dance, fait une excellente cuisine, cultive des
fleurs, écoute chaque soir de la musique classi-
que et soupire : « Ah ! la France... »

Plaqué sur les miettes d'un empire mort, il y

a une autre réalité à Pondichéry, celle de l'ashram. Il attire des dévots de la Mère, quelques amateurs de la philosophie évolutionniste de Sri Aurobindo et beaucoup de jeunes Occidentaux dont les motivations sont un mélange inextricable de désir communautaire, de recherche des vibrations de la Mère et de participation au rêve utopique d'Auroville. On y rencontre aussi des femmes entre deux âges qui se promènent dans des robes aussi vaporeuses que leurs idées, qui voient partout des signes de leur prédestination, soignent leur foie à la cuisine macrobiotique et leurs humeurs avec des plantes. Doux leurs yeux, floues leurs attentes, confortable leur yoga, inexistant, hélas, le détachement d'elles-mêmes.

Sri Aurobindo a situé l'élan de sa pensée dans la recherche d'une synthèse entre la tradition indienne et les théories de l'évolution chères à l'Occident moderne, synthèse qui s'inscrit dans l'Histoire comme celle de Teilhard de Chardin. Est-ce un des derniers mots de l'Inde ? Sûrement pas, malgré l'essoufflement actuel. L'Inde a-t-elle choisi entre le temps cosmique et le temps historique ? Je ne le crois pas non plus. Opter pour l'Histoire et, en ce qui concerne l'espèce, pour une évolution linéaire, n'est pas choisir un autre critère pour le temps, c'est l'envisager à un niveau différent. Il y a des étapes dans la vérité comme il y en a dans la progression spirituelle. Sri Aurobindo était trop ouvert pour l'ignorer.

Les macérations d'un ascète ont une valeur objective indépendante du pouvoir des dieux. Ils ne peuvent ni les remplacer ni les empêcher d'agir.

Personne ne peut être pris au sérieux sur le plan spirituel s'il n'est en même temps capable de jeûne et de silence.

Et homo factus est. Aventure des plus banales en Inde.

Un jour, on découvre que Dieu s'est incarné dans un vieil ascète. Alors on l'adule et s'il veut regagner sa solitude, on lui demande de ne pas faire d'histoire, de rester disponible. On ne va pas laisser filer Dieu parce que ce serait le bon vouloir d'un vieil homme.

Dieu, ou l'étincelle qui provient de l'intérieur ?

*

Les pommes, les poires, les scarabées, les cétacés du tertiaire, les poteries chinoises, la littérature kirghize, la civilisation indienne... Au XVIIᵉ siècle, on était plus sage vis-à-vis des civilisations du passé, on ne les enfermait pas dans une flore, on disait les « Anciens » et cela avait un côté illimité. Que dire pour l'Inde, elle qui a connu des matérialistes, des dualistes, des surréalistes, des non-dualistes, des évolutionnistes, des sceptiques, des monothéistes, des polythéistes et des mystiques de tout poil ? Je déclare l'Inde au pluriel et vais me promener.

Chhaya a l'âge qui, selon les textes, est l'âge de la perfection. Elle est espiègle, curieuse, contradictoire, sensuelle je crois, superficielle, joyeuse et assez despotique. Nous nous promenons de-ci de-là, mangeons des fruits, allons regarder la mer ; nous nous livrons des bribes de nous-mêmes. Je lui achète un collier dans une boutique tenue par une de ses amies un peu plus âgée à qui elle a voulu me présenter.

Dimanche après le déjeuner, heure de la digestion, des angoisses et des forfaits. Pour nous ce sera un rituel. Fière de sa beauté, de sa féminité, de son pouvoir, elle vient dans ma chambre en prenant soin que personne ne la voie. Elle commence par exiger une liturgie d'une telle longueur qu'elle lasserait quiconque n'aurait pas le désir de se perpétuer dans sa chair sombre. Rien ne semble jamais lui convenir. Tantôt il y a trop de jour, tantôt plus assez, ou bien elle affirme être sûre qu'un *boy* écoute à la porte (c'était un oiseau), ou elle me trouve trop pressant, ou trop lointain, et cette fois-ci c'est la musique de l'hôtelier (du Chopin pourtant) qui n'est pas compatible avec la danse où nous semblions embarqués. Il me faut faire preuve de patience, d'à-propos et d'imagination car la friponne prend souvent l'air d'une ombre qui s'ennuie. Les rites que je connais — on les dit universels — lui semblent inintéressants.

Alors, je deviens distant, mais plus je semble oublier son corps, plus il se rapproche. Le sot que j'étais ! Si je m'endormais maintenant, nous arriverions aussitôt à Ithaque. Ce n'est pas ma ligne ; en éveil, tous mes sens le sont. Elle ne s'en soucie guère. Elle semble ne se préoccuper que d'elle. Je me dis : je ne suis plus moi, je ne suis plus qu'un aspect du cycle éternel, et ceci est un bourgeon qui a le besoin vital de sortir de sa coque, et cela, très touffu est la terre qui a besoin du grain. Nous y voici ! Elle semble peu habituée à une telle rencontre mais elle l'accueille sans nul étonnement comme si ce n'était rien d'autre qu'un changement naturel. Et si au moment de *toucher* j'allais disparaître ? Chhaya est passive mais c'est elle la source. Elle a étendu ses bras en croix, ses cheveux très noirs tombent du lit, elle garde les yeux ouverts. Et le lait monte, oui, avec calme et certitude, il déborde sans bruit.

Voici maintenant la nuit. Je ne m'ennuie pas avec l'étudiante qui a gardé ses bracelets aux poignets et aux chevilles. Son sari orange est abandonné au bout du lit avec son boléro jaune.

Dans le noir, son corps est parfois violet.

*

Il est difficile de comprendre l'*advaïta* sans essayer de le rapprocher d'un de nos systèmes. Mais si l'on parle de *non-dualité*, il semble que l'on passe à côté de l'essentiel.

L'élément qui m'échappe encore est le contenu de ce qui transmigre. Le *Milinda Panha* bouddhique explique comment, malgré l'absence d'*ātman*, le *karma* crée une permanence qui circule d'une existence à l'autre. Mais bien qu'advaïtiste, Shankara ne nie pas l'*ātman*.

Tout cela ne me fait pas oublier les promesses du *yoni* exaltant de Chhaya.

C'est à elle que je pense en lisant les paroles de la *shakti* (énergie féminine) de son rôle : « J'entre dans ton corps : alors, uni à moi la *shakti*, deviens le Seigneur ! Sans moi il n'est pas de mère, aucune femme qui suscite les effets de la cause première. Au moment où l'effet se manifeste, alors tu entres en la fonction de fils. Sans toi il n'est pas de père, aucun homme qui suscite des effets. C'est toi qui es mon père et nul autre que toi, jamais. Tantôt tu as la forme du père, tantôt tu portes la forme du maître, parfois tu accèdes à l'état de fils et parfois tu es mon élève » *Kulacūdāmani-tantra.*

Chhaya marche sur la plage. Le vent agace son corps et le prolonge dans le ciel jusqu'à l'extrémité du pan de son sari qui claque à deux mètres de son visage. Je n'en reviens pas qu'en sa forme chaste et inaccessible il y ait toute la vie présente en elle. Là, au cœur du tissu, l'explosion possible tout de suite. Je passe ma vie à ne pas comprendre les choses les plus simples.

Je m'accroche au sable pour ne pas sombrer devant cette évidence : Chhaya est *chair*.

*

Auroville illustre le glissement hors du réel des intellectuels d'Occident. Ce n'est pas une ville, c'est l'idée d'une ville. Nous nous y promenons Chhaya et moi à bicyclette. Encore humide de la mousson, la terre rouge est chaude et féminine ; on a posé sur elle des constructions sans racines. Ici, au cœur d'un lieu de réunion, il y a surtout des corbeaux ; là sont prévues des salles pour méditer en commun, chacun médite de son côté ; là des maisons fleuries, les jardins sont clos.

Les esprits limités aiment caresser l'idée de bâtir un monde nouveau. Il n'y a pas de monde nouveau, projection infantile, dans l'Histoire, du développement d'un individu. Il n'y a pas non plus d'Homme nouveau. Il n'y a qu'un monde, qui se transforme goutte à goutte avec la lenteur du temps historique et, dans ce monde, un homme qui a une tête de mule dès qu'il a passé vingt ans.

Des oiseaux à foison, une multitude de fleurs, des scènes champêtres pour poètes élégiaques grecs ou écolos bon teint avec, çà et là, comme des cheveux sur la soupe, des Occidentaux en quête d'impossible ou déjà amers sous leurs robes indiennes d'opérette[*].

Nous descendons sur la route qui vient de Pondichéry et qui longe la mer. De nouveau la vie.

Des palmiers, des enfants, des palmiers, des enfants, des palmiers, un bout de mer entre les feuilles, des enfants, des palmiers, une ombre en sari, des enfants, non ce n'est pas Chhaya, c'est la mère de tous ces palmiers, et ce banian est le père de tous ces enfants.

Tant que je n'étais pas arrivé sur ce bout de terre face à la mer, dans le sud de l'Inde, je me disais que je finirais par atteindre la lumière qui était derrière l'arbre, du côté du Levant. Sur cette plage, cette nuit de petite lune, je sais que derrière le dernier arbre, il n'y a pas de lumière. Pas plus qu'en moi. Pas moins.

Je me contenterai d'une ombre. Elle a un goût sucré.

*

Nous marchons beaucoup l'ombre et moi sur le devant de la mer. Les souffles chauds déploient son sari en éventail. Nous n'avons rien à nous dire, seulement à écouter le crisse-

[*] Après avoir vécu à Auroville en 2001, mon opinion a changé.

ment de nos pas sur le sable, épier l'accord de nos sens.

*

Patatras ! Ce soir sur la plage mes yeux se sont ouverts. Chhaya m'y avait rejoint en jean, et tandis qu'elle se déshabillait je vis aussitôt qu'elle n'était rien, rien qu'une jeune fille intéressée qui voulait que je l'emmène à Paris dont elle avait tant rêvé sur les bancs vieillots du lycée français. Paris où, comme chacun sait, les néons, le métro, les automobiles à la queue leu leu et les boîtes de nuit sont dieux et temples. Elle subissait à travers moi les mirages de l'Occident comme j'avais subi avec elle les mirages de l'Inde. D'ailleurs, je le savais. J'avais volontairement oublié que Chhaya était une ombre, l'ombre de Sanjna, épouse du dieu soleil Sourya qui, ne pouvant plus supporter l'éclat de son mari, demanda à son ombre de la remplacer auprès de lui. Il n'y avait vu que du feu, le mâle orgueilleux. Et moi donc !

Je criai à Chhaya son imposture avec l'espoir fou qu'elle deviendrait son original, Sanjna. « Mais je suis Sanjna, regarde ! » En effet. Je compris enfin que c'est Sanjna elle-même qui est d'une banalité à mourir. Son ombre toute indienne dans nos nuits n'était jamais qu'une image inventée. Las ! Il me resta à faire un saut jusqu'à l'hôtel, résister devant le creux du lit défait aux effluves de jasmin, attraper mon sac,

laisser de l'argent, abandonner ma petite bibliothèque de voyage, n'en garder que le Veda et
courir plus vite que les ombres du soir.

Arrive la nuit. Je continue à m'échapper, je
sens monter de la fièvre, je dors dans un fossé,
je repars à l'aube.

Je marche, ne suis plus qu'une marche. Je
regarde sous moi le sol qui recule. Parfois
j'accepte l'hospitalité d'un char à buffles. Je
m'assieds à l'arrière, à côté des enfants, les jambes suspendues au-dessus de la route de terre.
Je reprends la marche, voulant écraser sous ma
fatigue une mauvaise conscience qui m'accompagne comme une nuée. Je mange une assiettée
de riz et bois le jus d'une noix de coco verte.
Une ondée lave ma sueur puis reste plaquée
par l'air humide. Le soleil revient dans la
soirée, à l'heure où la route est emplie d'une
cohorte de paysans et de chars qui reviennent
des champs. Je suis le canard noir de cette multitude. Je suis le seul à ne connaître l'Inde
que par une ombre, les autres sont hors de la
caverne, dans la vie en dur. Et je suis malade.
Par éclipses, le soleil me sèche avant de disparaître dans les rizières. La foule devient plus
clairsemée. Deux adolescents qui connaissent
trois mots d'anglais veulent marcher avec moi.
L'un d'eux porte mon sac mais son poids me
manque car je ne suis alors soutenu par rien. Je
refuse l'hospitalité que me proposent mes deux
compagnons. Je les quitte devant leur maison

de torchis d'où toute la famille me salue :
« *Bye bye ! Bye bye !* » De la porte, une jeune
fille sort la tête. Elle me brûle les yeux. Les
ombres folles ricanent. La jeune fille devient
une vieille femme édentée. L'Inde n'a-t-elle
que des masques pour l'étranger ?

Je veux continuer jusqu'à la nuit, jusqu'à la
lumière derrière les arbres. Les ombres dressent
des obstacles sur la route. Je marche en zigzag,
les derniers passants me regardent avec crainte.
Entre les villages je suis seul sur la route. Les
ombres s'unissent pour ne plus former qu'une
seule tache. Parfois je crois que je vais sombrer
en elle. Je me raccroche au bruit de la mer qui
s'enfle par moments. J'entends surtout le craquement des palmes des bananiers sous l'effet
du vent noir.

Quelques étoiles incertaines apparaissent dans
le ciel. Je ne sens plus mes muscles, ni le poids
de mon sac.

Je ne sens même plus le sol, je n'ai plus de
volonté. La nuit est totalement noire. Je me
couche contre un palmier. Des images cassées
se combattent dans ma tête puis s'estompent.

Entre deux songes agités, je m'aperçois qu'il
pleut mais je n'ai pas la force de bouger pour
m'abriter. Je suis paralysé. Et d'ailleurs, où
aller ? La nuit est opaque comme l'est mon
corps.

Des croassements de corbeaux me réveillent.
Je suis transi et tremblant de fièvre. Pendant
quelques secondes, j'oublie la douleur pour

recevoir le paysage idyllique qui m'entoure. La lumière rase et humide du matin rend légères et presque irréelles ces rizières qui s'étagent entre des rangées de bananiers. Un chemin monte vers une masure qui est blottie sous un énorme banian. Il y a plus de résignation que d'angoisse dans l'idée que ce paysage acidulé et scintillant est le dernier signe de vie fraîche que je reçois avant de devoir aller m'aliter, peut-être pour longtemps. Je ne reconnais en moi les symptômes d'aucune maladie, en tout cas ni ceux d'une amibiase ni d'une hépatite virale, mais je suis si faible et mon corps est si douloureux que je ne puis soulever mon sac et que je me vois obligé de me traîner jusqu'à la porte de la maison pour y demander l'hospitalité.

Une vieille femme m'accueille. Nous ne pouvons nous comprendre mais mon état se comprend aisément. Elle me donne du lait chaud et me couche sur la terre de l'unique pièce. Je m'abandonne ; je sens la fièvre monter.

Elle tire mon sac jusqu'à sa maison puis me rassure avec son sourire édenté. Elle me pose sa main noire et fripée sur le visage. Je me sens bien. Je n'ai plus peur ; elle est là avec ses seins vides qui pendent sous son sari déchiré, ses bracelets sur ses bras ridés, sa main aux veines gonflées, ses doigts calleux qui touchent mon front brûlant. Je lui dis merci et merci dans ma langue. Elle me répond dans la sienne avec des sortes de gloussements car ma manière de parler la fait rire.

Je me souviens d'avoir acheté à Pondichéry un médicament ayurvédique fébrifuge. Je l'avale avec la certitude que cette fièvre donnée par la terre de l'Inde (ou son ombre ?) ne peut être combattue que par ses graines. J'ai déjà évoqué cette pensée d'un sage, que je transpose légèrement : le remède doit toujours être cherché là d'où vient la maladie. Je m'endors rasséréné.

L'Indienne me réveille pour me donner à manger une galette qu'elle vient de faire cuire sur le feu situé dans un coin de la pièce. J'accepte un verre d'eau que pour la première fois je ne stérilise pas. Dans l'état où je suis, les barrières sont tombées.

La fièvre remonte encore le soir. Peut-être l'effet du médicament se fera-t-il sentir dans la nuit ? La vieille femme entre, sort, me parle, pose sa main sur mon visage. Elle s'occupe de moi comme d'un enfant, ou comme d'une plante, elle me secourt sans aucune gêne pour mes besoins naturels ; je n'en ai pas honte. Quand la nuit tombe elle me lave puis s'endort à l'autre bout de la pièce.

Pourquoi ce zèbre a-t-il la tête de Chhaya ? Le sari déployé cache le soleil. La mer s'ouvre pour laisser passer la queue du zèbre. Chhaya s'ouvre comme une figue, il faut y verser du lait. Une paysanne d'un village de Corrèze s'approche, rit sardoniquement, m'ouvre le ventre d'une main fine comme un couteau, en sort des déchets dont elle veut faire une galette. Le feu est si violet qu'il va brûler la lune s'il continue à monter. Le zèbre tourne autour de moi, menaçant. Je m'envole... Je suis à Paris dans un hôpital. Toute ma famille m'entoure et parle de ma mort. Quelqu'un va commander un faire-part. Toutes mes forces se tendent, je veux montrer que je peux encore bouger. Impossible ! Un infirmier m'enveloppe dans un sari rouge. Je sens le sein de Chhaya sur ma bouche. Je veux m'y abreuver. Il est en marbre. Chhaya est à l'autre bout de la pièce, elle entre dans le corps de la vieille paysanne qui m'héberge, s'approche avec une bassinoire de braises qu'elle me jette sur le ventre. Une forte lumière me plaque au sol... Ma mère m'apporte une bougie et me verse du lait dans la bouche. De toutes mes forces, je voudrais qu'elle reste. Je m'accroche à son bras... Le zèbre n'en finit pas de s'allonger. Il est maintenant aussi grand que la mer. Je sombre avec lui. Sous l'eau, je rencontre une crevette qui me ramène au rivage... Tara Michaël me dit que maître G. m'a attendu mais que comme je ne suis pas venu, il ne veut plus jamais me recevoir. Je souhaite m'expliquer. Elle m'en empêche et me montre Chhaya le ventre ouvert et, parmi ses entrailles, un nourrisson qui a mon visage. Je cherche à le prendre mais il reste attaché à Chhaya. Le bébé change de tête, devient indien, tend le bras pour me repousser... Des trombes d'eau engloutissent la plaine qui s'étend en dessous de ma maison natale. Elles montent jusqu'à la colline, emportent la maison, ma famille, tous les livres. Le sari de Chhaya reste accroché à un chêne. Les survivants se réfugient sur une montagne où nous sommes de

*plus en plus serrés. On me pousse dans un ravin. Je
tombe. Je sais que je vais mourir. Je m'abandonne,
ce n'est pas douloureux, je suis même curieux de
la suite...*

Je me réveille en sueur. La fièvre doit continuer à monter. Dans la pièce éclairée par la
lune, la vieille femme n'est qu'un tas de chif-
fon. L'insomnie dure longtemps.

Le soleil est déjà haut quand je me réveille.
La pièce est vide. La femme m'a laissé un verre
d'eau et une poignée de riz sur une feuille de
bananier.

Elle revient, je lui demande avec insistance
d'aller chercher un médecin. Elle ne comprend
pas. Je répète en vain le mot. Je lui montre le
flacon du médicament. Elle fait non de la tête.
Elle sort.

Après de longues heures pendant lesquelles
je me sens de plus en plus brûlant et de plus en
plus faible, elle entre avec une espèce de policier en short kaki troué qui baragouine un peu
d'anglais. Je lui dis que je veux un médecin. Il
ne comprend pas non plus. Je mime les gestes
qu'accomplit un médecin sur un malade. Il se
met en colère, me demande mes papiers puis
inspecte méticuleusement mon sac à dos en
disant qu'il y a sûrement de la drogue. Il déballe
tout sur le sol en terre ; je n'ai plus la force de
réagir. Quand il veut me fouiller, la vieille l'en
empêche avec autorité. Heureusement, car mon
argent est dans la poche intérieure de mon pan-

talon, il n'aurait jamais compris que je puisse avoir sur moi une telle somme. Je lui donne un stylo à bille, il se confond en remerciements. Il veut boire du thé avec moi ; je me force ; puis il s'en va en prononçant des mots gentils.

Le soir la fièvre est aussi forte. Je ne souffre pas, je sens que je me dissous. Je n'arrive même plus à parler. D'ailleurs, que ferait un médecin si je finissais par me faire comprendre ? La seule chose raisonnable serait qu'une voiture me conduisît à l'hôpital de Pondichéry mais suis-je transportable ? Et puis, je n'ai pas envie de retourner là où rôde l'ombre qui m'a altéré.

Au milieu de la nuit, dans un trou d'angoisse et de solitude qui me redonne un peu de volonté, je décide de prendre une dose des antibiotiques de ma petite pharmacie. La terre de l'Inde ayant refusé ce que je lui demandais, je me tourne vers ma maison.

Je me réveille tôt avec de nouvelles douleurs dans le ventre. La paysanne s'occupe de moi, y mettant la même familiarité que si elle me connaissait de longue date. Quand elle n'est pas contente parce que je ne mange pas, elle m'engueule. C'est vrai, nous nous connaissons depuis toujours.

Il pleut dans l'après-midi. Je ressens de la fraîcheur. J'ai envie de manger un peu plus. La paysanne en rit de bonheur, elle se met à parler toute seule.

Le soir, je me lève. La paysanne me tâte en poussant des cris de joie. Je tremble en marchant. Je sors une minute par nécessité. Je redécouvre les odeurs vertes de la nature.

Pour la première fois je dors pendant une vraie nuit sans faire de cauchemars.

Je me lève à nouveau, je vais faire un tour sur la colline humide. Il serait facile de trouver un car pour Pondichéry mais je reste, sans savoir pourquoi. Je n'ai presque plus de fièvre, je retrouve les sensations habituelles de mon corps bien que je sois courbatu. J'ai de violentes brûlures à l'estomac, dues probablement aux épices de la nourriture de la vieille. Je ne sais pas lui demander du riz nature. Je ne mange plus que des galettes et je bois du lait.

Deux jours de convalescence et me voici prêt à repartir. À l'aide d'une image, l'Indienne m'explique que c'est Krishna qui m'a guéri. C'est vrai quelque part mais comme il est joueur il est passé par le biais des antibiotiques. Pas facile de quitter le port.

Arrive l'heure du départ. Effusions, tapes amicales. Après avoir hésité, je me décide à tendre un billet à ma sauveuse. Elle est effrayée par la somme qui ne correspond qu'à quelques kilos de pain chez nous. Je lui en propose la moitié, elle ne veut toujours pas. Je lui propose des cadeaux, elle accepte un mouchoir et un petit savon. Comme je l'ai vexée avec mon sale argent, je lui montre que j'ai encore besoin d'un jour de repos. Elle semble heureuse.

Le soir, j'essaie de lui faire comprendre que je veux l'emmener manger au village. Elle finit par me suivre. Dans une espèce de guinguette poussiéreuse et colorée où se déchaîne une radio diffusant de la pas trop mauvaise musique, je commande un bon dîner avec du riz, des beignets, des galettes et différents currys de légumes. D'abord très gênée, elle finit par se détendre quand j'arrive à lui dire, par l'intermédiaire d'un jeune garçon qui parle anglais, que c'est une tradition de mon pays d'offrir un dîner à celle qui vous a reçu. Elle mange avec un appétit qui fait plaisir. Ensuite elle raconte mon aventure à toute l'assemblée qui écoute d'une seule oreille. Elle répète les mêmes phrases où reviennent « Krishna, Krishna... » Elle ne cherche pas à savoir d'où je viens ni qui je suis. Cela n'a effectivement pas d'importance.

Nous remontons ensuite vers notre maison comme deux membres d'une même famille.

*

À force d'adoration et de macérations, un sage très vénéré obtint un jour de pouvoir rencontrer Dieu.

— Pourquoi ne parles-tu plus aux hommes ? lui demanda le sage.

— La création m'a échappé, je n'ai plus de pouvoir sur les hommes, répondit Dieu.

De retour sur terre, le sage est pressé de questions. Chacun veut connaître de lui le message de Dieu.

— Il n'y a rien de changé, dit le sage.

Il se remit en prière.

VI

LES GOUROUS
DE PIERRE

*C'est une bonne chose que le sel ;
mais si le sel perd son sel, avec quoi
l'assaisonnerez-vous ?*

Ayez le sel en vous-mêmes.

MARC 9,50.

Tiruvanamalai

Du train, on voyait le paysage se préparer à un changement. Sur la terre rouge brique il y avait une ou deux pierres et toujours des rizières puis, au fur et à mesure que nous nous élevions de la plaine, les rochers se faisaient plus nombreux, la terre devenait stérile. Ces rochers pointus étaient parfois disposés sur fond de ciel comme ceux des jardins secs japonais sans la concentration, sans cet effet de recréation qui émane d'un espace clos ; la différence est de taille. En Inde, rien n'est jamais clos, ni les réincarnations des dieux, ni les légendes, ni la nature, ni un poème, ni une croyance, ni une maison, ni une famille. Jamais de limites, de cadres ou de point final. C'est une des raisons de son exceptionnelle capacité d'absorption. Pour avoir une vue d'ensemble, il faut y mettre du sien.

Plus les rochers se resserraient, plus mon cœur se serrait à la pensée de la paysanne.

Dans cent ans, exactement le 15 janvier 2079 à 10 heures (heure locale), si mon langage a encore un sens, j'aimerais pouvoir être entendu ne serait-ce que par une seule personne qui n'aurait aucune certitude sur l'essentiel, c'est-à-dire sur la mort ; j'aimerais lui dire ceci :

Il y a cent ans je suis arrivé hier à Tiruvanamalai avec mon sac, un corps affaibli et vidé, je l'espère, des vains désirs. J'avais voyagé pendant une journée dans un paysage vert et rouge de rizières gorgées d'eau et de palmiers, suivis de terres incultes où se dressaient des pierres descendues du ciel. Je ne pensais pas ; j'écoutais le train, je regardais les nuages se défaire et se reformer. Je n'étais nullement indifférent, je sentais l'équivalence de toute chose. Pour moi c'était nouveau ; pour vous, c'est soit incompréhensible, soit évident. À l'époque, nous étions dans un entre-deux qui ne me semblait pas devoir durer longtemps. Dans la gare, de pauvres hères affublés comme nos gueux du Moyen Âge s'étaient précipités pour me proposer des services que j'avais dû décliner avec, hélas, une certaine dureté par impuissance à faire quoi que ce soit pour eux. Ce *hélas* doit te sembler le signe d'une déficience de caractère ou d'une légèreté à l'égard d'une misère que mon inaction cautionnait, ou bien tu t'en moques, c'est peut-être l'hypothèse la plus plausible.

Je m'étais assis pour regarder ces hommes et ces femmes que je ne comprenais pas. Une fillette gracieuse de gestes et de sourire, habillée d'un tissu sale dont les trous laissaient voir le ventre gonflé par la malnutrition, avec des cheveux teigneux, des pieds nus et cornés et une blessure au mollet que des mouches suçaient, s'était approchée pour me vendre des mandarines. Elle les portait dans un ample panier de corde. Pour une roupie, elle m'en donna trois. Elles étaient juteuses, sucrées, pleines du goût pur d'un arbre resté naturel. J'en avais acheté trois autres pour les donner à des enfants misérables qui, de loin, me dévoraient des yeux. Aussitôt, j'avais été entouré d'une ribambelle de gamins criards. J'avais dû me lever et faire signe que c'était fini en laissant des regards avides et hâves. Une autre vendeuse de mandarines, un peu plus âgée, aussi misérable, s'était approchée de moi. D'une main elle retenait son panier contre sa hanche et, de l'autre, portait un enfant d'une quinzaine de mois. Elle m'avait tendu cinq mandarines pour une roupie. Je les avais prises. Comme elle se penchait, j'avais vu ses seins en amande, j'en avais reçu honte et plaisir. Elle s'était éloignée. L'enfant s'était alors mis à téter fébrilement ses seins encore stériles par-dessus le tissu crasseux de son sari. Elle avait repoussé sa tête comme on repousserait une mouche. Il avait recommencé. Elle l'avait laissé faire ; il lui avait envoyé des coups de

273

pied ; elle l'avait arraché de sa poitrine. Je m'étais levé pour donner un quartier de mandarine à l'enfant affamé, il l'avait refusé. La fille l'avait mangé avec rapacité. Je m'étais rassis. Je m'étais alors rendu compte que la première fillette ne me quittait pas des yeux. Quand je l'avais regardée, elle avait pris peur et s'était éloignée. À distance, d'une main hésitante, elle m'avait tendu une puis deux mandarines pour se rattraper. Je lui avais fait un signe voulant dire : mange-les ! Elle avait regardé autour d'elle, était allée se cacher derrière des ballots de paille, les avait englouties. Elle était revenue vers moi en m'en tendant trois : *one rupee !*

C'était il y a cent ans, à l'instant.

Maintenant, loin d'elles, mon dessein est de pouvoir me rendre à pied à l'ashram de Sri Ramana Maharshi. Les rickshaws que j'ai questionnés à la gare m'ont dit qu'il était loin, hors de la ville, que je serais incapable de le trouver sans leur aide. Mais justement je veux y arriver seul et debout malgré l'heure tardive et la fatigue de la maladie. Je me rends d'abord en pleine ville au grand temple d'Arunachala, espérant trouver dans la foire sacrée un brahmane compatissant, denrée rarissime. Après des tentatives vaines, une espèce de swami-sadhou-et-rien-du-tout m'accompagne derrière l'enceinte tumultueuse pour me montrer un sentier qui monte dans la montagne. D'un geste autoritaire il me signifie d'y aller. La grimpette était plutôt dure il y a cent ans avec mon sac sur le dos et la journée de train dans les reins. Plus je monte, plus je me sens happé par la montagne, par les roches encore au soleil alors que je suis déjà dans la pénombre.

Je débouche dans une sorte d'oasis de verdure où se cache un ermitage à côté d'une source d'où la vue embrasse la ville serrée autour du temple. La nuit tombe vite. Je m'empresse de continuer à monter avec l'espoir, derrière chaque rocher nouveau, d'arriver quelque part. J'aboutis à un chaos de roches devenues brunes. D'ashram point, d'indications non plus. Comme la nature est redevenue pelée, je dois être très loin de toute habitation. Le vent siffle, de petits oiseaux de proie tournent dans le ciel, un rocher sombre retient mon attention. Il serait trop dangereux de continuer à la lampe électrique — pour arriver où ? — et ce n'est certes pas le moment de dormir avec ce vent en compagnie de rochers hostiles, de la lune trop perçante et du grondement de la nuit. Je redescends à l'ermitage qui est accueillant et où je puis installer une couche protégée.

Une nuée de papillons blancs me fête au réveil. En mangeant une mandarine, je pense à la fillette de la gare aux seins lisses. Ce sont ses arrière-arrière-arrière-petits-enfants qui naissent à ton époque — dans quelle Inde ? Est-il possible qu'aient disparu les saris, les fêtes, les attentes, cette vieille société agraire immobile en face de ses dieux où se résument toutes les passions et toutes les aspirations ?

Je remonte au col venteux où je suis à nouveau retenu par un sommet de la montagne. J'avance dans une combe pleine de caillasse. Alourdi par le sac, mon pied n'est guère sûr pour passer d'une roche à l'autre. Enfin, j'aperçois un chemin qui descend vers l'autre versant. Je le suis, je réveille mille papillons. J'entends le tintement d'une cloche qui me guide vers des bâtiments entourés de beaux arbres. Ce ne peut être que l'ashram. Je pousse la porte d'une barrière, j'entre dans l'enclos où je suis interloqué par le petit bâtiment en marbre blanc du *samādhi*[*] d'un chien. Pourquoi pas ? Un swami en robe orange sort de l'ombre, il me souhaite la bienvenue avec une voix douce. Je lui explique mon périple. Il m'apprend que la route qui va de Tiruvanamalai à l'ashram contourne le sommet, et que tout le monde la connaît. Je lui dis qu'il est peut-être bon que j'aie fait tout ce trajet inutile et passé cette nuit seul dehors avant d'arriver. Il me demande pourquoi, me répète qu'il est très facile de venir par la route. Je lui dis que j'ai été attiré par la montagne. Il me dit qu'il n'est pas normal de dormir dehors alors qu'il y a ici des maisons pour les hôtes. Je

---

* En Inde, on ne brûle pas les corps de certains maîtres particulièrement vénérés. On dresse un monument funéraire autour de la tombe, appelé *samādhi*, du nom de l'état d'union divine que connaissent certains « saints ».

lui précise où j'ai dormi. Il s'agit effectivement d'un ermitage où le maître, Ramana Maharshi, avait coutume de se retirer. Le swami n'est pas content. On peut visiter ce lieu mais non point y dormir. Ce lieu était un lieu de retraite pour le maître, il y recherchait la solitude, ce n'est pas un endroit pour dormir, insiste-t-il. J'entends ! mais justement, s'il y a laissé des vibrations, pourquoi ne pas en profiter ? Avec patience, le swami reprend sa litanie.

Puis il me demande de l'accompagner dans une pièce pleine de vieux dossiers et de lettres. Nous nous asseyons au sol. Je remplis des formulaires, il me donne la clé de ma chambre, sourit, me souhaite la paix.

J'imagine toujours le lecteur solitaire d'un autre temps. Comment lui dire ce mélange de bonheur et de déception devant cet accueil ? Comment lui dire qu'il y avait encore, rivé à l'âme, l'espoir qu'il y aurait quelque part en Inde un homme pour dire : « C'est toi. »

Ma cellule est propre et sombre. Elle est propice au cheminement vers l'intérieur.

La méditation se pratique sans guide, dans une pièce très claire où le silence n'est troublé que par les attaques redoutables des moustiques. Les repas se prennent en commun. Les « retraitants » sont assis en deux rangées face à face. On nous sert du riz et des légumes sur une feuille de bananier. Nous mangeons avec la main droite en silence. Face à moi une Américaine entre en extase entre deux bouchées. À côté, un digne professeur suisse allemand se lèche méticuleusement les doigts. Une Indienne en sari bleu est la seule à oser redemander d'un plat à un serviteur. Les Occidentaux, qui sont en majorité, se comportent en général avec une bonne dose de componction, en dehors du Suisse qui est dans ses pensées. Après le repas, il y a un peu de parlotte. Ainsi apprend-on, si l'on veut, la petite histoire de chacun, ce qu'il recherche ici et, surtout, ce qu'il y ressent. Le *I feel* est au centre de ce petit monde aux aguets de la moindre sensation nouvelle. Je me retire.

Dès qu'elle le peut, ma tête se tourne vers le sommet où s'accroche le soleil du soir. Dans sa contemplation, mes pensées se vident. Je me sens plus léger. Si une inquiétude survient à cause de l'absence de la personne humaine par qui j'attends d'être guidé, le rocher s'illumine : « je suis là ! »

Les moustiques m'accaparent, que je sois dans la salle de méditation ou dans ma chambre sans ventilateur ni moustiquaire. Dans les chambres où j'avais une moustiquaire autour de mon lit, j'ai vu des moustiques se poser sur le voile et me regarder comme les enfants pauvres regardent l'étal d'un magasin.

Ici, comme je n'ai plus de crème protectrice et qu'il est impossible de s'en procurer, je me suis mis à colmater toutes les ouvertures de la chambre avec des journaux, du papier collant et des vêtements pour le dessous de la porte. Quant aux six ou sept prisonniers qui restent, je les condamne à mort. Je m'installe sur une chaise, j'attends. L'appétissant appât fait son effet, les voici. Clac ! Clac ! Deux cadavres. Nouvelle pose de sphinx, nouvelle musique de mon bourreau. Clac ! Il s'échappe. Je recommence, il recommence, mais dès que je porte les yeux sur lui il s'élève d'un léger coup d'aile et disparaît avec une maîtrise absolue. Je ne puis m'empêcher d'admirer son vol de grand seigneur, sans effort apparent, sa manière de poursuivre son but avec l'air de ne pas y toucher. Jamais un mouvement nerveux. Vous approchez vos mains, il regarde ailleurs, baguenaude ; vous êtes tendu, vous frappez, fi donc ! il a à peine dévié sa route pour ne pas rencontrer la vôtre. Du grand art. Si vous êtes couché sous un drap en ne laissant qu'un petit espace pour respirer, il ne lui faut pas longtemps pour le trouver mais, évidemment, il ne s'y aventurera que lorsque votre attention sera assoupie. Le coup de l'attente sur la chaise, par exemple, n'a réussi que pour les plus balourds qui, de toutes les façons, dans un pays comme l'Inde avec une telle concurrence, ne seraient pas allés bien loin. Les autres savent quand je les observe. La preuve c'est que, las de les guetter, j'ai laissé vagabonder ma pensée et qu'ils sont arrivés aussitôt, et repartis aussi vite que mon attention est revenue.

Donc il y a un lieu de communication. Je le savais, mais le moyen de l'atteindre ? C'est devenu une question capitale : faute d'une issue, je devrai quitter l'ashram.

Une heure de concentration, en vain, pour communiquer au-delà de leur faim. Me manque-t-il la clé, ou le dessein est-il par nature voué à l'échec car c'est *avec* leur faim que je devrais communiquer ?

J'adopte une autre attitude. Je m'abandonne, je suis prêt à leur offrir quelques gouttes de sang. La seule condition que je pose est d'avoir ensuite la paix. Une nouvelle heure passe, six piqûres (visage, mains, pieds) ; je me couche.

Un temps. Puis un moustique, puis deux, puis cinq...

*

Je retourne souvent dans la combe de pierre vers le sommet de la montagne, là où la nuit m'avait arrêté à mon arrivée. J'y passe de longs moments sans rien faire, sans penser à rien, je crois.

Pourquoi les fleurs sont-elles belles ? Et si nous les trouvions belles par nostalgie de nos vies lointaines où nous étions plantes ? La beauté serait une familiarité oubliée.

Parmi les fleurs, voici l'Américaine vaporeuse. Elle s'est assise en méditation extatique, face au soleil, le visage bien huilé. Elle a les yeux fermés, la bouche et les mains ouvertes.

Toutes ces singeries (celles des autres, les miennes) parce qu'un jour (c'est-à-dire après une réflexion de millions d'années) une plante a décidé d'aller voir ailleurs ce qui s'y passait...

*

Je vais dormir sur la pente de la montagne.

Pierres, pierres, pierres — et là-haut les étoiles écartèlent la nuit.

L'union par le sommeil est souvent plus forte que l'union par la seule chair. Il est plus important de dormir avec une femme sans faire l'amour que l'inverse, bien que, en général, ce soit moins recherché.

Le sommeil ne vient pas. Est-ce la couche trop dure ou la lune trop pleine, ou mon attente trop précise ? J'essaie de marcher pour me fatiguer. Le vent siffle, s'arrête, tourne, revient férocement, s'envole vers les étoiles. Je n'arrive pas à traduire ses mots pleins d'échos.

Réveil dans la lumière tangente et parmi les nuées de papillons. Dès qu'il y a la moindre trace de terre entre deux rochers, la vie y pullule. Dans l'abrupt perce la grâce. Ce ballet d'ailes me fait oublier la mauvaise nuit. Je folâtre avec les papillons — et je sais aussi que je suis un papillon, celui-ci avec un pois rouge sur l'aile et le vol hésitant. Le fait plus difficile à admettre est que je puisse être le rêve d'un papillon. C'est un degré que je n'ai pas atteint.

Voici une pensée qui frappe sans attendre la réponse : je sais que cette nature qui m'entoure, et qui embaume l'éveil, n'est qu'un attrape-nigaud plein de séductions mortelles. Je devrais renoncer aux couleurs, aux odeurs, aux taches du soleil levant pour aller m'enfermer derrière les murs d'un monastère et me consacrer aux seuls parfums intérieurs. Abélard : « Héloïse ma sœur, jadis si chère dans le siècle. » Fleurs, papillons, si chers ici et maintenant...

*

Il y a quand même à l'intérieur de moi une intelligence qui est de beaucoup supérieure à ma capacité consciente de raisonnement.

Quand on guette, rien ne vient. Mais quand les gardes somnolent, le château est investi.

Soleil, pierres, leur jeu sans moi. Il y a là une herbe qui pousse entre deux rochers. Je mesure le temps qui passe grâce à son ombre. Quand il y a du vent, que de sautes du temps !

Maintenant un vent persistant courbe l'herbe vers un temps négatif. C'est l'heure qu'il est, une heure antérieure. Pourquoi le vent ne connaîtrait-il pas mieux le ressort du temps ?

On ne dispose pas du sommet, c'est lui.

Gérard de Nerval : « Un pur esprit s'accroît sous l'écorce des pierres. »

Il y a du vent sur ce rocher, puis plus de vent. Que reste-t-il alors de lui sur la pierre ? Saint Bernard aimait l'odeur de la pomme que garde la main.

*

Force incroyable dans le regard de Ramana Maharshi. Je tourne la photo à l'envers, Ramana est aussi présent.

Tout est dans son être ; ses écrits semblent plats lorsqu'on n'en lit que les mots.

La méditation réveille des images et des constructions dont on ignorait l'existence. C'est peut-être simplement ce que nos contemporains appellent l'inconscient. Ils parlent aussi de retour du refoulé. La méditation ne serait-elle qu'une purge ?

Les *formes* qui remontent sont peut-être aussi des réminiscences de vies qui ne furent pas les miennes, et qui restent attachées à mes cellules.

S'il y a belle lurette que la question a été tranchée en 2079, je suis fat avec mes hypothèses d'enfant de chœur.

Un Japonais shintoïste vient de débarquer à l'ashram, chaperonné par une vieille fille américaine. Il ne parle pas anglais mais son contact a été immédiat et excellent avec le swami.

*

— Je ne comprends rien à la religion hindoue.
— Il n'y a rien à *comprendre*.
Il s'en va dépité.

*

Je suis allé au grand temple de Tiruvanamalai où il y a une fête.

Écouter la musique, suivre la liturgie, regarder les vêtements traditionnels, admirer une mère en haillons protéger pieusement son enfant ou observer comment les enfants mangent, marchent ou prient... impose la certitude que depuis l'apparition de la machine l'humanité a vécu une régression. Cette pensée n'est pas réactionnaire, elle est hérétique.

Il est important de toucher les objets saints pour recevoir leurs pouvoirs. Si en Inde les enfants semblent se fabriquer sans beaucoup de contacts charnels, le culte des dieux au contraire demande beaucoup d'attouchements. Dans mes contrées d'origine nous avons la philosophie contraire.

Dans le désir universel de nier la mort, l'Inde s'est attaquée à l'origine : la naissance, tandis que l'Occident s'est préoccupé de perpétuation. Risqué.

En Occident, on dit légèrement : « mettez-vous à ma place ». En Inde, impossible. Personne n'a le même *karma*.

Une fillette en guenilles crasseuses court vers le sanctuaire. Elle tombe en arrêt devant une fille plus âgée qu'elle, habillée d'un riche sari, qui prend un air offusqué puis s'éloigne, mais la pauvresse a le temps de toucher le ruban brodé du bas du sari avant de repartir heureuse d'avoir pu recevoir tant de grâce.

Le surnaturel est beaucoup plus naturel qu'on ne le croit.

Dans un coin humide du sanctuaire, un arbre. Quelle fête ! Tous ces moustiques n'attendaient que moi, leur joie est indescriptible. Ils chantent, dansent, m'étreignent, m'embrassent. À mon tour je suis saisi par une véritable danse de Saint-Guy. Il y a une telle conviction de part et d'autre et un tel rythme endiablé que nos danses vont recréer des mondes disparus.

L'Indien pense parfois que le futur est un temps qu'on n'atteint jamais. Seul le présent recommence ; le futur, lui, reste futur. Mais les choses malgré tout finissent par avancer, on ne sait comment, et l'on finira par sortir de ce sacré *kalpa*[*].

Si les Indiens dorment si facilement même au milieu des fifres de la fête, comme ce jeune homme allongé quasi nu sur un muretin, c'est qu'ils ignorent l'inquiétude ; ils font confiance à la vie. De notre côté, nous leur apportons les bienfaits de notre civilisation névrosée sur laquelle ils se jettent à corps perdu.

La seule logique universelle est le passage de la cause à l'effet. Au sein de l'individu, avec le *karma*, les hindous ont trouvé une mécanique admirable qui intègre le conscient et l'inconscient. Nous pourrions nous décider à en étudier les rouages plutôt que de nous enfermer dans le commentaire du commentaire du commentaire de Freud.

De l'air !

La grande aventure de la fin du siècle : comprendre enfin que le progrès continu était une idée fausse.

Fausse, l'idée que l'Histoire eût un sens, fausse l'idée que le conscient fût plus créateur que l'inconscient.

[*] Fin du temps actuel.

Un jour de Brahma représente, dit un texte, 4 320 000 000 d'années humaines. J'ai donc vécu jusqu'à maintenant 0,007 seconde de Brahma. À la fin de ma vie, au mieux, j'aurai vécu 16/1000ᵉ de seconde.

On a raison de dire que la vie est courte.

« Même refroidie, la pierre à aiguiser renferme de la chaleur. » C'est ainsi que je porte la mort. Ne pas se contenter d'une parcelle de la réalité.

Mais dans le tout, il n'y a plus ni moi ni le monde, il n'y a plus qu'Un.

La qualité d'une civilisation — ainsi que celle d'un homme — et sa capacité à envisager la mort sans angoisse dépendent de la manière dont chaque personne est rattachée à un ordre qui la dépasse. Les deux tragiques expériences de l'Europe du XXᵉ siècle, nazisme et stalinisme (cela a-t-il recommencé ?), ont prouvé que ce ne peut être seulement à un ordre historique. Même dans notre époque dominée par l'argent et l'immédiat, chacun le pressent. Si quelqu'un rattaché au ciel se présente, aussitôt les regards se tournent vers lui ; il semble inébranlable et jouit d'une authentique autorité.

« J'aspirais au ciel pur, à la mer étale. Ce repos c'était la vie pour moi, alors que la vie des autres, c'est l'agitation. Et je crois que pour moi encore la vraie vie était celle qui se rapprochait de l'absence de vie sans jamais y atteindre. » Écrit de Jean Grenier dans les *Mémoires de X*, il y a longtemps, dans la seconde moitié du XXᵉ siècle.

Le Grand Pan se cache dans la montagne. Il attend son heure.

Il faut beaucoup d'audace pour rechercher la connaissance. Elle est impitoyable, elle broiera ceux qui se limitent à elle.

*

Le swami ne dit rien, la montagne est de pierre, la flamme de l'intérieur est muette, maître G. ne répond pas, la seule chose qui bouge est le temps. Je mesure à quel point vouloir se passer de lui condamne à l'effritement. Le temps use, surtout ceux qui veulent l'ignorer. Et si le temps était le maître ultime ?

Il donne du corps à tous les moyens de connaissance : la lecture, l'expérience, l'exemple d'un maître ou la nature. C'est lui qui donne au moi son extension, qui peut créer un lien entre un ascète et une grenouille.

J'ai énuméré des moyens de connaissance. Y a-t-il une hiérarchie entre eux ? Avec chacun d'eux un sommet peut être atteint, cela dépend de la place qu'on leur offre en nous. Mais peut-être qu'à partir d'un certain niveau la nature englobe les autres ouvertures. Pensée de saint Bernard : « Croyez-en mon expérience : vous trouverez quelque chose de plus dans les forêts que dans les livres. Les bois et les pierres vous apprendront ce que les maîtres ne sauraient vous enseigner. » Lettre à son ami Henri Murdach.

Les pierres ici enseignent l'effacement. Et toujours la même question sous des formes différentes : au profit de quoi, de qui ?

Ce papillon raconte une histoire avec ses ailes. Dans un pays de Grands Rites, un étranger fut un jour choisi, honneur suprême, pour être au centre du sacrifice sacré. À l'issue de la cérémonie, il devait monter sur l'autel des ancêtres, qui n'est dévoilé qu'une fois par an, et après l'ultime prière, dite prière du haut de l'âme, reprise par toute l'assemblée du peuple, le grand prêtre lui enfoncerait d'un coup dans le cœur le stylet d'or que les dieux avaient jadis offert aux hommes. Tout le monde enviait l'étranger, mais comme il venait de loin, il n'était pas préparé.

— Pourquoi dites-vous que c'est l'honneur suprême ?

— Ton corps sera embaumé puis exposé au fond du Temple. Au changement de chaque saison, les vierges viendront t'adorer.

— M'adorer ? Mais je ne serai plus là pour en profiter.

Devant une telle carence, l'assemblée des prêtres retira son privilège à l'étranger, alors chacun dans le peuple se mit à espérer que le choix tombât sur lui.

Au col apparaît l'autre versant de la montagne avec, dans la plaine, la populeuse Tiruvanamalai et l'espace vide de l'enceinte de son grand temple. Trois pas d'un côté, il n'y a que des pierres, du vent et le sommet chargé de connaissance ; trois pas de l'autre, voici la vue sur la ville, les bruits du monde, le train qui arrive au loin avec sa cargaison d'âmes.

Ta vision des choses revient me troubler. Je me dis : de là où tu es, en avant dans le temps, tu t'agaces ou ris de mes bêtises. Tu sais des choses sur la réalité spirituelle dont je n'ai perçu que des effluves. Ces choses te semblent aussi évidentes que pour nous la roue, le zéro, l'énergie atomique ou l'importance de l'inconscient. Tu trépignes, tu penses : mais comment, animal, ne vois-tu pas ceci, cela, qui sont pourtant si simples ?

On est toujours l'aveugle de quelqu'un. Peu importe ! Ce jeu d'ouverture des yeux est comme le jeu de l'ombre et de la lumière dans une forêt : ce qui est gagné d'un côté est perdu de l'autre. Le seul élément fixe est la mort, la seule certitude, l'instant.

Je pense à toi depuis que cette montagne tire sur mon âme, mais je ne crois pas que j'oriente mes pensées en fonction de toi. Ce serait encore plus vain que de faire un discours à une fourmi. Je n'ai aucune idée sérieuse de tes intérêts. Je parle d'une Inde qui n'existe plus depuis belle lurette, d'un Japon qui a peut-être renié ses racines, ou les a si bien retrouvées que mes étonnements étaient du Bouvard et Pécuchet, j'ai été fasciné par des femmes proches encore d'un principe et, à tes yeux, j'en ai parlé comme Rousseau du « bon sauvage ».

Et cet Occident qui revient sans cesse ? Est-ce pour toi l'exemple même d'une généralisation risible ? Et ces liturgies qui m'habitent, les as-tu mises en musée ? Et ce Malraux n'est-il pour toi que le souvenir de l'intellectuel du dernier village comme nos grands politiques du xxᵉ siècle furent les derniers chefs de la fin du monde agraire ? Et ce maître que je cherche en vain, as-tu remplacé son enseignement par quelque pilule adéquate ? Et mes rêves qui me poussent ici ou là, les as-tu si bien décryptés que je te semble aussi ignare que les médecins de Molière ?

Et si tout a sauté, mes vaines questions sont parties dans l'espace vide. Ce serait un coup à rabaisser définitivement nos orgueils démesurés !

Malgré tout je *sais* quelque part que nous avons en commun cet instant où s'unissent les chairs d'un homme et d'une femme, la progression du plaisir dans les cellules avant l'explosion où semblablement la vie se refait, la vie complète et totale dès le germe. Ou ceci : un papillon perdu dans les hauteurs, qu'un coup de vent éloigne, et qui revient, d'un coup d'aile obstiné.

Māyā, reine du monde

De retour à Madras, j'apprends que maître G. accepte de me donner son enseignement dans un mois près de Bombay.

En attendant, je pars en train pour Bangalore puis je traverse le plateau du Karnataka pour Arsikere d'où j'arrive à trouver une correspondance vers Hassan. Les grands arbres isolés du Karnataka renforcent la lumière du soir.

Des multiples visites sur le plateau coloré, je retiens cette image : à Belur, sur le sommet d'un *lingam*, il y a une fente dans laquelle on peut glisser une pièce. Cette inversion est-elle une forme de yoga sexuel ? Comme cela ne suffit pas encore, de la clé de la coupole descend une sculpture en forme de *lingam*. Là, dans le fond du temple, s'élève un mur nu, sans rien : un silence dans une musique.

De Hassan, et grâce à la bienveillance de quelques bus tenus par des bouts de ficelle, je finis par arriver avec la nuit à Shringeri, un *mathah* dans la tradition de maître Shankara.

On m'y donne une chambre.

Le lendemain matin un jeune et souriant brahmane en robe de swami me conduit à sa chambre où il me fait signe de me doucher puis d'attendre. Je me douche, j'attends.

Shringeri est une des dernières « écoles philosophiques » où se transmet à des enfants de la caste des brahmanes l'authentique tradition védique. À l'intérieur de la vaste enceinte, il y a plusieurs temples avec des ghats sur les bords d'une rivière, des salles de classe, des dortoirs et un réfectoire pour les élèves, des maisons pour les maîtres, une hôtellerie pour les parents et les visiteurs et, de l'autre côté de la rivière, de beaux jardins qui entourent des bâtiments réservés à l'actuel Shankaracharya, qui descend d'une lignée de maîtres ininterrompue depuis le IXe siècle, époque où le mathah fut fondé par Shankara lui-même.

Dans ce lieu traditionnel où le temps semble figé, nul n'apprend l'anglais mais mon prêteur de douche revient accompagné d'un ancien homme d'affaires qui a fait ses études aux États-Unis, où il a eu l'occasion d'avoir des conversations avec Einstein sur la philosophie hindoue. Une fois sa dernière fille mariée, il a choisi de venir passer le troisième stade de sa vie en retraite dans ces lieux saints. Pendant mon séjour il sera un guide bienveillant quoique trop bavard, voulant tout m'expliquer tout de suite sans laisser au temps le temps de mûrir. Grâce à lui, j'ai pu assister à une classe de récitation du Veda, au grand étonnement des enfants dont l'attention se relâcha.

Il faut comprendre que l'acquisition de la Parole sacrée donne des pouvoirs sur l'ordre du monde et sur soi, puisque les deux sont liés. C'est pourquoi le Veda est appris scrupuleusement, comme une formule chimique, et que l'on pratique même sa récitation à l'envers comme on referait un calcul à partir du résultat.

On le sait, l'initiation est au cœur de la civilisation indienne. Celle-ci ne s'est maintenue — d'une manière unique dans l'histoire universelle par sa durée — que par cette transmission du savoir de maître à disciple. Ce ne sont pas les techniques modernes qui menacent l'Inde, c'est l'abandon de la transmission.

Global est l'enseignement traditionnel. Il concerne le caractère, le corps, l'esprit, la mémoire et même l'esprit critique : il y a des séances où l'élève doit remettre en question les affirmations des Veda. Bien sûr, le maître a réponse à tout ; des traités ont déjà prévu les contestations possibles. Le Veda est une vérité comme l'est la vérité mathématique et, comme elle, fait appel à des preuves par l'absurde. Il ne s'agit pas d'une croyance parmi d'autres, il s'agit de la vérité qui englobe toutes les connaissances. Il serait aussi fou de lire le Veda sans y être préparé par une initiation qui donne savoir et disponibilité intérieure, que de manier au hasard des particules dans un laboratoire. Mon guide à qui je soumets ces comparaisons n'est pas d'accord. Pour lui, la science est une vérité éphémère, sujette à évolution, alors que le Veda a été révélé une fois pour toutes, pour toujours. L'affaiblissement actuel de la croyance est lui-même inclus dans la théorie des âges du monde ; il le regarde comme une étape nécessaire. Cela ne l'empêche pas de m'accueillir et de me mettre en garde contre les faux enseignements, mais il ne fera rien pour éviter la désagrégation.

Comme Pascal, Shankara a fustigé ceux qui se contentent de la connaissance : « Le sens réel du Veda ne pourra jamais être compris, même en cent années, par ceux qui prétendent être savants. »

Le soir, j'apprends que, mis au courant de ma présence, le Pontife me recevra le lendemain.

C'est-à-dire maintenant. Je me rends chez lui en compagnie de mon guide qui sert d'interprète. Dans le hall d'attente on me dit que le Pontife a l'esprit large puisqu'il m'autorise à garder une chemise, alors que les Indiens doivent se présenter torse nu ; l'on m'indique comment je dois m'incliner devant lui et l'on me rappelle que je ne dois en aucun cas le toucher : ce serait un sacrilège qui lui demanderait de longues purifications.

Il est assis au sol, entouré de disciples et d'intendants à qui il donne ses instructions. Il possède un visage assez expressif, un regard vif, des gestes rapides bien que ses doigts soient courts. Au silence qui s'établit à mon entrée, je constate que ma visite intrigue. Je m'attendais à plus d'indifférence. Le Pontife commence par se gratter le nez avec des doigts dansants, il crache puis demande à mon guide des explications sur moi. Me voici décrit par des phrases en kannada qui n'en finissent pas. Quand le Pontife semble lassé du flot, il demande si j'ai des questions à poser. Je dis que je m'intéresse à Shankara par le peu que j'ai pu lire de lui en traduction. J'indique que je suis allé à Kanchipuram rendre visite à l'autre Shankaracharya et que je suis très honoré maintenant d'être ici. Colère du Pontife qui regarde mon guide comme s'il lui demandait pourquoi il m'a amené devant lui, et qui se lance dans une diatribe des plus vigoureuses. Je finis par comprendre que les deux filiations sont rivales. Quelles sont les différences ? Elles sont claires : il n'y a qu'un seul descendant légitime de Shankara, il est ici ! Mais encore ? Le Pontife me dit de passer à une autre question puis il rote.

Me voici comme un Persan venu en Avignon au XVe siècle demander au pape des éclaircissements sur le Christ et qui aurait le malheur d'évoquer sa visite à Rome. Une autre question donc : à quoi sert d'apprendre le Veda à l'envers ? Il se rassérène, me dit que c'est pour développer la mémoire. Les paroles du Veda dites à l'envers ont-elles un pouvoir sur l'ordre des choses ? Non ! Autre question : Shankara a condamné le ritualisme excessif, disant que Dieu n'en avait cure. Or, ici, dans le temple, j'ai assisté à des dévotions qui frôlaient la superstition. C'est exact, admet le Pontife qui enfin sourit, mais ces dévotions sont pratiquées par le peuple, non par les élèves de l'école. Chacun ne peut atteindre le divin que selon son niveau. Le rituel permet une première approche, ensuite on peut s'atteler à la recherche de la vraie Connaissance (*Jñāna*). « Ensuite, est-ce dans une même vie ou dans une autre vie ? — Dans une autre vie. — Peut-on définir *Jñāna* ? — Évidemment. C'est la Connaissance de l'unité de l'*ātman* et du *brahman*. — Est-ce tout ? — Oui c'est cela la Connaissance. — Le *neti neti***** s'applique-t-il à l'*ātman* aussi bien qu'au *brahman* ? — Évidemment puisqu'il n'y a pas de différence entre le *brahman* et l'*ātman*. — Notre dialogue est-il une *māyā* (illusion) ? » Le Pontife rit et fait partager sa joie à tous ceux qui sont assis autour de lui. « Tout est *māyā*, tout est *māyā* ! » répète-t-il en dodelinant puis il récite des paroles du Veda qui sont reprises par ses proches. À la fin il me fait signe que l'entretien est terminé ; il me tend une orange. Je lui dis : « *Yes, it is* māyā, *but good !* » Il semble interloqué par cette sorte d'humour assez peu

---

* *Neti neti :* pas ainsi, pas ainsi. Raisonnement apophatique qui consiste à refuser de parler du *brahman* autrement que par négations.

indien et, en fin de compte, aussi inutile que ces sortes de questionnaires.

Dehors un groupe d'enfants des environs attend assis sous la véranda. Ils sont torse nu, ont de huit à douze ans et se tiennent en silence. Un swami vient les chercher. Toujours aussi silencieux, ils se lèvent pour entrer dans la pièce où le Pontife reçoit. Ils savent, eux aussi, qu'il ne faut pas le toucher. Les impuretés se transmettent si facilement ! Son pouvoir, dont tout le monde peut profiter en l'approchant, vient justement du fait qu'il n'est pas souillé par le monde.

Après un dîner solitaire, je vais me promener du côté des classes. Les élèves me fêtent partout où je passe et ce n'est pas toujours du goût des professeurs. Je dois être la tentation vivante d'un autre monde. S'ils savaient combien ce monde clinquant est blessé ! Je retiens un visage : un enfant plus concentré que les autres, aux traits plus durs. Fort de ta formation, puisses-tu un jour te dresser contre la décadence pour affirmer l'Inde dans sa permanence renouvelée ! Je suis sûr, enfant, que l'Inde ne pourra être relevée que par un traditionaliste qui saura préserver l'essentiel tout en renversant les idoles inutiles, à l'exemple de Shankara qui a rénové l'hindouisme et l'a rendu à ses sources en bousculant les prêtres et en intégrant l'acquis du bouddhisme.

Le jeune garçon n'entend point mon tout intérieur prêchi-prêcha. Il me suit jusqu'à un temple où j'essaie de lui faire comprendre combien j'aimerais qu'il me récitât un hymne védique. Il comprend et refuse ; puis il me prend la main pour m'emmener dans un coin du réfectoire où il accepte alors de psalmodier la Parole sacrée. Tout son être est pris par le rythme : sa respiration, ses muscles, ses yeux ; je sens au fond de lui une couche où je n'ai pas accès. Lui qui ne croira pas à l'Histoire, par quoi pourrait-il être motivé pour abandonner sa culture, renoncer à sa fusion avec l'Absolu et aller se perdre dans une réalité qui est le rêve d'un autre ?

Je mange l'orange illusoire sous les étoiles. Son arôme acide et sucré se mêle à la traînée blanche des mondes qui se consument.

Dans ma chambre, une pensée de Shankara : « On s'éveille bien d'un rêve, étonné d'avoir pris pour vrai ce qui n'est qu'une illusion. De même, il faut s'éveiller de l'état de veille. » Puis je m'endors.

Promenade de l'autre côté de la rivière où s'étendent des terres cultivées qui font vivre le mathah. Les paysans, de peau assez noire, m'accueillent avec bonhomie.

Je rentre avec l'espoir de revoir mon ami écolier, Jeanne d'Arc en toge. En pensant à lui, je me dis que l'Inde est une civilisation peu conservatrice au regard des nôtres. On brûle les corps sans vouloir en garder souvenir, on cherche à se débarrasser de son *karma* et on ne garde pas trace de l'Histoire. En Occident, nous avons des coffres pour y enfermer le temps. Ici, le temps passé comme les vies passées ou les empires fanés sont voués à l'oubli. Seul pieu fixe dans le fleuve : on récite encore le Veda comme il y a trois mille ans.

Retour au mathah avec les premières traînées de la nuit. J'y attends mon ami. Le voici. Comme hier il me conduit vers le réfectoire, comme hier je me laisse emporter par la musique des mots, comme hier je le remercie en m'inclinant. Contrairement à hier, il tend la main pour avoir un cadeau. Ce n'est rien, ce n'est qu'une gaminerie, elle suffit à un retour du cycle noir.

Je vais m'isoler sur les dernières marches des ghats, dans les roucoulades de l'eau troublées par d'affreux coassements qui n'arrangent pas mon humeur. L'eau qui s'infiltre, qui viendra inéluctablement jusqu'ici, est celle d'un monde qui rejette l'initiation. Cet îlot de Shringeri replié sur lui-même est un éclat brisé de la sphère qui a sous-tendu la civilisation de l'Inde, éclat qu'on finira peut-être par protéger comme une pièce de musée. On a partout supprimé les élites au nom du peuple mais d'autres modèles, manipulés par l'argent, se sont empressés de combler la place vide encore chaude.

C'est gai ! Je me suis tapé des milliers de kilomètres dans des trains et des bus qui n'avançaient pas, des dizaines de nuits sur des planches en bois, des dysenteries épiques, des combats inégaux avec des moustiques qui n'avaient pas conscience de la mort, des repas de riz, puis de riz et encore de riz, je me suis payé une union ratée avec une ombre, je suis tombé malade sur la terre d'une masure, j'ai cherché en vain un maître qui n'existe peut-être pas, j'ai dû accepter une montagne comme gourou, j'ai dû supporter mon impuissance devant les enfants décharnés, les mères sans lait et les hommes que la pauvreté rend veules, tout cela pour quoi ? pour constater que ça ne va pas très bien en ce moment dans le royaume des hommes et que pour détruire les mythes vivifiants que nous prenions pour des illusions, nous en avons imposé d'autres, qui, eux, sont stériles.

Soudain le crapaud s'est tu. Le silence m'enveloppe maternellement et soudain ma colère me semble lointaine, un point au bout d'une longue spirale, et puis plus rien. Est-ce seulement le silence ? J'ai aussi le souvenir d'une présence qui aurait empoché mes diatribes pour me libérer d'elles. Je tâtonne contre les parois de la spirale pour essayer de retrouver trace de la présence. Il n'y a plus qu'un mur lisse. Peu importe, je suis apaisé.

Je vais marcher le long de la rivière. Elle n'est plus noire, elle est argentée, elle n'est plus l'image de notre monde cassé qui s'écoule jusqu'aux sables, elle est ce qu'elle est, et je n'ai pas à en être affecté. Les qualités et les défauts du monde, qu'y puis-je ? Ce temps n'est ni bien ni mal, il est. Je m'éloigne de la lumière du temple qui surplombe les ghats. Je monte sur une falaise. Je marche librement en ouvrant les bras. Je suis heureux. Je trébuche sur une pierre. En un éclair je vois la montagne de Tiruvana-malai puis elle disparaît dans la spirale. Je m'agrippe au rocher, une jambe dans le vide. Je regagne à genoux un coin stable. Ma paume est écorchée. En bas l'eau coule dans l'indifférence. Les coassements reprennent. Je m'amuse à écrire deux lignes pour un journal de mon pays : « Il est mort à Shringeri en tombant dans la rivière sacrée par une nuit sans lune. On n'a retrouvé de lui que son bâton. »

L'ego se porte bien.

Bonne nuit, les crapauds.

Le royaume mort-vivant

Hampi, capitale du royaume de Vijayanagar, est actuellement le plus grand site archéologique du monde avec Angkor. Après plusieurs mois de voyage, de joies et de déceptions, de temples animaliers, d'arbres biscornus, solitaires ou transparents, de roches petites et grandes, de lunes acides ou coulantes, de portes étroites, murées ou béantes, après m'être perdu dans le fouillis des villes de l'itinéraire construites à l'image de nos propres méandres, après des nuits, des aubes, des oiseaux moqueurs et des papillons blancs, je me croyais blindé du côté des émotions neuves. Et me voici, vierge, devant cette conque de rochers où somnolent trois cents temples, me voici joyeux tant la beauté de Hampi est forte.

Fondé ici vers 1336, le royaume de Vijayanagar sombra en 1565 à la bataille de Talikota sous les coups des armées musulmanes. Un peu plus de deux siècles de vie pour une ville éprise d'elle-même dans un des sites les plus surréels du monde. Il fallait des mystiques pour établir la vie dans ce lieu minéral. Il y a là, du centre à la périphérie, des rochers comme nulle part ailleurs. Ce ne sont pas des rochers timides, bien rangés et bien tranquilles, ce sont des milliers puis encore des milliers et des milliers de rochers composant la plus extraordinaire symphonie de formes, le plus éclatant désordre primaire, un monde figé dans une éternité vivante, illuminé par les soleils, creusé par les ombres. Des rochers ronds, des rochers pointus, des rochers à têtes d'aigles, de chèvres, de hiboux, de crevettes, à visages d'hommes, en formes de temples, de doigts, de bras, de crânes, d'ailes, de fleurs, de fusées, des rochers qui sont le monde avant sa naissance, le monde après son expérience, qui sont les croassements figés des corbeaux, le cri de la mort, l'excroissance des pensées, des rochers qui se resserrent autour du site pour ne former à l'horizon qu'une mer immense, un chaos que le soleil couchant embrase.

C'est le soir qu'il faut monter sur le Matanga, petite montagne plantée au-dessus des rizières, d'où s'enflamme cet univers pris de folie jaune et rouge, puis doucement brune, puis grise, noire, métallique sous la lune. L'on voit les structures des enceintes des temples, les rues qui ne mènent plus nulle part, les arcades, les oratoires, les sculptures éparses, les réservoirs où le riz a remplacé l'eau, le socle du palais royal, la nonchalante et généreuse rivière Tungabhadra qui arrose la plaine et, autour jusqu'à l'horizon, le relief lunaire des rochers tumultueux qui pénètrent le ciel et le transforment à son tour en rocher.

Envahie par les musulmans, la ville fut pillée, dépouillée de ses ors, puis abandonnée. Les paysans hindous revinrent ensuite cultiver leurs terres et installèrent de nouvelles cultures dans les larges allées, les réservoirs asséchés et sur les emplacements des maisons. Maintenant la canne à sucre, le coton et le riz poussent partout où il y a de la place entre les rochers et les temples.

Vie et mort sont donc enlacées, leur union est célébrée par des milliers de danseuses, danseurs, musiciens et musiciennes sculptés dans les temples. Univers du silence des pierres, univers du chant des sculptures. La musique intériorisée est d'autant plus présente que la pierre amincie des colonnes possède la caractéristique qu'il suffit de la frapper avec la main pour qu'elle produise des sons musicaux. Dans certains temples elle est usée pour avoir tant servi à charmer les oreilles des vivants. Les enfants s'y précipitent. Voici le rythme d'un tabla qui sort de cette colonne.

La vie reprenant ses droits, certains temples en firent autant, tel le sanctuaire de Virupaksha où se presse une foule colorée. Dans les oratoires, dans le centre odorant du sanctuaire, dans les anciennes cuisines, sous le gopuram ou dans la grande cour, un signe manifeste constamment le lien de l'homme avec l'ensemble de l'univers, et ce, en compagnie de singes, de corbeaux, de trois vaches, d'un chien maigre, de mendiants, de dévots, d'enfants qui se caressent, d'un sadhou en équilibre sur un pied depuis une heure, d'une mère qui allaite ou de prêtres qui officient.

*

Je suis venu à Hampi retrouver Vasundhara et Pierre-Sylvain Filliozat qui accomplissent ici des fouilles archéologiques. Les recherches sont fécondes car, hormis par les pillards, le site a été peu fouillé. Un matin, ils découvrent dans un champ de coton, sous des ronces, une enceinte et des inscriptions qu'ils ignoraient. Pour mieux lire les textes de kannada ancien gravés sur la pierre, Vasundhara les recouvre de craie afin que le creux des lettres apparaisse. Un autre jour c'est l'exhumation d'un instrument aratoire, une autre fois la découverte de bas-reliefs préservés dans les grottes et des inscriptions qui reconstituent peu à peu la trame d'une histoire morte... Un matin où nous étions de l'autre côté de la rivière, dans un site quasi inaccessible, à la recherche des tombes des rois de Vijayanagar, un des passeurs de la rivière apporte aux Filliozat une plaque de cuivre. Des lettres anciennes disent, au nom des derniers souverains, que l'ancêtre du passeur reçoit une donation en terre afin que lui-même et ses successeurs transportent gratuitement les religieux et les fonctionnaires. Le royaume s'est effondré mais le document s'est transmis de génération en génération alors que le trafic devenait dérisoire. Les bateliers sont restés au même endroit, habitent la maison de leurs ancêtres et ont gardé les mêmes bateaux ronds, recouverts de cuir, avec un cadre en rotin. On retrouve ces bateaux sur des bas-reliefs.

Le voyage en Inde est un voyage dans le temps plus que dans une autre conception du monde. J'imagine les voyageurs du siècle dernier, tout cravatés qu'ils étaient, plus à l'aise avec le rythme de vie des Indiens et leurs conceptions de la vie et de la mort, que les hippies d'aujourd'hui, costumés à l'indienne et la cervelle tartinée de Veda en *pocket book*, mais nés dans un monde coupé de la respiration de la nature. Les voyageurs grecs qui furent nombreux à se rendre en Inde, de Mégasthène à Apollonius de Tyane, l'abordaient comme un pays aux rites familiers ; ils y trouvaient des dieux comparables aux leurs et une sagesse qui ne choquait nullement leur prétendue « raison ». L'*omologoumenos ti phusei*** qu'on répétait sous la Stoa est un écho à la pensée de la *Bhagavad Gītā* : « Quel qu'il soit, celui qui agit conformément à sa nature atteint la perfection. »

On raconte des bobards sur l'Inde, sur sa

---

* « Semblable à la nature », devise des stoïciens.

culture qui serait imperméable à la nôtre. Il s'agit d'une société agricole, sédentaire et traditionnelle, avec un sens du temps cyclique lié aux lunaisons et à la mousson, un respect divin de la vie, un ritualisme pointilleux associé à un fatalisme devant les pulsions de la nature, et qui s'est préoccupé, plus que partout ailleurs, de la maîtrise du psychisme et de son pouvoir sur les éléments matériels. Qu'a-t-elle à nous apporter ?

Telle est la seule question sérieuse car, après tout, son essence ne nous importe que dans la mesure où elle peut nous changer.

Il y a d'abord la beauté, pas seulement celle de la terre ou des temples, mais celle dont l'homme s'est revêtu dans la vie quotidienne. Si je lui étais dévot plus fidèle, je pourrais oublier ici mes questions et m'abandonner à ses bras. Regarder le soleil se coucher sur un des temples du Sud tout bruissant encore de la *pūjā* est un plaisir sacré que l'homme d'Occident peut s'offrir avant la nuit qui s'annonce. Il y a aussi ce *lien* avec la globalité de l'univers, une manière de ne plus concevoir l'homme isolé, de le comprendre dans un ensemble où les différentes composantes de son humanité : corps, esprit, âme ou conscience interfèrent les unes avec les autres en un mouvement global. Même si l'Inde a perdu les secrets qui ont pu la conduire dans ces zones où l'Unité est une expérience vécue, elle garde des parfums de l'ancienne union et, qui sait ? pourrait encore nous les offrir.

Je connais les conditions qu'elle pose et c'est pour ne pas les avoir remplies que j'ai si peu avancé. Aucune progression, d'aucun ordre, ne peut se faire sans un engagement complet de l'être. L'intellect est là comme une main qui peut à la rigueur attraper le fruit. Ensuite, il s'agit de le manger.

« On n'arrive pas au Soi par des enseignements, ni par l'intelligence, ni par le savoir. Il est atteint par celui qui se dédie à lui. À celui-là, le Soi révèle sa forme. Celui qui n'a pas renoncé à l'action, qui n'a pas trouvé la paix, qui ne sait pas se concentrer, qui n'a pas réduit sa pensée au silence ne peut atteindre le Soi par la seule force de l'intelligence » *Katha Upanishad.*

*

Fête au temple shivaïte de Virupaksha. Pendant toute la journée, arrivages de mendiants très organisés, de pèlerins venus souvent de loin, de sadhous dans leur élément et de hippies toujours friands de ces sortes de rencontres. Des familles entières pique-niquent dans le temple tandis que les musiciens et les chanteurs s'installent sous un dais et sous le regard intrigué des singes. Le bruit court que le Shankaracharya de Kanchipuram est venu pour cette occasion mais qu'il se cache dans une cellule derrière le sanctuaire. En attendant de le voir, la foule nonchalante a de quoi s'occuper avec les magiciens, cartomanciens, chiromanciens et astrologues de service. Un singe saute bêtement sur le dais, deux belles jeunes filles enlacées lèvent la tête, le dais s'effondre dans l'indifférence générale, les belles jeunes filles s'enfuient. Une chiromancienne m'attrape la main par surprise. Elle m'annonce que je vais accomplir un grand voyage et que je vais me marier. Merci, la vieille, mais encore ?

— *One rupee !*

Les instruments accordés, les musiciens commencent. Ou plutôt, non, c'est la musique qui commence d'elle-même quand elle se sent prête, sans introduction, comme ça, parce qu'il y avait eu deux accords, puis trois, puis quatre, et que maintenant la musique est prête. Il ne faut pas s'attendre à ce qu'elle s'arrête, elle recommencera en partant d'elle-même, comme un serpent, comme une prière, comme les frises du temple, comme les spéculations, les descriptions, les attentes, les sentiments, les cycles. Tiens ! Voici le Shankaracharya qui vient faire un tour ; il est entouré de brahmanes qui le protègent et n'a pas l'air content ; voici un homme épanoui qui va mourir, des singes qui montrent leur cul, d'autres qui caressent leur sexe, un dieu recouvert de lait, voici les jeunes filles qui rient, le Shankaracharya qui s'éclipse, un ours qui commence à danser, un garçon qui pisse, un Indien qui se couche, un autre qu'on lave et voici aussi la nuit et, à cheval entre elle et le reste du jour, au milieu de la cour du temple, un sceptique heureux décidé à ne plus chercher midi à quatorze heures.

Coulée d'étoiles dans le ciel. Je vais me coucher sur un mur et je commence à les compter.

1 000 000 000 001… Je me réveille. Comme le ciel est immobile ! Dans la cour du temple tout dort. Les dieux aussi se sont assoupis, ce n'est pas le moment de troubler l'ordre de l'univers.

Les choses deviennent simples. Il n'y a rien d'autre que la réalité : le visible contient l'invisible. La réalité est toute dans ce temple assoupi, elle est faite de l'enfant qui naît avec sa tête de mort, du lingam et du yoni incomplets l'un sans l'autre, du silence du sage et de la foule avide, de la lune et du soleil, du dieu qui échappe, du dieu qui console, du dieu qui parle, du dieu qui rugit, du dieu qui se tait obstinément, d'un ange qui pleure, de la déesse qui se fait un collier de crânes, de ce sadhou qui s'est rapproché de l'Unité, de la déesse amante et mère, de Shiva qui danse dans le cercle de feu, qui crée, détruit, crée, détruit, crée, détruit, crée…

VII

« CE QUI SEMBLE TREMBLER AU MILIEU DU SOLEIL »

L'essence du brahman, *c'est ce qui semble trembler au milieu du soleil.*

CHANDOGYA UPANISHAD.

La chambre est petite. Elle comporte une planche de bois qui sert de lit, une table, une chaise et, face à la table, le portrait d'un saint homme au sourire édenté. J'ai posé mon sac sous la table et un drap sur le lit ; j'ai fabriqué un oreiller en entourant d'une serviette ma veste de voyage ; avec un assemblage biscornu de ficelles, j'ai monté une moustiquaire au-dessus du lit.

Depuis mon arrivée ici, il y a une semaine, je rêve beaucoup et j'ai constamment présent dans mes images du jour et de la nuit le visage d'une vieille femme, la Mère de l'ashram de la Félicité (Anandashram) où je me trouve. Je me repose de la fatigue physique due à mon long pèlerinage depuis que j'ai quitté le nord de Bombay où maître G. m'avait reçu. Chaque soir je monte sur la colline au-dessus de l'ashram pour aller vivre le coucher du soleil sur la mer de cocotiers qui précède la vraie mer de la côte du Kerala qu'on devine, comme si elle était une frange du ciel. Je retrouve la colline le matin pour assister au lever du soleil sur une plaine faite de pâturages. Il m'arrive aussi de ne pas me réveiller à temps, alors je sors de la maison et je reste sur les marches, le visage dans le soleil encore blanc. Je bois deux fois par jour le lait déposé dans une cruche et mange un morceau de pain ; à midi, je vais prendre une assiettée de riz et un verre d'eau dans un bâtiment à trois cents mètres d'ici.

Ce matin, pour la première fois de ma vie, je ne savais plus quel jour nous étions. J'ai tourné dans ma tête pour trouver un repère, en vain. J'ai été inquiet comme si ce trou de mémoire était une faille. J'ai senti monter une colère ; je l'ai observée, selon les préceptes de maître G. ; elle s'est dissoute. Puis j'ai reçu une lumière comme si un infime décalage m'avait installé hors du temps. Oh ! si peu... Je me suis retrouvé dans ma chambre du nord de Bombay, en cet autre instant où j'avais senti ce monde-ci s'ouvrir. J'ai dû lutter contre la complaisance née du souvenir de cet état. Le fait que je sois obligé d'en venir là prouve qu'il ne s'agit peut-être que d'un état psychique sans importance. Le prouve-t-il ?

Je me rends dans le temple pour l'offrande des fleurs, l'offrande du feu, les chants liturgiques ou la psalmodie de la *Bhagavad Gītā*. Chaque soir je vais retrouver la Mère, allongée sur le lit de sa chambre pour la lecture que fait le swami. En entrant et en sortant je m'incline jusqu'au sol devant elle, je reçois son regard en silence. Comme elle ne parle pas anglais, le swami m'a demandé si je voulais lui poser des questions par son intermédiaire. Je lui ai répondu que je souhaitais d'abord attendre quelques jours ; hier, je lui ai dit que je n'avais aucune question à lui poser.

Je suis venu ici avec des restes d'oripeaux. Je me suis dénudé. Je vis maintenant quasi nu. Quand je l'oublie, je fais le geste d'ôter ma chemise, et comme je n'ai plus rien à enlever sur mon corps, je reste ébahi. Inutile d'insister, la main est vide.

Au moment où le soleil s'est couché tout à l'heure, j'ai pensé : il n'est pas difficile d'être demain soir. Il est beaucoup plus difficile d'être maintenant. La nuit dernière j'ai rêvé que j'avais un trou sur le côté et que de ce trou sortait du pus. Plus je pressais le pourtour, plus il en sortait. Je me disais avec angoisse : bientôt il ne restera plus rien de moi. Je me suis réveillé. La fleur veut-elle danser ? Non, je l'importune. Elle aussi a profité du soleil jusqu'à la dernière seconde. Maintenant qu'elle n'a plus d'ombre, elle se concentre en elle-même. J'ai encore une ombre. Le silence non plus ne veut pas danser. Il n'y a que les oiseaux pour m'appeler. Il faudrait surtout avoir la générosité de la feuille qui demain matin gardera pour eux une goutte de rosée. Lallā était une mystique du Cachemire qui errait en ascète. Elle chantait et dansait entièrement nue. Elle disait : « Mon gourou ne m'a transmis que ce précepte : *du dehors entre en ton cœur*. Ceci devint pour moi, Lallā, une loi et un précepte et alors, nue, je me mis à danser. »

La nuit qui était présente sous les pierres, dans les troncs des arbres et dans les ailes des corbeaux a rompu les vannes. Voici qu'elle voudrait même éteindre la fleur. Je suis encore prisonnier des apparences ; la fleur, elle, sait qu'elle ne s'éteint pas.

Si le temps à venir est déjà passé quelque part, on peut dire qu'on rate une belle occasion de se taire.

La Mère est malade. Elle ne se lève plus guère, elle dit en souriant qu'elle va mourir dans deux ou trois ans. Elle interrompt souvent la lecture pour cracher dans une coupelle de cuivre qu'elle garde sur son lit.

Un vilain petit chat blanc, maigre et nerveux, probablement galeux, a pris l'habitude de venir me voir pour que je lui donne une part de mon lait. Il m'ennuie avec ses miaulements. Il voudrait toujours que je le caresse.

Le swami me parle de la Mère : Krishnabaï. Dieu l'a appelée alors qu'elle était encore jeune. Elle a quitté ses enfants. Quand elle est partie, ils s'accrochaient à son sari. L'appel de Dieu était si fort qu'elle a surmonté son émotion. Le swami est serein quand il raconte cette histoire.

*

Il m'arrive de me trouver emprisonné dans un jardin enfermé entre de hauts murs jaunâtres et sales. Ce jardin n'a aucune issue ; quand j'y suis envoyé, je n'ai rien d'autre à faire qu'attendre. Attendre quoi ? Il n'y a rien à attendre. Je ne puis qu'être là et trouver un divertissement pour ne pas souffrir du temps qui ne passe pas. Parfois, sans aucune raison apparente, des nuées de corbeaux noirs aux becs orange et aux cris malveillants, sorte de plainte agressive, s'abattent sur le jardin. Je sens qu'ils ont l'intention de me régler mon compte. Je suis démuni, je ne connais aucune formule susceptible de les faire renoncer à leur dessein.

Après bien des attaques qui me laissent chaque fois plus faible et aggravent ma solitude, j'ai l'intuition qu'il doit y avoir un lieu où je puisse entrer en communication apaisante avec eux. Je ne suis pas un corbeau. Après tout, comment le savent-ils ?

Cette fois-ci je les ai laissés m'écharper sans tenter aucune défense, essayant de profiter de la situation pour me glisser hors de mon corps. L'attaque facilite la démarche. J'ai réussi à creuser une fente sous la herse. La fente laisse passer un souffle qui, je crois, vient de très loin. En tout cas il est salutaire. Si j'arrivais à le suivre, je pourrais me retrouver dans ces lieux où les corbeaux n'ont plus aucune *intention hostile. Le plus difficile est de ne pas se perdre en route. Ou plutôt, de se perdre sans se perdre. Trop compliqué !*

Il y a un arbre aux feuilles rouges dans le jardin des corbeaux. Il pourrait être d'une grande utilité aussi bien contre les attaques que pour m'aider un jour à quitter cette prison. Avec lui, la communication est plus facile qu'avec les corbeaux. Je m'assieds contre son tronc, ses feuilles me servent d'auréoles, je pars vers la fente. Quand je reviens à moi, si l'on peut dire, je ne me souviens de rien, mais je suis sûr que j'ai retrouvé l'arbre en un lieu où nous avons l'un et l'autre une autre forme. La preuve : quand je le regarde maintenant, c'est comme si je me regardais.

Quand il pleut dans le jardin, bien que les pluies de mousson soient redoutables, j'en suis heureux. Je puis boire, mais l'important n'est pas là, c'est que la violence de la pluie me plaque contre la terre, la joue dans la boue. Je m'y trouve d'autant mieux qu'une feuille de l'arbre tombe et me rejoint.

*

À Anandashram, voici à nouveau l'heure qui précède le coucher du soleil. À nouveau je vais m'asseoir sur la colline pour y vivre le moment du passage. Entre la seconde où il subsiste une fine courbe rouge au-dessus des arbres et la seconde où il ne demeure plus qu'un souvenir, peut-il y avoir intrusion de l'éternité ?

« Si le tumulte de la chair en quelqu'un faisait silence,

les images de la terre, de l'eau et de l'air,
silence,

le firmament silence,

l'âme même à elle-même, silence,

— se dépassant sans même se penser —

les songes et les visions de l'imagination,
silence.

Si toute langue et tout signe et tout ce qui
devient et passe en quelqu'un faisait absolument silence... »

Comme le silence est encore habité et que je
n'ai pas envie de dormir, je me dirige vers la
mer qui est à deux ou trois milles derrière la
forêt de palmiers. Nous approchons de la pleine
lune qui apparaît plus tard dans la nuit. Les
palmiers frissonnent. Quand se tairont-ils ? J'ai
déjà la tête assez pleine du bruit de mes pas et
de mon cœur.

*

Il y a longtemps que j'ai quitté Hampi, sa
beauté réjouissante ; je suis descendu à Goa où
rien ne m'a retenu, j'ai pris un bateau pour
Bombay afin d'aller vers maître G. Sur le pont
du navire, je me suis rendu compte que, dans
ma hâte, j'avais eu la finesse de m'installer
contre une cheminée sale et chaude près de
laquelle se trouvait la sirène. Je pris le parti de

crier avec elle à chaque occasion pour éviter que l'agression ne restât extérieure.

La nuit fut lente. De jeunes Indiens chantaient ou me demandaient des timbres, une femme était étendue comme un sillon avant les semailles, un Sikh dégueulait, un enfant jouait avec sa petite verge ronde, une vieille sorcière me demandait l'aumône, la cheminée chauffait. Nous longions d'assez près la côte dont je notais les noms : Purnayad, Ratnagiri, Jaigarh, Anjanwel, Dabhal, Harnai... toutes ces vies qui n'étaient que de petites lumières. Je pensais à la Grèce ; j'en étais loin, je ne la connaissais plus. Je pensais à mon arrivée en Inde : le miracle des femmes et des temples, la danse des sens dans l'après-mousson, les premiers signes de la déception, la reprise en main, les nouvelles chutes, l'acceptation... Les images se déroulaient, il s'agissait d'une vie qu'un autre avait vécue. Je revoyais Satoko et Chhaya. « Revenir sur ses pas est impossible », dit la *Gītā*.

Narcisse a du ressort.

Et si le temps avait cessé ensuite d'être linéaire ? Dans la retraite où il nous recevait, maître G. s'avançait chaque matin sur le chemin en psalmodiant des sutras bouddhiques.

Le jour n'est pas levé, on y voit à peine ; c'est lorsqu'il est proche qu'apparaît son bon sourire. Il est toujours accompagné d'une Birmane qui ne dit pas un mot mais qui perçoit dans nos têtes l'agitation qui y persiste. Maître G. nous dit d'entrer dans la salle de méditation. Chaque jour il faudra méditer plus longtemps, creuser plus le chemin obstrué des souterrains. Inlassablement il répète : conscience et équanimité, jamais l'une sans l'autre. La Birmane ferme les yeux, elle sait.

Ensuite... (était-ce ensuite, était-ce ailleurs ?), il y aura le pèlerinage sur des traces de l'Éveillé, les pauvres grottes de Nasik où le Bouddha est seul dans le noir, indifférent, ouvert, replié vers l'intérieur. « Conscience et équanimité. » Les faire entrer dans le corps par la répétition de l'observation en supprimant toute réaction. Ceci pique, ceci est monotone, ceci est agréable, ceci brûle, ceci fait du bruit, ceci est chaud, froid, beau, laid, vivant, mort, du passé, du futur... tout cela est identique, tout cela n'est qu'une illusion. « Conscience et équanimité. » Après les heures de méditation, maître G. aimait raconter des histoires. Il nous faisait rire et puis, d'un coup sec : mais ceci n'est pas plus drôle que cela. Parfois il nous regardait quand nous méditions. Il voyait nos fantômes qui se chamaillaient. « Laissez-les faire, il faut qu'ils s'épuisent. » Nous reprenions le creusement. Il voyait tout de suite ceux qui se savaient regardés. Avant, après, bien plus tard, j'étais allé regarder les Bouddha d'Ellora qui se taisaient depuis des siècles. Ils ne sortaient du noir des grottes qu'à l'heure où le soleil était droit devant eux. Alors on pouvait croire qu'ils souriaient, et c'était une grave erreur. Si le monde est divers, plein de qualités et de défauts, le sage ne réagit pas à ses manifestations.

Maître G. vivait dans une maison, ses disciples dans une autre. Quand nous nous promenions autour des habitations, il nous demandait de ne pas dépasser une certaine limite au-delà de laquelle nous sortions de son rayonnement. Dans les premiers jours, j'avais eu la tentation de mettre le pied de l'autre côté de la frontière, pour constater bêtement que cela ne changeait rien. Ensuite, l'idée m'était sortie de la tête.

Chaque jour maître G. nous interrogeait : « Avez-vous fait le tour de toutes les parties de votre corps, avez-vous observé toutes les sensations avec conscience et équanimité ? »

Dans le train qui me conduisit à Sanchi, je lus une des dernières paroles du Bouddha. « Il se peut, Ananda, qu'à l'un d'entre vous vienne cette pensée : "Le monde du Maître est terminé ; nous n'avons plus de Maître." Mais cela est faux, Ananda. Car ce que j'ai proclamé et fait connaître, Ananda, est la Doctrine et la Loi, et cela doit être votre Maître quand j'aurai disparu. »

Il entra ensuite dans le *Mahāpavinirvāna*. Ses disciples pleuraient sauf un qui méditait sereinement contre le corps de son maître. Équanimité.

Il y a très longtemps, non c'était demain, Nyanaponika Mahathera m'avait accueilli pour quelques jours dans son ermitage forestier près de Kandy. Il disait : « Il n'y a rien à comprendre. » Bien après, j'avais été laissé seul par le train sur la voie ferrée. On était censé être à Sanchi mais je ne voyais rien, ni gare, ni maison, ni les fameux stupas, ni l'un de ces enfants de l'Inde qui se précipitent pour vous guider. Si je ferme les yeux, j'espère que les stupas me souffleront où ils sont. Le maître avait pourtant dit : « Il n'y a rien à l'extérieur. Ne demandez jamais rien en dehors de vous. » Puisque je ne pouvais rester comme un ballot sur le ballast, je me dirigeai du côté droit de la voie vers un banian.

Plus les jours passaient, plus maître G. devenait exigeant. « Même si un moustique vient se poser sur votre visage, ne bougez pas, n'ouvrez pas les yeux. Suivez seulement avec attention les sensations nouvelles qu'il vous procure. Le mal partira, comme le reste. Tout est éphémère. » J'avais auparavant réglé le problème des moustiques en achetant une moustiquaire que j'accrochais au-dessus de mes lits successifs. Le maître m'avait autorisé à l'installer dans ma chambre mais dans la salle de méditation j'étais d'autant moins protégé, que j'avais, entre autres, pris l'engagement de ne pas tuer pendant toute l'initiation et que, comme beaucoup de maîtres indiens, maître G. nous avait interdit de mettre des produits sur nos corps. Les premiers jours furent atroces ; je développais vis-à-vis des moustiques des réactions d'agressivité qui m'empêchaient d'avancer. Il ne s'agissait pas, comme à Tiruvanamalai, de les accepter comme un des éléments de la vie, il s'agissait de m'empêcher de réagir contre eux. La solution vint lentement. Pour m'en sortir, je devais me mettre à la place du moustique et en même temps qu'il me piquait ressentir le plaisir qu'il éprouvait. Ainsi, peu à peu, douleur et joie s'équilibrèrent. Ce n'était valable que pour deux ou trois piqûres. Après, impossible de maîtriser l'équilibre.

Le gardien des stupas de Sanchi me donna un verre d'eau dans la chaleur accablante. Il faisait si chaud dans ces mois qui précédaient la mousson qu'aucun son n'arrivait à s'élever. Malgré le feu du soleil, les frises du *torana* dansaient depuis vingt-deux siècles. Je crus entrer dans le demi-œuf plein qui formait le stupa mais ce fut une illusion, encore plus illusoire que la piqûre du moustique sur le bout du nez qui, elle, me tiraillait diablement.

Au début des séances de méditation, on croit qu'on n'arrivera jamais à tenir encore quatre heures dans la plus complète immobilité. Il ne faut pas projeter la durée devant soi, il faut avancer par succession d'instants, se dire qu'il ne reste qu'une minute, puis encore une minute, une minute, alors il n'y a plus de minutes.

De Sanchi à Bénarès : s'armer de patience ou, mieux encore, laisser tomber toutes les armes, s'abandonner au présent. Un jour, après trente-six changements et cinquante faux renseignements, on apprend qu'on est à Bénarès. Erreur ! Il n'existe que l'illusion. Maître G. riait : « Vous êtes fous de croire que vous avez mal au dos à cause de la posture : la douleur est impermanente. » Idée à se répéter quand le corps brûle sur le bûcher, que les gouttes de graisse d'une forme qui fut une femme crépitent dans la braise. Ce garçon debout devant le bûcher, est-il son fils ? À partir de maintenant, il n'est plus sorti d'entrailles vivantes, il est sorti de morceaux de chair calcinée qui sentent la grillade. Le fleuve ne coule pas, c'est vous qui le faites couler. Ici dans la nuit du Kerala, il n'y a pas d'étoiles, il n'y a même pas de nuit, ni de vagues sur la mer. Je ne suis même pas en moi. La piqûre du moustique me tiraille tellement le nez que je n'ai d'autre solution que me désolidariser de ce nez absurde. « Non, dit maître G., le monde n'est pas absurde, il est seulement impermanent. Ne vous laissez pas entraîner par les histoires qu'il vous raconte. » Je sens que la Birmane apporte son aide. Heureusement, car l'état d'équanimité entre ma douleur et le plaisir du moustique, je ne puis, au mieux, l'établir qu'au début. Très vite, patatras ! le déséquilibre s'installe. Le temps existe donc !

Pas sûr. Car je devrais pouvoir l'annihiler en faisant glisser par étapes la sensation du début. Quand je vais faire un tour du côté des sensations de l'orteil, la difficulté consiste à être en elles sans les visualiser. Je demande un conseil au maître pour éviter ce reste de distance. Il rit : « pratiquez ! pratiquez ! »

Ce n'est pas seulement une trop constante visualisation qui me bloquait, c'était ceci : je tenais encore à cette part de moi qui aime, qui pleure et rit, qui réagit, s'offusque et s'enthousiasme, qui combat et qui bâtit. J'y tenais, j'y tiens. D'abord parce que l'on s'attache toujours à ce que l'on a, mais il y a une raison moins superficielle : c'est au sein de cette part-là que je sens la présence d'une flamme créatrice. Pourquoi l'éteindre ? Au nom de quoi ? En ai-je le droit ?

Je ne sais si maître G. me comprit quand je lui posai cette question. Il répondit comme s'il avait la réponse toute prête : la source de la création n'est pas dans nos réactions, elle provient de notre harmonie avec le monde. Cela me semblait une formule. Pourquoi éprouver le besoin de créer dans l'état d'équanimité ? Le maître ne répondit pas. Il me livra une sorte de parabole : il y a un ver qui se complaît dans le fruit très amer du nom de Nîm. Si on le place dans la douceur du sucre, il se tortille de déplaisir. Ainsi fait l'ignorant...

Pendant l'heure de méditation solitaire qui précède la séance collective de l'après-midi je me suis senti transporté dans un état que je n'avais jamais connu auparavant. C'est ce décalage aussitôt suivi du clapet, cette chute qui fait que pour la première fois j'avais eu le sentiment de quitter le temps. Un vertige qui effare et ravit. Une minuscule durée, peut-être aucune durée, par rapport à ce temps-ci, en tout cas pas assez pour être perceptible sur le bâton d'encens qui se consume et dont l'incandescence n'a pas bougé. Cent fois ensuite j'ai essayé d'y revenir sans y parvenir. La perte de conscience de la date dans ma chambre de l'ashram, il y a trois jours, n'était nullement de cet ordre, ce n'était qu'un abandon un peu plus complet à l'instant. Ce fut cet après-midi-là, il y a des semaines, non loin de maître G., que j'aurais pu dire : c'est assez, si je n'avais ensuite cherché à regagner de moi-même l'instant du décalage. Dans ces efforts vains, le sceptique pouvait se gausser, ramener l'expérience à une simple réaction physiologique du cerveau sous la pression de la concentration dans un état au-delà de la conscience immédiate, et peut-être le sceptique avait-il raison. Le saurai-je jamais ?

Donc il n'y a rien à clore.

Il y avait seulement à revenir à l'origine. Je parcourus l'Inde, du nord au sud, j'arrivai auprès de Krishnabaï qui allait mourir, et je vis en elle une parcelle de la lumière, je pouvais me dire pour la première fois : j'y suis.

Je resterai toute la nuit sur cette plage, je regarderai le lever du jour, je retournerai auprès de la Mère qui sourit déjà d'au-delà de la mort.

« Vous étiez plus intérieur en moi que mon fond le plus intime. »

*

Au-dessus du jardin entouré de hauts murs, les corbeaux tournent maintenant sans attaquer. Ils me regardent avec étonnement. Je crois que leurs croassements se font presque amicaux. C'est difficile à dire.

*

Avec quelle impatience le petit chat maigre m'attendait. Il miaulait de toutes ses faibles forces devant le pot à lait suspendu à un clou sur ma porte. Quand je me suis baissé pour le nourrir, il m'a griffé. Je saigne. J'ai appris que sa mère était morte après lui avoir donné la vie.

*

J'étais aveugle. Au début, je ne voulais pas le croire mais j'ai dû me rendre à l'évidence, la feuille rouge m'avait dit la vérité : le jardin n'était clos que de trois côtés. Derrière l'arbre, un passage conduit à l'extérieur.

Je ne suis pas déçu : j'attendais ce moment depuis le début.

*

Devant mon étonnement, qui est celui des Occidentaux, le swami dit que si la Mère n'avait pas quitté ses enfants, elle n'aurait pu devenir notre mère à tous.

Ce soir pendant la lecture, elle a toussé si fort que son corps a été pris de contractions. Puis elle a souri.

Le swami nous demande de faire attention aux chats et aux chiens errants qui viennent se réfugier dans l'ashram. Ils sont souvent malades et restent ici parce qu'ils savent qu'on ne les en chassera pas. Le chat m'a mordu, le doigt enfle.

Le chat est si maigre que je ne sens que ses os quand je le repousse.

Après avoir quitté ses enfants, la Mère a erré seule avant de rencontrer Ramdas avec qui elle a fondé l'ashram. À la mort de Ramdas, elle a acquis certains de ses pouvoirs. C'est devant elle maintenant qu'on s'incline. Le mantra sacré est : *Aum ! Shriram Jairam Jai Jai Ram — Aum ! Shriram Jairam Jai Jai Ram — Aum ! Shriram…*

État d'illumination : état naturel.

*

Je suis resté stupide devant l'ouverture du jardin sans pouvoir me décider à sortir. L'arbre disait : ne pars pas !

*

331

Il est à nouveau l'heure de dormir. Je n'ai plus rien à raconter sur cette parenthèse bouddhique. Maître G. est parti depuis longtemps. La seule chose sérieuse est ce corps de femme qui ne cesse de brûler à Bénarès devant son fils. Je sais que les anges n'aiment pas nous écouter, et quand ils le font, ils pleurent. Pas d'image d'Épinal s'il vous plaît, la Mère n'a rien dit quand ses enfants se sont mis à genoux pour la supplier de rester avec eux. Le petit chat n'a pas de mère, il est malade, il ne cesse de pleurer. Quand je m'enferme dans ma chambre pour y retrouver la maison de mon enfance, les bois familiers, les odeurs de bruyère, l'unité perdue, le chat glisse sa patte sous la porte et gratte pour que je vienne le caresser. Comment retourner à la source dans ces conditions ?

La Mère m'envoie de plus en plus de rêves pendant la nuit. Pris par eux, par la vie liturgique, le lever et le coucher du soleil, et le chat si exigeant, il ne reste pas de temps pour *moi*. Le doigt va-t-il s'infecter ?

Quand on n'a pas vu son visage pendant plusieurs jours, on le retrouve avec étonnement. D'abord : tiens ? suis-je donc cela ? Puis : oui, c'est vrai, j'étais comme cela mais il s'est passé tant de choses que je me croyais changé. Peut-être le suis-je — ailleurs ?

Comment croire que Dieu intervient ? J'ai dressé de hautes murailles pour l'empêcher de me demander des choses impossibles. Nous sommes seuls. Je le savais avant de partir. Je ne vais pas raconter d'histoires, j'ai surtout trouvé la solitude pendant ces pérégrinations. J'ai traversé toutes ces montagnes et tous ces fleuves pour qu'un vilain chat m'enquiquine. Quand je le caresse, il reste insatiable, il me demande de l'aimer. Il me tète frénétiquement le doigt. Pourquoi donc ne demande-t-il pas à la Mère d'être sa mère ? Tout le monde a une mère ici, sauf lui. Il m'importune tellement ce soir que je ferais n'importe quoi pour qu'il s'en aille, mais je n'ai pas le courage de le frapper.

Quand il n'est pas silencieux, Dieu est cruel.

Je vais m'étendre sur la planche de bois qui me sert de lit. Le chat saute sur moi. Il miaule. Il reste pourtant du lait dans son assiette. Voici qu'il pleure. Il est si petit qu'il tient dans les mains. Il n'est qu'un paquet d'os et de nerfs. N'ai-je traversé tous ces miroirs depuis des mois que pour devenir la mère d'un chat malade condamné par la nature ?

Nous irons au bois chanter l'unité.

Je console le chat en lui donnant du lait sur le bout de mon doigt ; il le tète. Voici que le chat n'est plus seul, et moi non plus.

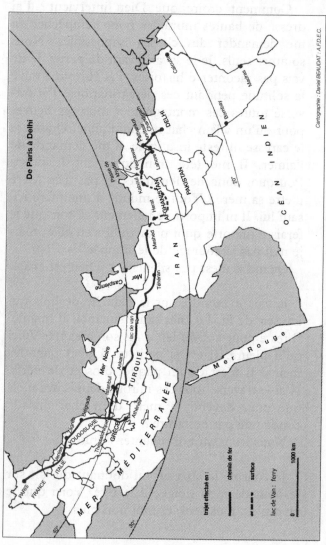

De Paris à Delhi par voie terrestre.

Cartographie : Daniel BEAUDAT : A.F.D.E.C.

De Paris à Delhi

OCÉAN INDIEN

MÉDITERRANÉE

MER Rouge

PARIS
FRANCE
ITALIE
YOUGOSLAVIE
Belgrade
Mer Noire
Thessalonique
GRÈCE
Athènes
Istanbul
Ankara
TURQUIE
lac de Van
Mer Caspienne
Téhéran
Meshed
IRAN
Herat
AFGHANISTAN
Kaboul
Passe de Khyber
Peshawar
Rawalpindi
Lahore
PAKISTAN
Amritsar
Chandigarh
DELHI
Calcutta
Bombay
Madras

MER

trajet effectué en :
— chemin de fer
— — surface
lac de Van : ferry

0   1000 km

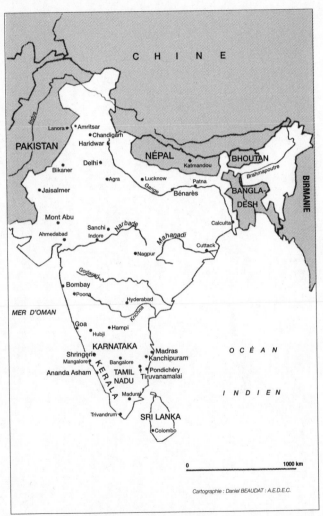

L'itinéraire en Inde.

Glossaire

Advaïta : le non-duel (l'Absolu-sans-un-second), vision monothéiste du Suprême présentée par les *Upanishad*, par la *Gītā* et par les aphorismes de Badarāyana. Ce dernier, ouvrage de base de l'école *Vedānta*, a été compris et commenté de façons très diverses par des exégètes — en fonction des exigences de chaque époque. Pour Shankara (environ VIIIe siècle), l'Un est la Réalité unique — sans-un-second.

Apsaras : épouses des esthètes célestes, êtres divins adonnés à la danse pour le plaisir des dieux, et aux baignades.

Ashram : étym. : de *ā*, absence de, et de *shramah*, effort, détresse, mortification. 1. La demeure (d'un ascète). 2. Une communauté de disciples désireux de vivre l'enseignement d'un maître et de le servir. 3. Un collège de type védique dans un environnement naturel. 4. Le premier des stages de la vie estudiantine ; il est suivi, dans la tradition indienne, de celui de la vie conjugale, de celui du retraité dans la forêt et, enfin, de celui du moine.

Atharva : le dernier des quatre Veda (*vid*, connaître). Les trois autres sont : *Rik, Sāman* et *Yajus*.

Ātman : l'âme individuelle, le moi qui n'est qu'une des multiples parcelles (agents d'action ayant chacun sa motivation et sa jouissance de rétribution) du Moi, le *brahman*.

Ayurvédique : adj. dérivé d'*āyus*, la vie, la durée de l'existence, et de *veda*, la connaissance ou la science. La médecine (et chirurgie) traditionnelles de l'Inde, basées sur des notions très précises des parties physiques et neuropsychiques de l'être humain. Elle a pour superstructure la philosophie de l'école *Sāmkhya*.

Bhakti : étym. : « cela qui est cloisonné ». Dévouement, attachement, constance, loyauté, dévotion, adoration, amour fervent. Une des trois voies classiques de la recherche spirituelle (*yoga*) : elle a Vishnou pour maître. Les deux autres étant : la voie des œuvres (*karma*) et celle de la connaissance (*jñāna*).

Brahmā : le Créateur en tant que premier terme de la Trinité hindoue. Les deux autres étant Vishnou, qui conserve, protège la création et se manifeste d'époque en époque comme Incarnation ou *avatār* ; et Shiva le destructeur cosmique (Roi-de-la-danse).

Brahman : neutre. Le Moi, le Suprême, l'Absolu ; d'après la philosophie du *Vedānta*, c'est à la fois la cause efficiente et matérielle de l'univers, l'Âme qui est omniprésente, l'Esprit cosmique, l'Essence qui engendre et rétracte en elle la création.

Brahmane : masc. Membre de la caste supérieure, consacrée aux études, aux recherches, à l'enseignement et au culte rituel des Veda. Les trois autres étant : Kshatriya ou les guerriers, Vaishya ou les commerçants, Shudra ou les serviteurs.

Dharma : voir *Kāma*.

Gopuram : le pavillon d'entrée dans l'enceinte d'un temple. Partie intégrante de la muraille, surélevé jusqu'à une cinquantaine d'étages (selon l'importance du temple), ce pavillon pyramidal — souvent taillé en pierre — offre un festin de scènes sculptées, reproduisant la vie terrestre ou céleste (mythologiques). Est-ce un appel à contempler pour une dernière fois tout ce foisonnement de l'existence multiple, avant de ne penser qu'à l'Un qui réside à l'intérieur ?

Jaïns : adeptes de la philosophie religieuse hétérodoxe dont Mahāvīra le *jina* (vainqueur de toutes les tentations) — contemporain aîné du Bouddha — était le 24e grand maître. Leur quête non théiste de la transformation psychique est basée sur des conduites morales rigoureuses telles que la non-violence et l'attitude ascétique — couronnées par la méditation.

Kāma : un des quatre accomplissements comme but de la vie individuelle, celui de la jouissance, de la gratification des désirs les plus intimes ; le dieu de l'Amour (l'Éros hindou). Les autres étant : *artha*, ou valeur, richesses, affaires, prospérité (mondaine), signification ; *dharma*, ou la loi, la pratique (religieuse), l'usage, le devoir, les observances rituelles, la conduite (éthique) ; et *moksha*, la libération.

Karma : neutre. L'action, l'acte, l'œuvre, la besogne ; la réalisation, l'exécution, la partie ritualiste et activiste des Veda. Doctrine basée sur la loi rétributive (bons ou mauvais fruits) d'actions accomplies ; la section de la *Bhagavad Gītā* où Krishna incite à agir en gardant le cœur tout à fait indifférent aux résultats.

Lingam : étym. : « cela qui bouge ou se projette ». Une caractéristique, une marque distinctive, un signe, un symbole, un masque ou un déguisement, un symptôme ou un gage ; la pierre à forme particulière placée sur l'autel en rappel de Shiva, d'où son interprétation comme symbole sexuel masculin.

Mandala : cercle (magique) qui devient un champ opérationnel de magnétisme à l'abri des forces hostiles ; un disque (solaire ou lunaire), la trajectoire (d'un corps céleste), une galaxie (propre et figurée), un cycle, un épisode. Cf. *Yantra*.

Mathah : la cabane, la hutte ou la cellule d'un moine ; un monastère, un collège (religieux, notamment bouddhique).

Nirvāna : litt. : « extinction ». Extrême élévation de la conscience jusqu'à sa fusion avec l'Absolu. Cette notion upanishadique retrouva chez le Bouddha des nuances épiques : en couronnement de toute quête lorsqu'on peut définitivement éteindre la seule « lampe » (*dharma*) de la vie.

Pandit : étym. : de *pandā*, sagesse, compréhension, érudition, science. Celui qui est expert et adroit dans les théories et les pratiques d'une science ; un érudit ; un chercheur avisé ; un connaisseur habile.

Pūjā : adoration, vénération ; offrande d'un culte en honneur d'un être divin, selon les rites prescrits (par exemple, accompagné de certains fruits et fleurs particulièrement aimés par tel ou tel dieu : les feuilles de *bel — aegle marmelos —* par Shiva ; les feuilles de basilic par Vishnou ; le lotus par son épouse Lakshmi)…

Rāga : étym. : « cela qui teint ». Couleur, passion, affection, sentiments, attirance, sympathie ; une des six principales gammes modales composées de paliers de microtons qui servent à extérioriser sur une échelle verticale un état d'âme et à le communiquer en tant qu'expérience collective.

Sadhou : homme de bonté, d'excellence intérieure et d'accomplissements spirituels, possédant les grandes vertus de pureté et de noblesse ; saint.

Samsāra : étym. : « celui qui va ». Le passage, l'existence terrestre, le cours de la vie ; le cycle de l'âme composé de naissance dans un corps, de croissance dans ce corps, de sénescence de ce corps et de réincarnation dans un autre corps (« tel l'habit usé que l'on quitte pour en prendre un neuf » *Bhagavad Gītā*, II, 2).

Shakti : don, force, pouvoir, capacité, aptitude, puissance, énergie ; l'énergie innée dans une cause capable de faire émerger l'effet imminent ; l'Énergie suprême qui, émanant de l'Absolu, effectue la création. Épouse de Shiva, elle est connue sous un nombre d'aspects qui, chacun, correspond à un de ses rôles cosmiques multiples : elle est Durgā qui dissipe toutes misères ; elle est Annapūrna qui nourrit ; elle est Kālī qui détruit le Mal ; elle est Tārā qui protège et accorde le salut ; elle est Sarasvati, donneuse de la sagesse et de la connaissance ; elle est Lakshmi, qui apporte l'harmonie, la douceur, les richesses spirituelles et matérielles...

Tablas : paire de tambours qui soutiennent en une échelle horizontale de la percussion (divisée en une infinité de microstructures rythmiques) l'expansion verticale d'un rāga.

Theravāda : une des plus importantes (parmi les 21) écoles du bouddhisme primitif. Fidèle à la lettre à l'enseignement du Bouddha, cette école préconise la pratique des quatre grandes Vérités (la constatation de la misère, la découverte de la chaîne causale, la recherche du remède, la conduite vers la Vérité).

Upanishad : litt. : enseignement cryptique. 1. Le dernier des quatre volets des compositions védiques (les trois premières étant les hymnes, les instructions rituelles et les méditations forestières). 2. Une masse de littérature post-védique de forme hautement poétique et dense (rédigée dès le VIᵉ siècle avant notre ère).
Elles représentent la quintessence des spéculations métaphysiques et des Veda (d'où *Vedānta* : le fin du fin des Veda). Il y eut environ 14 *Upanishad* majeures.

Yantra : diagrammes ou dessins géométriques, souvent en couleurs, composés sur des permutations et combinaisons d'un point, des carrés, des triangles et des arcs en forme de pétales de lotus — circonscrits par un cercle ou par plusieurs cercles concentriques. Ces dessins ont un caractère ésotérique (voire occulte), destiné à la fixation du psychisme et à invoquer une force cosmique en vue d'entrer en communion avec elle. Alors que le point central (*bindu*) peut signifier l'Absolu et le(s) cercle(s), ses manifestations, les triangles sont des rappels des trois natures, tempéraments ou liens, *guna* (l'inertie, le dynamisme et la sérénité radieuse) dont l'âme individuelle est teintée par l'atavisme, l'hérédité, le *karma* ; ou bien c'est la triple Réalité, faite du chercheur humain, de ses limitations causées par les liens (*pāsha*) de l'ignorance, et du maître (Shiva). Du point de vue des disciplines menant à la plus profonde méditation, ces dessins représentent une transition (ou un premier effort d'abstraction) entre l'iconographie figurative et le *Samādhi* complètement abstrait.

(Ce glossaire a été établi par Prithwindra Mukerjee.)

La tentation des Indes a été publié pour la première fois en 1981. Une seconde édition est sortie en 1993. Tout en reprenant l'essentiel du texte, j'avais alors supprimé des pages qui me semblaient répétitives ou n'ayant pas leur place dans un tel livre. Je m'étais interdit de modifier le style ou de réécrire des passages en fonction des changements dans le monde. Justes ou erronés, les jugements ou prévisions avaient été maintenus.

La présente édition est proche de la précédente. J'ai allégé des pages sans rien ajouter. J'ai coupé d'une main ferme des adjectifs, des adverbes et des insistances inutilement explicatifs. Avec le temps, j'ai moins confiance en l'homme dans sa quête du bonheur ; plus à l'égard du lecteur dans sa capacité à imaginer.

Avant-propos 11

I. LES GENOUX DE LA PRIÈRE 15

Le côté feuille... 17
Si j'étais sage... 26

II. ES-TU FEMME OU DÉESSE ? 37

La Pythie 39
Tychée 45
Athéna 49

III. LE NOUVEL ITINÉRAIRE 57

Le pont de Galata 59
Asie mineure 66
Les derniers jours de l'avant-dernier empereur 74
Rhapsodie afghane 85
La femme noire et blanche 108
La femme brune et rouge 119

IV. LE CHRYSANTHÈME BLANC 127

Racines contre racines 129
La clé d'or de Satoko 158

V. DE L'EAU DU GANGE À LA CHAIR DE L'OMBRE 167

Le sadhou de Rishikesh 169
La sarabande des pensées et des statues 184
Jaisalmer, la cité du désert 191
Mont Abu 206
La ballade du chemin de fer de l'Inde 223
Madras 231
Noël à Kanchipuram 242
Le goût amer de l'ombre 250

VI. LES GOUROUS DE PIERRE 269

Tiruvanamalai 271
Māyā, reine du monde 292
Le royaume mort-vivant 303

VII. « CE QUI SEMBLE TREMBLER AU MILIEU DU SOLEIL » 313

Cartes 334
Glossaire 337

DU MÊME AUTEUR

Théâtre, le monde

LA TENTATION DES INDES, *Plon*, 1981, réédition *Albin Michel*, « Espaces libres », 1993, nouvelle édition Folio n° 5245, *Gallimard*, 2011.

RETOUR À BÉNARÈS, Albin Michel, 1986.

BOUDDHA, TERRE OUVERTE, *Albin Michel*, 1993, repris sous le titre d'EN CHEMIN VERS LE BOUDDHA, « Espaces libres », 2001. Grand Prix catholique de littérature.

IMAGES DÉCOUPÉES EN BIRMANIE, *Fata Morgana*, 1997.

LA TRAVERSÉE DE LA CHINE À LA VITESSE DU PRINTEMPS, *Le Rocher*, 2003.

MOSAÏQUE DU FEU, *Le Rocher*, 2004.

UN MATIN À BYBLOS, *Le Rocher*, 2006, repris en « Motifs », 2009. Grand Prix Phénix du Liban, prix Méditerranée, mention spéciale.

LE BÉNARÈS-KYÔTO, *Le Rocher*, 2007 (Folio n° 4901). Prix Renaudot Essai.

ASIES, *Signatura*, 2010.

*

LE VOYAGE DES INDES, photographies de R. et S. Michaud, *Imprimerie nationale*, 2003.

LUMIÈRES DU BOUDDHA, photographies de Christophe Boisvieux, *EDL*, 2007.

Romans

SOLEILS DE CENDRE, *Albin Michel*, 1979.

L'AMOUR EST ASSEZ GRAND SEIGNEUR, *Albin Michel*, 1985.

PRINCESSE NON IDENTIFIÉE, *Flammarion*, 1993. Prix Valery Larbaud.

LE VILLAGE DES SERPENTS, *Albin Michel*, 1997.

MARION OU LE CORPS ENSEIGNANT, *Le Rocher*, 2000.

Autres écrits

CHARLES DE GAULLE JOUR APRÈS JOUR, avec Philippe Barthelet, *Nathan*, 1990, réédition *F.-X. de Guilbert*, 2000.

ÉCRITURE DE LA LUMIÈRE, textes et photographies, *Le Temps qu'il fait*, 1998.

LA FRANCE EN PAROLES, *Albin Michel*, 2002.

MANDALAS, sur la peinture de S. H. Raza, *Albin Michel*, 2004.

MARCO POLO, *Gallimard* (Folio biographies n° 71), 2010.

Composition Nord Compo
Impression Maury-Imprimeur
45330 Malesherbes
le 3 avril 2011.
Dépôt légal : avril 2011.
Numéro d'imprimeur : 163677.

ISBN 978-2-07-044063-4. / Imprimé en France.

Jean Grenier p 55
Sanctuaire de Gazargah 92.
     poète mystique sufi
        Abdallah al-Ansari
Livres de Massignon
           Guénon
          Henry Corbin   93

184
Lokāyata (traité 4) p 191
191
212 Monothée   Tantrisme
214 Tantrisme
   godelieraux XIX

226
268
242 / Konchipuram ?
258